ଗଳ୍ପ ସଂକଳନ

ସପନପୁରର ଗୋପନ କଥା

-ଭରତବନ୍ଧୁ ବିଶ୍ୱାଳ-

STORYMIRROR
Stories that reflect you

Copyright © 2023 by Bharatbandhu Biswal

This is a work of Fiction. Names, characters, businesses, places, events and incidents are either product's of the author's imagination or used in a fictitious manner. Any resemblance to actual persons, living or dead, or actual events is purely coincidental.

All Rights Reserved

Sapanpurara Gopan Katha
First Edition: June 2023
Printed in India

Typeset in Kalinga

ISBN: 978-81-963752-2-5

Book Layout by: StoryMirror

Publisher:	StoryMirror Infotech Pvt. Ltd. 7th Floor, El Tara Building, Behind Delphi Building, Hiranandani Gardens, Powai, Mumbai, Maharashtra - 400076, India.
Web:	storymirror.com
Facebook:	@storymirror
Instagram:	@storymirror
Twitter:	@story_mirror
Contact Us:	marketing@storymirror.com

No part of this publication may be reproduced, be lent, hired out, transmitted or stored in a retrieval system, in form or by any means, electronic, mechanical, photocopying, recording or otherwise, without the prior permission of the publisher. Publisher holds the rights for any format of distribution.

ଉତ୍ସର୍ଗ

"ସପନପୁରର ଗୋପନ କଥା" ଶୀର୍ଷକ ମୋର ଗଳ୍ପ ସଙ୍କଳନ ପ୍ରଥମ ଅର୍ଘ୍ୟଟିକୁ ଆମର ପରମ ଆରାଧ୍ୟ କୁଳଦେବତା ଶ୍ରୀ ଶ୍ରୀ ରାଧାଗୋପୀନାଥଙ୍କ ଶ୍ରୀଚରଣକମଳ ତଳେ ଉତ୍ସର୍ଗ କରୁଛି । ଭକ୍ତି, ନିଷ୍ଠା ଓ ସମର୍ପଣ ପୂର୍ବକ ତାଙ୍କ ପାଦପଦ୍ମରେ ଅଭୟ ଆଶ୍ରୟ ମିଳୁ,ଏତିକି କାମନା।।

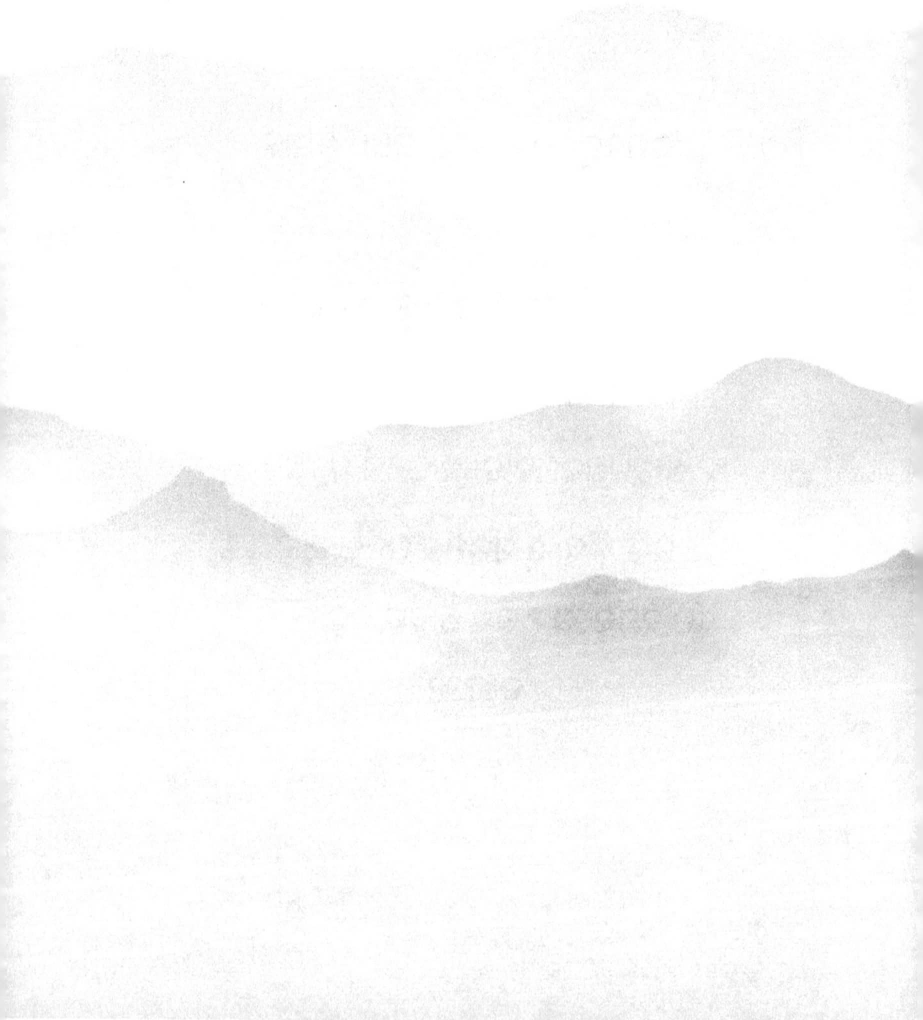

କିଛି ନିଜକଥା...

କିଛି ନିଜକଥା ସାହିତ୍ୟ ଓ ଜୀବନ ଅଙ୍ଗାଙ୍ଗୀ ଭାବେ ଜଡ଼ିତ। ଶୈଶବ କାଳରୁ ମାଆବାପା,ଭାଇଭଉଣୀ ଓ ପ୍ରିୟ ପରିଜନଙ୍କ ଗହଣରେ ସମୟ କେମିତି ବିତିଯାଏ ଜାଣି ହୁଏନା। ସୋହାଗ ସ୍ନେହରେ କଅଁଳ ମନ ଭିତରେ କେତେ ଆଶା ଆକାଂକ୍ଷା ଉଙ୍କି ମାରି ଉଠିବା, ଫୁଲ କଳିଟିର ପାଖୁଡ଼ା ଭିତରେ ରଙ୍ଗ ଓ ସୁବାସ ଚହଟି ଉଠିବା କଥା ଭାବିଲେ ଏବେ ବି ଦେହମନ ପୁଲକିତ ହୋଇଉଠେ। ମନେପଡ଼େ ମାଆଙ୍କ କୋଳରେ ବସି ଜହ୍ନମାମୁଁଙ୍କୁ ହାତ ଠାରି ଡାକିବା ବେଳର କଥା। ତାପରେ ସାଙ୍ଗସାଥିଙ୍କ ଗହଣରେ ପିଲାଦିନର ହସଖେଳ , ବରଷା ଧାରରେ ଟିକି କାଗଜ ଡଙ୍ଗାଟି ଭସାଇ ତାଳି ମାରି ନାଚିବା ପୁଣି ବାଡ଼ି ବଗିଚାରେ ସହଜରେ ଧରା ଦେଉ ନଥିବା ଦୁଷ୍ଟ ପ୍ରଜାପତି ପଛରେ ଧାଇଁ ନୟାନ୍ତ ହେବାର ମଧୁର ସ୍ମୃତି ସବୁ ମନର ଗ୍ରନ୍ଥିକୁ ସତେଜ କରିଦିଏ।

କ୍ରମଶଃ ବୋଧଶକ୍ତିର ବିକାଶ ହୁଏ। ସଂସାରରୁ ଆଚାର ,ବ୍ୟବହାର, ଶିକ୍ଷା ଏବଂ ସଂସ୍କାର ଆହରଣ କରି ସାଧାରଣ ମଣିଷ ପରି ସ୍ରଷ୍ଟାଟି ସୂକ୍ଷ୍ମ ସୌନ୍ଦର୍ଯ୍ୟବୋଧ କ୍ଷମତାକୁ ଅଭିବୃଦ୍ଧି କରେ। ଆତ୍ମ ଅନୁଶୀଳନ, ଗଭୀର ଅଧ୍ୟବସାୟ ଏବଂ ଅଭିଜ୍ଞତାକୁ ଆୟୁଧ କରି ସେ ସୃଷ୍ଟିର ବର୍ତ୍ତୁଳ ଦିଗବଳୟ ମଧ୍ୟରେ ମାନବୀୟ ଆବେଦନ, ଜୀବନ ଦର୍ଶନ ,ପ୍ରେମ ଏବଂ ସତ୍ୟ ଶିବ ସୁନ୍ଦର ଭାବକଳ୍ପ ସବୁକୁ ରୂପଦେବା ପାଇଁ କିଛି ସୁସ୍ପଷ୍ଟ ଏବଂ ସଚେତ ସଙ୍ଗତ ଶବ୍ଦ ମାନଙ୍କୁ ଖୋଜେ, କିଛି ସୁନ୍ଦର ପୁଷ୍ପ ଚୟନ କରି ମାଳା ଗୁନ୍ଥିବା ପରି ସ୍ରଷ୍ଟାଟି ତାର ଅନ୍ତସ୍ୱରକୁ ଖୁବ୍ ନିଖୁଣ ମାର୍ମିକ

ଏବଂ ପ୍ରାଞ୍ଜଳ କରି ପ୍ରକାଶ କରିବା ପ୍ରୟାସ କରେ ।

ସତ୍ୟ ଅନୁସନ୍ଧିତ୍ସା ଓ ନିବିଡ଼ ପ୍ରକୃତି ପ୍ରେମ ସ୍ରଷ୍ଟାଙ୍କୁ କେବେ ଚୁପଚାପ୍ ନୀରବରେ ରହିବାକୁ ଦିଏନାହିଁ। ସାହିତ୍ୟକୁ ଜୀବନର ମହାମନ୍ତ୍ର ଓ ଲକ୍ଷ୍ୟ ଭାବରେ ଗ୍ରହଣ ପୂର୍ବକ ସ୍ରଷ୍ଟାଟି ତାର ସାଧନା ଅହରହ ଜାରି ରଖିଥାଏ। ବିନ୍ଦୁ ବିନ୍ଦୁ ବରଷା ଧାର କେତେବେଳେ ପାହାଡ଼ର ବୁକୁ ଚିରି ଝରଣା ହୋଇ ଲମ୍ଫ ଦିଏ ତ କେତେବେଳେ କୁଳୁକୁଳୁ ନାଦ କରି ତଟିନୀଟିଏ ପରି ଆଗକୁ ଆଗକୁ ଅବାରିତ ବହିଚାଲେ। ମହାସାଗର ତଟରେ ନିଜକୁ ହଜାଇ ଦେବାରେ ହିଁ ତାର ସାର୍ଥକତା ମନେକରେ ।

ସ୍ରଷ୍ଟାଟି ତାର ସାହିତ୍ୟ ଯାତ୍ରା ଅବସରରେ ଏହି ଶୂନ୍ୟ ଆକାଶ ଓ ଅଥଳ ମହାସାଗର ବେଳାଭୂମିରେ ଏକ ତଟସ୍ଥ ପର୍ଯ୍ୟଟକ ଭାବେ ସତ୍ୟ ଏବଂ ଜୀବନ୍ମୟ ସତ୍ତାକୁ ଖୋଜି ପାଇବାକୁ ଉଦ୍ୟମ କରେ। ଉତ୍ତାଳ ତରଙ୍ଗ ଭେଦି ଦିଗନ୍ତର ପୂର୍ବାଶାକୋଣରୁ ବିଞ୍ଚି ହୋଇପଡୁଥିବା ବାଳାରୁଣଙ୍କ ସ୍ୱର୍ଣ୍ଣିମ କିରଣ ଅବଲୋକନ କରି ସେ ବିମୋହିତ ହୋଇଯାଏ। ଦିନେ କାଗଜ ଡଙ୍ଗା ଭସାଇ ଖୁସି ହୋଇ ଉଠୁଥିବା ମନ ନୀଳ ଦରିଆ ବୁକୁରେ ଭାସୁଥିବା ବିଶାଳ ଜାହାଜଟି ଦେଖି ଉଲ୍ଲସି ଉଠେ ।

ଏହା କେବଳ କପୋଳ କଳ୍ପିତ କଥା କିମ୍ବା ଉଦ୍ଭଟ ବର୍ଣ୍ଣନା ମାତ୍ର ନୁହେଁ, ନିଛକ ଅନୁଭୂତି ଏବଂ ସତ୍ୟର ପରିପ୍ରକାଶ ଅଟେ। ଷ୍ଟୋରିମିରର୍ ଏହିପରି ଏକ ବିଶାଳ ସାହିତ୍ୟ ତରୀ ରୂପେ ମୋ ପରି ଅଗଣିତ ସ୍ରଷ୍ଟା ଏବଂ ସାହିତ୍ୟପ୍ରେମୀଙ୍କୁ ହୃଦବୋଧ ଓ ବିଶ୍ୱାସ ହେଉଛି । ତାଙ୍କ ସୌଜନ୍ୟ ଓ ପ୍ରୋତ୍ସାହନରେ ମୋ ପରି ଜଣେ ସାଧାରଣ ସ୍ରଷ୍ଟା ସହଜ ସୁନ୍ଦର ଭାବେ ନିଜ ପ୍ରତିଭାର ବିକାଶ ପାଇଁ

ସୁଯୋଗ ପାଇ ନିଜ ସ୍ୱପ୍ନକୁ ସାକାର କରିବାକୁ ସକ୍ଷମ ହୋଇପାରିଛି ।

ଷ୍ଟୋରିମିରର୍ ପ୍ରତିଷ୍ଠାନଙ୍କ ସୌଜନ୍ୟରୁ ବର୍ଷ ୨୦୨୧ ପାଇଁ ସମ୍ପାଦକ ମଣ୍ଡଳୀଙ୍କ ଦ୍ୱାରା ଶ୍ରେଷ୍ଠ ବିବେଚିତ ଲେଖକ ଭାବରେ ବିଶେଷ ସହଯୋଗ ଓ ପ୍ରୋତ୍ସାହନ ଯୋଗାଇ ଦେଇ ଥିବାରୁ ମୁଁ ପ୍ରତିଷ୍ଠାତା ଶ୍ରୀଯୁକ୍ତ ବିଭୁଦତ୍ତ ରାଉତ, ଓଡିଶା ପ୍ରଭାରୀ ଶ୍ରୀମତୀ ପଲ୍ଲବିନୀ ମିଶ୍ର ତଥା ସମସ୍ତ କାର୍ଯ୍ୟକର୍ତ୍ତା ବନ୍ଧୁମାନଙ୍କୁ ଓ ମୁଦ୍ରଣ ସହଯୋଗ ନିମନ୍ତେ ନିଶା ମିଶ୍ରଙ୍କ ଆନ୍ତରିକ ଉଦ୍ୟମ ନିମିତ୍ତ ହୃଦୟରୁ କୃତଜ୍ଞତା ଜଣାଉଛି । ଗଳ୍ପ ସଙ୍କଳନଟି ପ୍ରକାଶ ପାଇଁ ମୋର ପୁତ୍ର ଡା.ବିରଞ୍ଚି ବିଶ୍ୱପତି ବିଶ୍ୱାଳ, ପୁତ୍ରବଧୂ ଡା.ଅନୁରାଧା ଦାସ ତଥା ନାତୁଣୀ ବଂଶୀକା ଏବଂ ବର୍ତ୍ତିକା ସହଯୋଗ ଓ ଉତ୍ସାହ ପ୍ରଦାନ କରିଥିବାରୁ ହୃଦୟରୁ ଶୁଭକାମନା ଓ ସେମାନଙ୍କ ଉଜ୍ଜ୍ୱଳ ଭବିଷ୍ୟତ ପାଇଁ ଈଶ୍ୱରଙ୍କ ନିକଟରେ ପ୍ରାର୍ଥନା କରୁଛି।

ମହାବିଷୁବ ସଂକ୍ରାନ୍ତି ଓ ଓଡ଼ିଆ ନବ ବର୍ଷର ଶୁଭ ଅବସରରେ ମୋର ଏହି ପ୍ରଥମ ଗଳ୍ପ ସଙ୍କଳନଟି ଆତ୍ମପ୍ରକାଶ କରୁଥିବାରୁ ସମସ୍ତଙ୍କୁ ସାରସ୍ୱତ ଶୁଭେଚ୍ଛା ଜଣାଇବା ସଙ୍ଗେ ସଙ୍ଗେ ମୋର ପ୍ରିୟ ପାଠକ-ପାଠିକାମାନଙ୍କ ଠାରୁ ମତାମତ ଅପେକ୍ଷା କରି ରହୁଛି ।

ଶ୍ରୀ ଭରତବନ୍ଧୁ ବିଶ୍ୱାଳ

ଉପର ବରୁଆଁ, କବୀରପୁର, ଯାଜପୁର

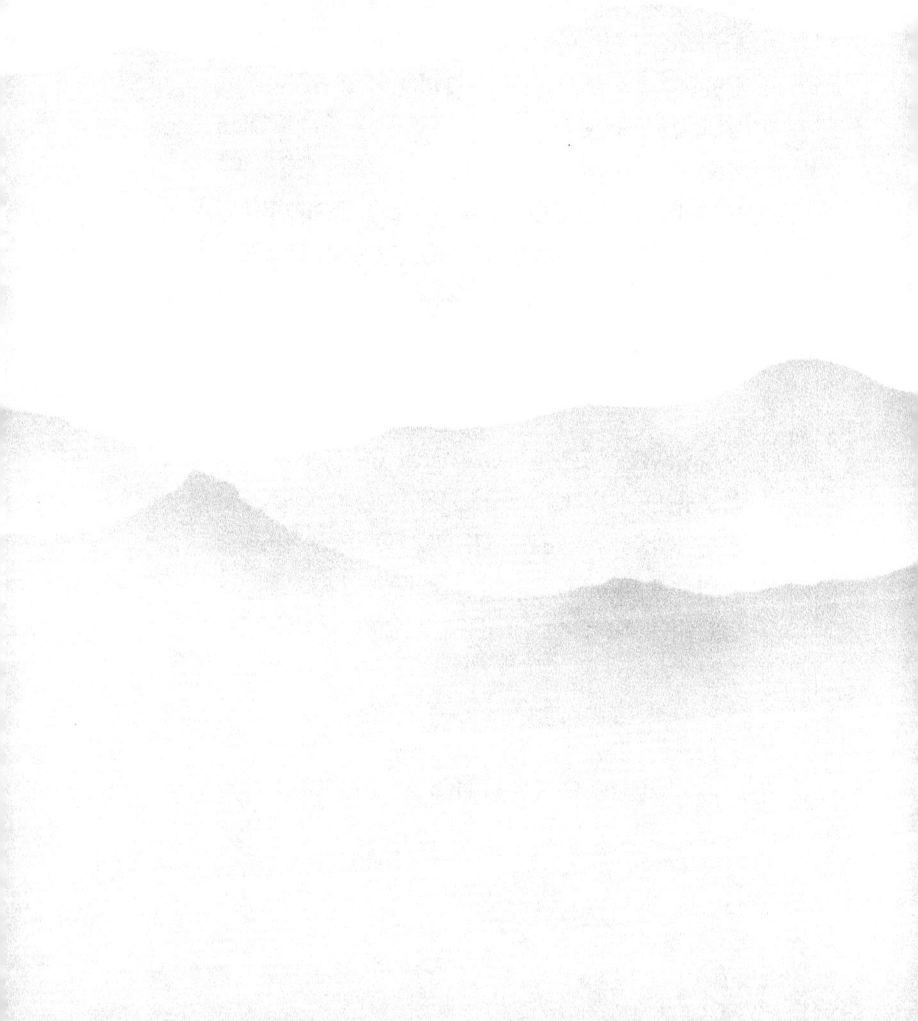

କାହାଣୀ କ୍ରମ

୧. ସୂର୍ଯ୍ୟୋଦୟ ॥ ୧୩

୨. ଉଛୁଳା ନଈ ॥ ୧୮

୩. ଅନୁଭୂତିରେ ମହାପ୍ରଭୁ ॥ ୨୧

୪. ଅଜ୍ଞାତବାସ ॥ ୨୫

୫. ବର୍ଣ୍ଣସଙ୍କରତା ॥ ୨୯

୬. ନବୀନ ଆଶା ॥ ୩୨

୭. ମୁଁ କାହିଁକି ଛାତ୍ର ସଂସଦ ସଭାପତି ॥ ୩୫

୮. ଘାଟ-ଅଘାଟ ॥ ୩୮

୯. ପୋକା ବାଇଗଣ ॥ ୪୦

୧୦. ଅ-ବିଦ୍ୟା ॥ ୪୨

୧୧. କାଳୀଦେଈ ॥ ୪୪

୧୨. ଫୁଲଗଜରା ॥ ୪୮

୧୩. ମୋ ଭାଷା ଓଡ଼ିଆ ॥ ୫୧

୧୪. ଖରସ୍ରୋତାର ଆହ୍ୱାନ ॥ ୫୩

୧୫. ଧନ୍ତି ॥ ୫୬

୧୬. ଚାନ୍ଦିନୀର କଳାଚାନ୍ଦ ॥ ୫୯

୧୭. ଭୟାଂଗଳି ॥ ୬୨

୧୮. ନୋଳମୁକୁଟ ॥ ୬୫

୧୯. ନୀଳ କଇଁ ॥ ୬୭

୨୦. ପ୍ରଳୟ ପୟୋଧି ॥ ୭୧

୨୧. ଜହ୍ନରାତି ॥ ୭୫

୨୨. ସମ୍ପର୍କର ସେତୁ ॥ ୭୯

୨୩. ସ୍ମୃତି ଏକ ରୂପା ଜହ୍ନ ॥ ୮୨

୨୪. ଭେଦ-ଅଭେଦ ॥ ୮୫

୨୫. ସହି ସହି ଏ ଛାତି ପଥର ॥ ୮୮

୨୬. ସପନପୁରର ଗୋପନ କଥା ॥ ୯୨

୨୭. ସଂସ୍କାର ॥ ୯୫

୨୮. ଲଣ୍ଠନ ॥ ୯୭

୨୯. ଫୁଲରାଣୀ ॥ ୯୯

୩୦. ବିକାଶ ॥ ୧୦୧

୩୧. କେତକୀ କିଆ ॥ ୧୦୪

୩୨. ଭସାମେଘ ॥ ୧୦୭

୩୩. ବାଜୁଛି ବାଇଦ ॥ ୧୧୨

୩୪. ସଫଳତାର ଚାବିକାଠି ॥ ୧୧୬

୩୫. ସୁଧୀରଙ୍କ ସାଧୁତା ॥ ୧୨୦

୩୬. ଆଇମାଙ୍କ ପାନ ବଟୁଆ ॥ ୧୨୩

୩୭. ଅଷ୍ଟ ନିର୍ବୋଧ ॥ ୧୨୬

ସୂର୍ଯ୍ୟୋଦୟ

ବାବୁ ବିନୟଭୂଷଣ ଅବସର ଗ୍ରହଣ ପରେ ଏବେ ନିଜ ପୈତୃକ ଗାଆଁରେ ଆସି ରହୁଛନ୍ତି। ପୂର୍ବେ ଗାଁରେ ଖାନଦାନ ରହିଥିବା ଉଚ୍ଚଳବିହାରୀ ଚୌଧୁରୀ ପରିବାରର ବଂଶଧର ହୋଇଥିବାରୁ ଏବଂ ସେ ବାଲ୍ୟକାଳ ଅତ୍ୟନ୍ତ ସଂଭ୍ରମ ଓ ସୌହାର୍ଦ୍ଦତାର ସହ ବିତାଇଥିବାରୁ ଏବେ ବି କିଛି ତାଙ୍କର ପୁରୁଣା ସାଙ୍ଗ ସାଥି ତାଙ୍କୁ ସ୍ୱତନ୍ତ୍ର ମର୍ଯ୍ୟାଦା ଦେଖାଇ ଥାଆନ୍ତି। ଗତବର୍ଷ ଚୈତ୍ର ପୂର୍ଣ୍ଣମୀ ଉପଲକ୍ଷେ ଗାଁରେ ନିର୍ମାଣ ହୋଇଥିବା ନୂତନ ଗ୍ରାମଦେବୀଙ୍କ ମନ୍ଦିରର ପ୍ରତିଷ୍ଠା ଓ ତିନିଦିନ ବ୍ୟାପୀ ବିଶ୍ୱଶାନ୍ତି ଯଜ୍ଞର ମୁଖ୍ୟ କର୍ତ୍ତା ଭାବେ ସର୍ବ ସମ୍ମତି କ୍ରମେ ବିନୟବାବୁଙ୍କୁ ଚୟନ କରା ଯାଇଥିଲା। ଚଳିତ ବର୍ଷ ମଧ ପ୍ରତିଷ୍ଠାର ଏକବର୍ଷ ପୂର୍ତ୍ତି ଓ ଯଜ୍ଞ ତାଙ୍କ ପୌରହିତ୍ୟରେ ସୁରୁଖୁରୁରେ ସମ୍ପାଦିତ ହୋଇଥିଲା ।

ସେ ମଧ ଗ୍ରାମ ଭାଗବତ ଟୁଙ୍ଗୀ ପୁନରୁଦ୍ଧାର ପାଇଁ ହେଉଥିବା ପ୍ରୟାସକୁ ପୂର୍ଣ୍ଣ ପ୍ରାଣରେ ସହଯୋଗ ପ୍ରଦାନ କରି ଚାଲୁଥିବା ନିତ୍ୟ ନୈମିତ୍ତିକ ପାରାୟଣରେ ଯୋଗ ଦେଇ ଆସୁଛନ୍ତି। ତାଙ୍କର ନୈତିକ ଦୃଢ଼ତା, ଶୃଙ୍ଖଳାବୋଧ ଏବଂ ସମୟାନୁବର୍ତ୍ତିତା ପାଇଁ ପ୍ରତ୍ୟେକଟି କାମ ନିର୍ବିଘ୍ନରେ ସମ୍ପାଦିତ ହୋଇଯିବା ଦେଖି ଜଣାଶୁଣା ମହଲରେ ତାଙ୍କ କଥା ପ୍ରାୟତଃ ଆଲୋଚନା କରାଯାଏ। କେତେକ ପ୍ରିୟ ଲୋକ ମାନଙ୍କ ମୁହଁରୁ ଶୁଣାଯାଏ- କର୍ପୂର ସିନା ଉଡ଼ି ଯାଇଛି, କିନ୍ତୁ କନା ଏବେ ସୁଦ୍ଧା ତ ପଡ଼ି ରହିଛି। ମାତ୍ର ବର୍ତ୍ତମାନର ସମୟ ବଦଳି ଯାଇଛି। ଭଲଲୋକ ବା ଭଲ କାମ କିଛି ଲୋକଙ୍କୁ ମଧ ସୁହାଉ ନାହିଁ। ଗ୍ରାମର ଦେବସ୍ଥଳୀକୁ ଅତିକ୍ରମଣ ଓ ଦୁରୁପଯୋଗ କରି ତଥା ନିଜର ରାଜନୈତିକ ନ୍ୟସ୍ତ ସ୍ୱାର୍ଥକୁ ଚରିତାର୍ଥ କରିବାକୁ କିଛି ଖଳ ପ୍ରବୃତ୍ତି

ଲୋକ ଯଦିଓ ମୁହଁ ଖୋଲି କିଛି କହି ପାରୁ ନାହାନ୍ତି, ତଥାପି ବିନୟବାବୁ ଓ ତାଙ୍କ ଅନୁଗାମୀ ମାନଙ୍କ ଉଦ୍ୟମକୁ ଭଣ୍ଡୁର କରିବାକୁ ଯତପରୋନାସ୍ତି ଅପଚେଷ୍ଟା କରୁଅଛନ୍ତି। ଯଜ୍ଞ ଓ ପ୍ରତିଷ୍ଠା ପାଇଁ ହେବାକୁ ଥିବା ୧୦୮ କଳସ ଯାତ୍ରା, ସାମୂହିକ ପ୍ରସାଦ ସେବନ ଓ ଅନ୍ୟାନ୍ୟ ସାଂସ୍କୃତିକ ସମାରୋହକୁ କରୋନା ଆଳରେ ବନ୍ଦ କରିବାକୁ ବହୁ ଧରାପରା କରୁଥିଲେ ବି ସବୁ ସେହି ମଙ୍ଗଳମୟ ଈଶ୍ୱରଙ୍କ କୃପାରୁ ବିଫଳ ହୋଇଯାଇଥିଲା। ଗ୍ରାମଦେବୀ ମାଆ ବୁଢ଼ୀ ବାସୁଳେଇ ଓ ମହାପ୍ରଭୁ ଶ୍ରୀ ଜଗନ୍ନାଥଙ୍କ ଅପାର କରୁଣା ନିମନ୍ତେ କୃତଜ୍ଞତା ପୂର୍ବକ ବିନୟବାବୁ ଓ ତାଙ୍କ ସହଯୋଗୀ ମାନେ କୋଣାର୍କ ଚନ୍ଦ୍ରଭାଗା ଯାଇ ସୂର୍ଯ୍ୟୋଦୟ ଓ ଶ୍ରୀ ଜଗନ୍ନାଥଙ୍କ ଦର୍ଶନ କରିବେ ବୋଲି ମନସ୍ଥ କଲେ।

ଚଳିତ ବର୍ଷ ଜୁନ ପ୍ରଥମ ସପ୍ତାହରେ ହିଁ ହଠାତ୍ ଉତ୍ସାହୀ ସହଯୋଗୀ ବିଚ୍ଛିତ୍ର, ଅକ୍ଷୟ ଏବଂ ନାରାୟଣ କେତେ କାଲି କାଲି ଗଲାଣି, ଆଜି ହିଁ ରାତିରେ ବାହାରିବା ବୋଲି ଅଡ଼ି ବସିଲେ। ଗାଡ଼ି ବରାଦ ହୋଇଗଲା। ରାତି ଏଗାରରେ ଖାଇସାରି ସମସ୍ତେ ଗାଡ଼ିରେ ବସିଲୁ। ଆମ ଗ୍ରାମ ଯାଜପୁର ଠାରୁ ଗନ୍ତବ୍ୟ ସ୍ଥାନ ମାତ୍ର ଦୁଇଶହ କିମି ଦୂର। ରାତି ତିନିଟା ସୁଦ୍ଧା ଚନ୍ଦ୍ରଭାଗା ମୁହାଣ ନିକଟରେ ଗାଡ଼ି ଅଟକିଲା। ଆମେ କାଳ ବିଳମ୍ବ ନକରି ସମୁଦ୍ରକୂଳ ଆଡ଼କୁ ଗଲୁ। ରାତିରେ ବି ଚିକମିକ ଦିଶୁଥିବା ଫେନିଳ ତରଙ୍ଗ ମାଳା ଓ ଦେହରେ ପିଟି ହେଉଥିବା ଶୀତଳ ପବନ ମନକୁ ଖୁବ୍ ଉଲ୍ଲସିତ କରୁଥାଏ। ବେଳାଭୂମିରେ ଅଶ୍ୱ ଆରୋହଣ, ସ୍ୱତନ୍ତ୍ର ଗାଡ଼ି ଚଳାଇ ଭ୍ରମଣ ଓ ଆଗନ୍ତୁକ ମାନଙ୍କ ସମାଗମକୁ ନୀରିକ୍ଷଣ କରି ସମୟ କେମିତି କଟିଗଲା ଆଦୌ ଜଣା ପଡ଼ିଲା ନାହିଁ।

ଦୂର ଦିଗବଳୟରୁ ଉଜ୍ଜ୍ୱଳ ଲାଲ ପେଣ୍ଡୁଟି ପରି ଉଦୀୟମାନ ସୂର୍ଯ୍ୟ ଖୁବ୍ ଚମତ୍କାର ଦିଶୁଥିଲେ। ସତ କହିଲେ, ସୂର୍ଯ୍ୟଙ୍କର ଏପରି ଦିବ୍ୟ ଉଦୟକାଳୀନ ଦୃଶ୍ୟ ଦେଖିବା ଭାଗ୍ୟରେ ଥିଲେ ମିଳିପାରେ ତା ପରେ କୋଣାର୍କ ଦର୍ଶନ। ଏହା ଓଡ଼ିଶାର ଗର୍ବ ଏବଂ ଗୌରବ ଓ ସୂକ୍ଷ୍ମ କାରୁକାର୍ଯ୍ୟ ପାଇଁ ବିଶ୍ୱ ପ୍ରସିଦ୍ଧ ଅଟେ । ସେଠାରେ ନୂତନ ଭାବେ ନିର୍ମିତ ବିସ୍ତୃତ ଫୁଲ ବଗିଚା, ଯାତ୍ରୀମାନଙ୍କ ସୁବିଧା ଓ ସୂଚନା କେନ୍ଦ୍ର ଦେଇ ଆମ ଦଳ କୋଣାର୍କକୁ ଦେଖି

ବିସ୍ମୟ ଚକିତ ହୋଇଗଲୁ। ନିଷ୍ପ୍ରାଣ ପ୍ରସ୍ତର ନିର୍ମିତ ମୂର୍ତ୍ତି ସବୁ ଏବେ ବି ସତେ ଯେପରି ଜୀବନ୍ତ ଲାଗୁଥିଲେ। ଚଳମାନ ରଥ ସଦୃଶ ଏହି ମନ୍ଦିରର କେବଳ ମୁଖଶାଳାଟି ବିଦ୍ୟମାନ ରହିଛି, ମୁଖ୍ୟ ମନ୍ଦିରଟି ବର୍ତ୍ତମାନ ଭଗ୍ନସ୍ତୁପ ମାତ୍ର। ମୁଖ୍ୟ ପ୍ରବେଶ ଦ୍ୱାର ଦୁଇ ପାର୍ଶ୍ୱରେ ତଳେ ଚାପି ହୋଇ ରହିଥିବା ମଣିଷ, ତା ଉପରେ ଗୋଟିଏ ହାତୀ ଓ ତା ଉପରେ ଏକ ସିଂହ କବଳ କରି ରହିଥିବାର ଦୃଶ୍ୟ ଅନେକ ଗୁଢ଼ ରହସ୍ୟ ବୟାନ କରେ। ମଣିଷ ସାଧାରଣ ଜୀବନରେ ଲୋଭ ଏବଂ ହିଂସା କବଳରୁ ନିଜକୁ ମୁକ୍ତ ନକଲେ ଦିବ୍ୟକୃପା ଲାଭ କରି ପାରେ ନାହିଁ, ଏହି ସତ୍ୟକୁ ହିଁ ଏତଦ୍ୱାରା ସୂଚାଇ ଦିଆଯାଇଛି। କୋଣାର୍କର ନିମ୍ନ ଭାଗରେ ଲାଗିଥିବା ଚକ ଓ ତାର ଅଖ ଉପରେ ପଡୁଥିବା ସୂର୍ଯ୍ୟ ରଶ୍ମିକୁ ପର୍ଯ୍ୟବେକ୍ଷଣ କରି ସଠିକ ସମୟ ଜାଣିହୁଏ। ଶୁଣିବାକୁ ମିଳେ ଭାଙ୍ଗି ଯାଇଥିବା ମୁଖ୍ୟ ମନ୍ଦିର ଭିତରେ ଭାସମାନ ହୋଇ ଭଗବାନ ସୂର୍ଯ୍ୟ ନାରାୟଣଙ୍କ ଦିବ୍ୟ ମୂର୍ତ୍ତି ରହିଥିଲା। ଉଦିତ ସୂର୍ଯ୍ୟଙ୍କ ପ୍ରଥମ କିରଣ ପ୍ରତିମାଙ୍କ ପାଦସ୍ପର୍ଶ କରିବା ମାତ୍ରକେ ଚତୁଃପାର୍ଶ୍ୱ ପ୍ରକାଶମୟ ହୋଇ ଉଠୁଥିଲା। ଏହାର ଶୀର୍ଷ ଦେଶରେ ଲାଗିଥିବା ବହୁ ଶକ୍ତିଶାଳୀ ଚୁମ୍ବକର ଚମତ୍କାର ବିଶେଷତ୍ୱ ରହିଥିଲା। ତାହାର ପ୍ରତ୍ୟେକଟି ମୂର୍ତ୍ତି ଉପରେ ଆଖି ଆପଣା ଛାଏଁ ଲାଖି ରହି ଯାଉଥିଲା। ଓଡ଼ିଶାର ଐତିହ୍ୟ ବହନ କରୁଥିବା ଏହି ପ୍ରାଚୀନ ମନ୍ଦିର ଗାତ୍ରରେ ଖୋଦିତ ସୂକ୍ଷ୍ମ କାରୁକାର୍ଯ୍ୟ ଆମ ଗୌରବୋଜ୍ଜ୍ୱଳ ଇତିହାସର ମୁକସାକ୍ଷୀ। ଆଜିର ଉନ୍ନତ ଯନ୍ତ୍ର ଓ କାରିଗରୀ କୌଶଳ ଯୁଗରେ ମଧ୍ୟ ତତକାଳୀନ ବିଭବଶାଳୀ ଓଡ଼ିଶା ଓ କୋଣାର୍କ ପରି ମନ୍ଦିର ପରିକଳ୍ପନା କରିବା ଅତ୍ୟନ୍ତ କଷ୍ଟସାଧ୍ୟ ପ୍ରତୀୟମାନ ହୁଏ। ପ୍ରାଚୀନ ଯୁଗ ସମାଜର ଚିନ୍ତା ଚେତନା, ମଣିଷର ଜୀବନ ଶୈଳୀ, ରୀତିନୀତି, ରାଜନୀତି, ଚାଲିଚଳନ ତଥା ଧର୍ମୀୟ ଭାବଧାରାର ଆଭାସୀ ଚିତ୍ରକୁ ତର୍ଜମା କଲେ ସେ ସମୟର ନିର୍ମାଣ ଓ କଳା ନୈପୁଣତା ଦର୍ଶକଙ୍କୁ ଆଶ୍ଚର୍ଯ୍ୟ ଚକିତ କରେ। ଏବେ ସହସ୍ର ବର୍ଷ ପୂରାତନ ଅନେକ କୀର୍ତ୍ତି ରାଜି ଭୂପତିତ, ଧ୍ୱଂସାଭିମୁଖୀ ଓ ଜରାଜୀର୍ଣ୍ଣ ଅବସ୍ଥାରେ ପଡ଼ିରହିଛି, ଭାବିଲେ ଦୁଃଖ ଲାଗେ।

ମନରେ ସୃଷ୍ଟି ହେଉଥିବା ଅନେକ ପ୍ରଶ୍ନବାଚୀ ଭିତରେ ଯାତ୍ରା କରି ପୁରୀ ବେଳାଭୂମି ନିକଟରେ ପହଞ୍ଚି ଗଲୁ। ସେଠି ସମବେତ ହୋଇ ଲହଡ଼ି ଭାଙ୍ଗି ସମୁଦ୍ର ସ୍ନାନ କରିବାର ମଜା ନିଆରା ଥିଲା। ବିନୟବାବୁଙ୍କ ଧର୍ମପତ୍ନୀ ତ ବେଶି

ସମୁଦ୍ର ଭିତରକୁ ଯାଇ ଲହଡ଼ି ଧକ୍କା ଖାଇ ଆଖିକାନରେ ବାଲି ପଶିଗଲେ ବି ନିଶା ଭାଙ୍ଗୁ ନ ଥାନ୍ତି। ଆମ ସହିତ ଯାଇଥିବା ଦୁଇଜଣ ପୁତ୍ରବଧୂ ଅନି, କୁନି ଏପରିକି ଛୋଟ ଛୋଟ ପିଲାଝିଅ ଓ ବୟସାଧିକ ହେଲେ ବି ନରେନ୍ଦ୍ର ମଧ ଲହଡ଼ି ଭାଙ୍ଗି ବାରେ ପୂରା ମସଗୁଲ୍ ହୋଇ ପଡ଼ିଥାନ୍ତି ।

ତାପରେ ଗହଳି ମଧରେ ମହାପ୍ରଭୁଙ୍କୁ ଦର୍ଶନ ପାଇଁ ଲମ୍ବା ଧାଡ଼ିରେ ଠିଆ ହେଲୁ। ସାତପାହ୍ଚ ଡେଇଁ ଗରୁଡ଼ ସ୍ତମ୍ଭ ପାଖରେ ପହଞ୍ଚିଲା ବେଳକୁ ବିନୟବାବୁଙ୍କୁ ଚେତାଶୂନ୍ୟ ହେବା ପରି ଲାଗୁଥାଏ। ମାତ୍ର ମହାପ୍ରଭୁଙ୍କ କୃପାରୁ ଆମ ସହଯୋଗୀ ମାନଙ୍କ ଗହଣରେ ଏତେ ଭିଡ଼ ଭିତରେ ଠେଲାପେଲା ଖାଇ କେମିତି ଚତୁର୍ଦ୍ଧାମୂର୍ତ୍ତିଙ୍କ ଦୁର୍ଲ୍ଲଭ ଦର୍ଶନ ହୋଇଗଲା, ଆଦୌ ଜଣା ପଡ଼ିଲା ନାହିଁ। ସବୁଆଡ଼ ଦର୍ଶନ ସାରି ଆନନ୍ଦ ବଜାରରେ ଏକାଠି ବସି ମହାପ୍ରସାଦ ସେବନ କରିବାରେ ମନରେ ଅପାର ସନ୍ତୋଷ ଜାତ ହେଲା।

ବିନୟବାବୁ ଗପ ଛଳରେ ମୋତେ କହୁଥିଲେ ଜନ୍ମିତ ପୁତ୍ରକନ୍ୟାଙ୍କ ପାଠପଢ଼ା ବିବାହ ଆଦି ସମ୍ପନ୍ନ କରି ଓ ଅବସର ପରେ ସେ ଗାଁରେ ଗୋଟିଏ ପରେ କଟାଇଲେ ଆଉ ଗୋଟିଏ ବର୍ଷ। କର୍ମକ୍ଲାନ୍ତ ଜୀବନରୁ ବାଦ ପଡ଼ିଲା ପୁଣି ଗୋଟିଏ ବର୍ଷ ବଳକା ପୁଞ୍ଜିରୁ। କେତେ ଆସିଲେ କେତେ ଗଲେ। କେତେ ଚରିତ୍ର ମୋ ଭିତରକୁ ଉଙ୍କି ମାରି ମୋତେ ଉଦ୍‌ବୁଦ୍ଧ କଲେ ଓ ଆଉ କେତେ ନିକଟ ରକ୍ତ ସମ୍ପର୍କୀୟ ହୋଇ ମଧ ସ୍ୱାର୍ଥ ପାଇଁ ମଝି ନଈରେ ଅସହାୟ ଅବସ୍ଥାରେ ଛାଡ଼ି ବାଟ କାଟିଲେ। ତାଙ୍କ ଜୀବନ ରଙ୍ଗ ମଞ୍ଚରେ କିଛି ଗାଳି କିଛି ଘନ ଘନ କରତାଳି ସାଉଁଟି ସେ ଅଭିନୟ ଆରମ୍ଭ କରିବାକୁ ଯାଉଛନ୍ତି ଏକ ନୂଆ ଅଧ୍ୟାୟ। ଏ ଜୀବନ ଏକା କେବଳ ମୋର ନୁହଁ, ଜୀବନକୁ ଗତିଶୀଳ କରାଉଥିବା ପରିବେଶ ଓ କିଛି ପାରିପର୍ଶ୍ୱିକ ଚରିତ୍ରମାନଙ୍କ ଭୂମିକା ବହୁତ ଗୁରୁତ୍ୱପୂର୍ଣ୍ଣ। ସେମାନଙ୍କ ସହଯୋଗ ବିନା ଜୀବନ ନିଥର। ସକାରାତ୍ମକ ଚରିତ୍ର ମାନଙ୍କ ଠାରୁ ଢେର ଗୁଣା ଅଧିକ ପ୍ରଯୁଜ୍ୟ ନକାରାତ୍ମକ ଚରିତ୍ର। ଜୀବନ ଗଣିତକୁ ସମାଧାନ ଓ ସମୀକ୍ଷା କରିବାକୁ, ଜୀବନକୁ ସଠିକ ରାସ୍ତାରେ ଚଳାଇବାକୁ ରୀତିମତ ପ୍ରୟାସ ଜାରି ରଖିବା ଉଚିତ । ନ ହେଲେ ଜୀବନ କଣ ଏତେ ସୁଆଦିଆ ଲାଗିବ? ପାଚିଲା ଅମୃତଭଣ୍ଡା କିମ୍ବା ଆମ୍ବର

ଭିନ୍ନ ମିଠା ସ୍ୱାଦ ଦେଇ ପାରିବ? ସାରା ବିଶ୍ୱରେ ଆତଙ୍କର ବାତାବରଣ ସହ ମୃତ୍ୟୁର ବିଭୀଷିକା ଖେଳାଇ ମହାମାରୀ କରୋନା ବିଦାୟ ନେଇ ଯାଉଛି। କିନ୍ତୁ ସେ ଦେଇ ଯାଇଛି ଅନେକ ମହାଶିକ୍ଷା। ସହଯୋଗୀ ବନ୍ଧୁମାନଙ୍କ ସହଯୋଗରେ ବେଳାବୁକୁରେ ସୁନ୍ଦର ଭବ୍ୟ ସୂର୍ଯ୍ୟୋଦୟ ଦର୍ଶନ ତାଙ୍କୁ ଜୀବନର ଏକ ନୂଆ ରାହା ଦେଖାଇଛି। ସବୁ କଳକାରଖାନା ବନ୍ଦ ଥିଲା। ଅସହାୟ ଶ୍ରମଜୀବୀ ମେହେନତି ମଣିଷ ମୁହଁରେ ତୁଣ୍ଡି ବାନ୍ଧି ଗୃହବନ୍ଦୀ ହୋଇ ଅସହ୍ୟ ଦୁଃଖ ଯନ୍ତ୍ରଣା ଭୋଗ କରିଥିଲେ ବି ହାରି ଯାଇ ନାହିଁ ଜୀବନ। ଏ ମଧ୍ୟରେ ସରକାରଙ୍କ ତରଫରୁ ଯୁଦ୍ଧ କାଳୀନ ଭିତ୍ତିରେ ଦୁଇ ଡୋଜ ଟୀକାକରଣ ସମ୍ପନ୍ନ ହୋଇସାରିଛି। ଲୋକେ ଧୀରେ ଧୀରେ ନିଜ ନିଜର କର୍ମ କ୍ଷେତ୍ରକୁ ବାହୁଡ଼ିଗଲେଣି। ରାସ୍ତାଘାଟ ଦୋକାନ ବଜାର ପୁଣି ଗହଳ ଚହଳ ହୋଇ ଉଠୁଛି।

ଏହି ଦୁର୍ଦ୍ଦିନ ସମୟରେ ବି ବନ୍ଦ ରହି ନାହିଁ ଜୀବନ ସଂଗ୍ରାମ ସାହିତ୍ୟ ଓ ସାରସ୍ୱତ ସାଧନା। ଏଇତ କାକତାଳିକ ଭାବେ ସୂର୍ଯ୍ୟୋଦୟ ସଂଭ୍ରାନ୍ତ ପରିବାରଙ୍କ ସୌଜନ୍ୟରୁ ଆରମ୍ଭ ହେବାକୁ ଯାଉଛି କିଛି ପ୍ରଦତ୍ତ ବାକ୍ୟାଂଶକୁ ନେଇ ଗଳ୍ପ ଓ ପ୍ରବନ୍ଧ ପ୍ରତିଯୋଗିତା। ବିନୟବାବୁ ତାଙ୍କ ଜୀବନ ଅଭିଜ୍ଞତା ଏବଂ ନୂତନ ସୂର୍ଯ୍ୟୋଦୟ ଦର୍ଶନ କଥାବସ୍ତୁକୁ ସଂଯୋଜନା କରି ଏକ ବର୍ଣ୍ଣିଳ ଇନ୍ଦ୍ରଧନୁ ସୃଜନ କରିବାର ନିର୍ଭର ପ୍ରତିଶ୍ରୁତି ଦେଇଛନ୍ତି।

■■■

ଉଛୁଳା ନଈ

ଆଜି ଶ୍ରାବଣ ମାସ ଦ୍ୱିତୀୟ ସୋମବାର। ବଡ଼ି ସକାଳୁ ରାସ୍ତାରେ ଧାଡ଼ିବାନ୍ଧି ଯାଉଥିବା ବୋଲବମ ଭକ୍ତମାନଙ୍କ ଗହଳଚହଳ ଲାଗି ରହିଛି। ରାସ୍ତା କଡ଼ରେ ଅଥବା ଘର ବାଲକୋନି ଉପରୁ ଲୋକେ କେତେକ ଉତ୍ସାହୀ ଯାତ୍ରୀ ଡିଜେର ତାଳେ ତାଳେ କିମ୍ବା ଢୋଲ,ନିଶାନ,ଦୁଲଦୁଲି ବାଦ୍ୟ ବଜାଇ ଯିବାର ଦୃଶ୍ୟକୁ ନୀରିକ୍ଷଣ କରୁଥାଆନ୍ତି। ଅବସରପ୍ରାପ୍ତ ଶିକ୍ଷକ କିଶୋରବାବୁ ମଧ୍ୟ ଆଜି ଶୀଘ୍ର ଉଠି ପ୍ରାତଃ ଭ୍ରମଣ ସାରିଦେଲେଣି। ସେ ପୁରୁଣା ଡାଏବେଟିସ୍ ରୋଗୀ ହୋଇଥିବାରୁ ତାଙ୍କୁ ସବୁଥିରେ ସାବଧାନ ହୋଇ ଚଳିବାକୁ ପଡ଼ିଥାଏ। ନିଜ ଗୋଡ଼ହାତ ଚଳୁଥିଲା ଯାଏ ସମୟରେ ଖାଦ୍ୟପେୟ, ପଥିଔଷଧ ନିୟମିତ ଗ୍ରହଣ କରି ଯେତେ ଦିନ ଠିକ ଚଳିପାରିବେ ଭଲକଥା, ନଚେତ ନିଜେ ଦୁଃଖ ଭୋଗିବା ସଙ୍ଗେ ସଙ୍ଗେ ପରିବାରର ଅନ୍ୟମାନଙ୍କ ପାଇଁ ଦୁଃଖର କାରଣ ହେବେ।

କିନ୍ତୁ କିଛି କଥାରେ ଅଭ୍ୟାସ ନଥିବାରୁ ତାଙ୍କର ବହୁ ସମୟରେ ଭୁଲଭଟକା ହୋଇ ଯାଉଛି। ଠିକ ସମୟରେ କାମର କଥା ମନରେ ପଡୁନାହିଁ। ଗତ କାଲି ପ୍ରାତଃ ଭ୍ରମଣରେ ଗଲାବେଳେ ଦାଣ୍ଡଘରର ଝରକା ବନ୍ଦ କରିନଥିଲେ।ଛାତ ଉପରେ ରହୁଥିବା ନାଲି ପାତିମାଙ୍କଡ଼ ଝରକା ବାଟେ ଘରେ ପଶି ସବୁ ପନିପରିବା ଖାଇ ଫୋପାଡ଼ି ଦେଇଥିଲେ। ଫ୍ରିଜଟାକୁ ବି ଖୋଲି ତା ଭିତରେ ଥିବା ଫଳ ଓ କ୍ଷୀର ପାକେଟ ନଷ୍ଟ କରି ପକାଇଥିଲେ। ତାଙ୍କ ପତ୍ନୀ ତାଙ୍କ ଭୁଲାପଣ ଯୋଗୁ କେମିତି ଫଳ ଭୋଗିବାକୁ ହେଉଛି ପୂର୍ବାପର କଥା ଗୁଡ଼ିକୁ ଗୋଟି ଗୋଟି କରି ବଖାଣି ଥିଲେ। ଅଗତ୍ୟା ଟିକିଏ ଅଦା ମିଶା ଚାହା ପିଇ ତାଙ୍କୁ କାମ ଚଳାଇନେବାକୁ ପଡ଼ିଥିଲା।

ଘରେ କିଶୋରବାବୁଙ୍କ ପତ୍ନୀ ଶାନ୍ତି ଦେବୀ କିମ୍ବା ବୋହୂ ଉଠି ନଥିଲେ। ଚାହାପର୍ବ କିଛି ଅଧିକ ଡେରି ହୋଇପାରେ। ଏଣୁ ସେ ଚଉକିଟି ପକାଇ ବାଲକୋନୀରେ ବସି ଥାଆନ୍ତି। କଲୋନୀର କିଛିଲୋକ ଘରର ପୋଷାକୁକୁରମାନଙ୍କ ବେକରେ ବନ୍ଧା ହୋଇଥିବା ରଶିଫିତାକୁ ଧରି ରାସ୍ତାରେ ବୁଲୁଥିବା ଦୃଶ୍ୟ ତ ନିତିଦିନିଆ ଫେସନ ହେଲାଣି। ବାହାରେ କୁକୁରଙ୍କୁ ଧରି ବୁଲାଇବା ଯେତିକି ସଉକ ବୋଲି ଦେଖାଯାଏ, ତାଠାରୁ ଅଧିକ ହେଉଛି କୁକୁରଙ୍କ ନିତ୍ୟକର୍ମ ଆବଶ୍ୟକତା। ଘର ଭିତରେ କାହିଁକି ଅପରିଷ୍କାର କରିବେ, ବାହାରେ ରାସ୍ତାରେ ବୁଲୁଥିବାବେଳେ ଏହା ଅଗୋଚରରେ ସମ୍ପନ୍ନ ହୋଇଗଲେ ମଳମୁକ୍ତ ପରିବେଶ ସୁରକ୍ଷା ଦିଗରେ ଜଣେ ଉତ୍ତମ ସହରୀ ନାଗରିକ ଦାୟିତ୍ୱକୁ ସେମାନେ ସୂଚାରୁ ରୂପେ ନିର୍ବାହ କରନ୍ତି ବୋଲି ଭାବିଥାନ୍ତି ବୋଧହୁଏ।

କିଶୋରବାବୁ ଆଜିର ଦୈନିକ ଖବର କାଗଜଟି ଆଣି ବଡ଼ବଡ଼ ଅକ୍ଷରରେ ଲେଖା ଯାଇଥିବା ମୁଖ୍ୟ ଖବର ଗୁଡ଼ିକ ଉପରେ ଆଖି ବୁଲାଇ ଆଣିବାରେ ମନ ଦେଲେ। ଭୁବନେଶ୍ୱରର ଜନଗହଳିପୂର୍ଣ୍ଣ ରାଜରାସ୍ତାରେ ଓଲିଉଡ ଜଗତର ଜଣେ ପ୍ରସିଦ୍ଧ ତାରକା ଏବଂ ତାଙ୍କ ଗାର୍ଲଫ୍ରେଣ୍ଡଙ୍କୁ ବିବାହିତା ପତ୍ନୀଙ୍କ ଭିଡ଼ାଟଣା ଏବଂ ଚାପୁଡା ମାଡ଼ ।

ଚଳଚ୍ଚିତ୍ର ଏବଂ ସଙ୍ଗୀତ ଜଗତରେ ଚହଳ ସୃଷ୍ଟି କରିଥିବା ଦୁଇ ମହାନ ପରିବାର ମଧ୍ୟରେ ସୃଷ୍ଟି ହୋଇଥିବା ଏହି କନ୍ଦଳରେ ସାରା ରାଜ୍ୟ ହୁଲସ୍ଥୁଲ।

ପ୍ରିଣ୍ଟ ଓ ସୋସିଆଲ ମିଡ଼ିଆରେ ତଥାକଥିତ ବିଖ୍ୟାତ ହିରୋ ହିରୋଇନ, ତାଙ୍କ ମାଆ ବାପା ମଉସା ମାଉସୀ ଓ ଫ୍ୟାନମାନଙ୍କ ବିଶେଷ ସାକ୍ଷାତକାର ସମ୍ବନ୍ଧରେ ପୂରା ଭରପୂର ପୃଷ୍ଠା ।

ଏ ବି ଏକ ଖବର। ବୁର୍ଲା ବୀରସୁରେନ୍ଦ୍ର ସାଏ ମେଡିକାଲ କଲେଜ ହସପିଟାଲରେ ରାତ୍ରି ଡ୍ୟୁଟି କରୁଥିବା ପିଜି ହାଉସ ସର୍ଜନଙ୍କ ଉପରେ ରୋଗୀଙ୍କ ଆତ୍ମୀୟମାନଙ୍କ ଅତର୍କିତ ଆକ୍ରମଣ। ଦୁର୍ବୃତ୍ତମାନେ ଘଟଣାସ୍ଥଳରୁ ଫେରାର। ମେଡିକଲ ଛାତ୍ର ମାନଙ୍କ ଆନ୍ଦୋଳନ ଯୋଗୁ ଅଚଳାବସ୍ଥା

ଜାରି।ରାତ୍ରିକାଳୀନ ଜରୁରୀ ସେବା ଯୋଗାଉଥିବା ଡାକ୍ତରମାନଙ୍କୁ ସୁରକ୍ଷା ଯୋଗାଇ ଦେବାକୁ ଦାବି ।

ଦୈନିକ କୋଭିଡ଼ ସଂକ୍ରମଣ କୋଡ଼ିଏ ହଜାର ଟପିଲା। ସହରାଞ୍ଚଳରେ ପୁଣି ମାସ୍କ ପିନ୍ଧିବା ଓ ନିରାପଦ ଦୂରତା ରକ୍ଷା କରି ଚଳପ୍ରଚଳ ହେବାକୁ କଡାକଡି ହେଲା ନୀୟମ। ସତର୍କତା ଉପଦେଶାବଳୀଜାରୀ ।

ବଡ଼ ଖବର। ହୀରାକୁଦ ବନ୍ଧ କର୍ତ୍ତୃପକ୍ଷ ଆଜି ସକାଳ ନଅଟାରୁ ପାଞ୍ଚଟି ଗେଟ ଖୋଲି ପ୍ରଥମ ବର୍ଷାଜଳ ନିଷ୍କାସନ କରିବେ।

ପତ୍ନୀ ଶାନ୍ତିଦେବୀ ଚାହା କପ୍ ଟି ଧରି ଆଗରେ ଠିଆ ହେଲେଣି। କିଶୋରବାବୁ ଚାହାରୁ ଢୋକେ ପିଇ ଭାବୁଥାଆନ୍ତି ତାଙ୍କ ଫ୍ଲାଟଠାରୁ ମାତ୍ର ଅଳ୍ପ କିଛି ଦୂରରେ ଥିବା ମହାନଦୀର ବନ୍ଧ ଉପରକୁ ଯାଇ ପ୍ରଥମ କରି ନିଷ୍କାସିତ ହେଉଥିବା ବନ୍ୟାଜଳକୁ ଦେଖି ଆସିବେ।

କିନ୍ତୁ ନିଜ ମନ ଭିତରେ ଓ ଆମ ଚାରିଆଡେ ଉଛୁଳି ଉଠୁଥିବା ନଈମାନଙ୍କ ପ୍ରଖର ସ୍ରୋତକୁ ନିୟନ୍ତ୍ରଣ କରିବା ପାଇଁ କୌଣସି ବନ୍ଧବାଡ଼ ନ ଥିବା କଥା ଭାବି ତାଙ୍କ ମନ ଅଜଣା ଆତଙ୍କରେ ଶିହରି ଉଠୁଥିଲା।

■■■

ଅନୁଭୂତିରେ ମହାପ୍ରଭୁ

୧୯୯୧ ମସିହାର କଥା। ମୁଁ ସୁବର୍ଣ୍ଣପୁର ଜିଲ୍ଲାର ଉଲୁଣ୍ଡା ପ୍ରାଥମିକ ସ୍ୱାସ୍ଥ୍ୟକେନ୍ଦ୍ରରେ ନୂଆକରି ଚାକିରି କରୁଥାଏ। ମୋ ସହିତ ମୋର ସ୍ତ୍ରୀ, ସାତ ବର୍ଷର ପୁଅ ବୁବୁନୁ, ଚାରି ବର୍ଷର ଝିଅ ବିନି ଓ ସତୁରୀ ବର୍ଷର ମାଆ ରହୁଥାଆନ୍ତି।

ଆମ ନିଜ ଗାଁ ଯାଜପୁର ଜିଲ୍ଲା ଉପର ବରୁଆଁରେ ବାପାଙ୍କ ସ୍ୱର୍ଗବାସ ହୋଇଗଲା ପରେ ମାଆ ଏବଂ ବଡ଼ଭାଇଙ୍କ ପୁଅକୁ ମଧ୍ୟ ନେଇ ମୋ ନିଜ ପାଖରେ ରଖିଥାଏ। ସେତେବେଳେ ଆମ ପରିବାରିକ ସ୍ଥିତି ଆଦୌ ଭଲ ନଥାଏ। ଭୁବନେଶ୍ୱର କଳ୍ପନା ଫ୍ଲାଟରେ ରହୁଥିବା ମୋର ବଡ଼ଭାଇଙ୍କ ଏପିଲେପ୍ସି ଜନିତ ବ୍ୟାଧି ତଥା ଦୁଶ୍ଚିନ୍ତା କାରଣରୁ ମାନସିକ ସନ୍ତୁଳନ ପୂରା ବିଗିଡ଼ି ଯାଇଥାଏ। ଘରେ ଭାଉଜ ଓ ତିନି ତିନିଟି ପିଲା ଦୁଃଖରେ କାଳ କଟାଉଥାନ୍ତି। ଏହି କାରଣରୁ ମୋ ପାଖରେ ରହୁଥିବା ମାଆଙ୍କ ମନ ସବୁବେଳେ ଅଶାନ୍ତ ରହୁଥାଏ, ସେ ସର୍ବଦା ଭୁବନେଶ୍ୱର ଆସି ବଡ଼ପୁଅ ଓ ନାତିନାତୁଣୀକୁ ଦେଖିବାକୁ ବାଉଳି ହୁଏ। ସେତେବେଳେ ଗମନାଗମନରେ ଥିବା ବହୁ ଅସୁବିଧା, କର୍ମବ୍ୟସ୍ତତା ଓ ପାରିବାରିକ ଆର୍ଥିକ ଅବସ୍ଥା ଦର୍ଶାଇ ମୁଁ ତାକୁ ବୁଝାଇ ଧୈର୍ଯ୍ୟ ଦିଏ। ମୋ ପାଖରେ ରହି ପାଠ ପଢୁଥିବା ଭାଇଙ୍କ ପୁଅଟି ମାଟ୍ରିକ ପରୀକ୍ଷା ଦେଇ ସାରିବା ପରେ ଜୁନ ମାସ ପ୍ରଥମ ସପ୍ତାହରେ ଆମେ ସମସ୍ତେ ଭୁବନେଶ୍ୱର ଆସିଲୁ। ଭାଇଙ୍କ ବସାରେ ପହଞ୍ଚି ବଡ଼ଭାଇଙ୍କୁ ଦେଖି ମାଆ ବହୁତ କନ୍ଦାକଟା କଲେ। ଭାଉଜଙ୍କ ସହିତ ଆଲୋଚନା ସମୟରେ ମୁଁ ଜଣାଇଲି ଯେ ମୋର ବେଶୀ ଦିନ ଛୁଟି ନାହିଁ। ମୁଁ ଗାଁକୁ ଯାଇ ଦୁଇଦିନ ଭିତରେ ସୁବର୍ଣ୍ଣପୁର ଚାକିରିକୁ ଫେରିବାକୁ ପଡ଼ିବ। ସେ ମୋ

ଆଡ଼କୁ ଜଳଜଳ କରି ଚାହିଁ ପଚାରିଲେ କଅଣ ବୋଉ ବି ଏଠି ରହିବେ? ମୁଁ କହିଲି ସେ ବୁଢ଼ୀ ମଣିଷ। ବସରେ ଧକଡ଼ଚକଡ଼ ହୋଇ ସାରାରାତି ବାନ୍ତି କରି କରି ଆସିଛି। ସବୁବେଳେ ତ ସିଏ ମୋ ପାଖରେ ରହି ଭାଇ ପାଇଁ ମନସ୍ତାପ କରୁଛି, ରାତିରେ ଭଲକି ଶୋଇପାରୁ ନାହିଁ। ଏଠି ମାସେ ଖଣ୍ଡେ ରହୁ। ମୁଁ ପୁଣି ଆସିଲେ ତାକୁ ନେଇଯିବି। ଭାଉଜ ବେଦନା ଭରା କଣ୍ଠରେ କହିଲେ, ତୁମ ପାଖରେ ଥିବା ପୁଅଟିକୁ ତ ଆଣିଛ, ତା ସାଙ୍ଗକୁ ବୋଉ। ମୁଁ ତୁମ ଭାଇ ଓ ବୋଉ ଦୁଇ ଦୁଇ ଜଣ ପାଗଳ ଲୋକଙ୍କୁ ନେଇ ଏଠି କେମିତି ଚଳିବି। ମୁଁ ତାଙ୍କ କଥାର କିଛି ଉତ୍ତର ଦେଇପାରିନଥିଲି, ନତାଲା ଅଫିସରେ ଥିବା ଜରୁରୀ କାମ ପାଇଁ ମୁଁ ଘରୁ ବାହାରି ଆସିଲି।

ଭାଉଜ ଓ ମୋ ଭିତରେ ହୋଇଥିବା ଏହି କଥାକୁ କିନ୍ତୁ ମାଆ (ବୋଉ) ଆଢୁଆଳେ ଥାଇ ଶୁଣିଥିଲା। ସମସ୍ତେ ଖାଇ ବିଶ୍ରାମ ନେଉଥିବା ବେଳେ ସେ ବସାରୁ କାହାକୁ କିଛି ନ କହି କେଉଁ ଆଡ଼େ ପଳାଇଲା।

ସେତେବେଳେ ଆଜିକା ପରି ମୋବାଇଲ ଫୋନ ନଥିଲା। ମୁଁ ପ୍ରାୟ ଅପରାହ୍ନ ଚାରିଟା ବେଳକୁ ବସାକୁ ଫେରି ଦେଖେ ତ ସମସ୍ତେ ବୋଉକୁ ଚାରିଆଡ଼େ ଖୋଜାଖୋଜି କରି ସେ ପର୍ଯ୍ୟନ୍ତ ପାଇ ନାହାନ୍ତି। ପଚାରି ଜାଣିଲି ସେ ଗଲାବେଳେ ତା ସହିତ କେବଳ ସେ ପୂଜା କରୁଥିବା ଜଗନ୍ନାଥ ଓ ଛତିଆ ଠାକୁରଙ୍କ ଫଟୋ ଦୁଇଟି ନେଇ ଯାଇଛି।

ମୋତେ ଚାରିଆଡ଼ ଅନ୍ଧାର ଦିଶିଲା। ମୁଁ ସମୟ ବିଳମ୍ବ ନକରି ଆଖପାଖ ଚାରିଆଡ ତନ୍ନ ତନ୍ନ କରି ଖୋଜୁଥାଏ, ଲୋକମାନଙ୍କୁ ପଚାରି ବୁଝୁଥାଏ। କେଉଁଠାରେ କିଛି ହେଲେ ସୂଚନା ମିଳିଲା ନାହିଁ। ଭାବିଲି ତା ପାଖରେ ତ ଟଙ୍କା ପଇସା ନାହିଁ, ବୁଢ଼ୀ ମଣିଷ କେଉଁଠି ଅନ୍ତର୍ଦ୍ଧାନ ହୋଇଗଲା। ସେଦିନ ବିଳମ୍ବିତ ରାତି ପର୍ଯ୍ୟନ୍ତ ଖୋଜାଖୋଜି କରି ତା ପରଦିନ ବି ଭୁବନେଶ୍ୱର ଗଳିକନ୍ଦିରେ ଖୋଜିଲି ।

ତା ପର ଦିନ ମୁଁ ପୁରୀ ଯିବାକୁ ବାହାରିଲି, କାଳେ ସେଇଠିକୁ ବୋଉ ଯାଇଥିବ। ମୋର ଅସ୍ଥିରତା ଦେଖି ମୋତେ ଏକୁଟିଆ ନ ଛାଡ଼ି ମୋ ସହିତ

ମୋର ପତ୍ନୀ ମଧ୍ୟ ଗଲେ। ପୁରୀ ଠାକୁରଙ୍କୁ ଦର୍ଶନ କରି, ମନର ଦୁଃଖ ଜଣାଇ ଓ କିଛି ସମ୍ଭାବ୍ୟ ଲୋକବାକଙ୍କୁ ପଚରା ଉଚରା କରି କିଛି ସୂଚନା ନପାଇବାରୁ ସମୁଦ୍ରକୂଳ ଆଡ଼େ ଯାଇ ଲୋକଙ୍କଠାରୁ ବୁଝିଲୁ। ମନକୁ କେତେ ଆଡୁ କେତେ ଦୁଶ୍ଚିନ୍ତା ଘାରୁଥାଏ। ସମୁଦ୍ରକୂଳ ଥାନାକୁ ମଧ୍ୟ ଯାଇ ବୁଝାବୁଝି କଲୁ, ନିରାଶ ମନରେ ଶ୍ରୀମନ୍ଦିର ଠାରୁ ଗୁଣ୍ଡିଚା ମନ୍ଦିର ଯାଏ ଚାଲିଚାଲି ଚାରିଥର ଏପଟ ସେପଟ ହେଲୁ। କୌଣସି ଠାରୁ କୌଣସି ସୂଚନା ନପାଇ ସେଠାରୁ ସିଧା ଛତିଆବଟକୁ ଆସିଲୁ।

ଛତିଆକୁ ବୋଉ ସହିତ ମୁଁ ଅନେକ ଥର ଆସିଛି। ମୋର ଜନ୍ମବେଳଠୁ ମୋତେ ସେଠାରେ ବୋଉ ବାବାଜୀ କରି ସମର୍ପି ଦେଇଥିଲା। ମୋତେ ସେଠାରୁ ପୁଣି ମୁକୁଳାଇ ବାହା କରିଥିଲା। ସେଠାରେ ଚିହ୍ନାଥିବା ଚୈତନ ବାବା, ରାଧାଶ୍ୟାମ ଭାଇ ଖୁବ୍ ଜଣାଶୁଣା। ତାଙ୍କଠାରୁ ଖବର ନେଇ ବୁଝିଲି ବୋଉ ସେଠାକୁ ମଧ୍ୟ ଆସିନାହିଁ।

ଏଣୁ ଗଭୀର ଦୁଃଖ ଓ ଅବସାଦରେ ଏହି କଥା ଗାଁରେ ପରିଜନମାନଙ୍କୁ ନିହାତି ଜଣାଇବା ଉଚିତ ଭାବି ଆମେ ଗାଁ କୁ ଆସିଲୁ। ତାପର ଦିନ ସକାଳ ପ୍ରାୟ ଦଶଟା ହେବ। ଘରେ ଗୋଡ଼ ଦେଉଦେଉ ଜଣେ ସମ୍ପର୍କୀୟ ଖୁଡ଼ୀ ଆସି ଖବର ଦେଲେ ଆଜି ସକାଳୁ ତୁମ ବୋଉ ତ ଆସି କଷ୍ଟରେ ଘରେ ପହଞ୍ଚିଚି। ତୁମେ ତା ସହିତ ନ ଆସି ଏତେ ଡେରିଯାଏ କେଉଁଠି ଥିଲ।

ଆମେ ସତରେ ଆଶ୍ଚର୍ଯ୍ୟ ଚକିତ ହୋଇଗଲୁ। ସଙ୍ଗେ ସଙ୍ଗେ ତା ପାଖକୁ ଯାଇ ଭୋ ଭୋ କାନ୍ଦି ଉଠିଲି। ତାକୁ ପଚାରି ଜାଣିଲି ଯେ ଭାଉଜ କଥା ଶୁଣି ତା ମନରେ ଭାରି ଆଘାତ ଲାଗିଲା। ଘରୁ ଏକ ମୁହାଁ ହୋଇ ସେ ଚାଲି ଚାଲି ଆସୁଥାଏ, ଗୋଟିଏ ଦୋଛକି ପାଖରେ ତଳେ ମୁହଁ ମାଡ଼ି ପଡ଼ିଗଲା। ପାଖରେ ଥିବା କିଛି ଲୋକ ଦଉଡ଼ି ଆସି ତାକୁ ଉଠାଇଲେ, ପାଖରେ ଥିବା ମନ୍ଦିରକୁ ନେଇ ତାକୁ ସାଷ୍ଟମ କଲେ। ଦୁଇଦିନ ରଖି ଖାଇବାକୁ ପିଇବାକୁ ଦେଇ ତାକୁ କେଉଁଠିକୁ ଯିବ ବୋଲି ପଚାରିଲେ। ସେ କହିଲା-ମୋର ଦୁଇଟି ପୁଅ, ଜଣେ କାଳିଆ ଓ ଅନ୍ୟଟି ବଳିଆ ଓ ସେ ନିଜ ଗାଁ ଘରକୁ ଯିବ ବୋଲି କହିଲା। ସେହି ଅପରିଚିତ ଲୋକ ନିଜକୁ କାଳିଆ ଓ ବଳିଆ ଓ

ବୁଢ଼ୀ ମାଉସୀ ଆମେ ତୁମର ନିଜ ପୁଅ ବୋଲି କହିଲେ। ତାକୁ ନୂଆ ଶାଢ଼ି ଦୁଇଖଣ୍ଡ କିଣି ଆଣିଦେଲେ। ଗାଡ଼ିରେ ଆଣି ବସାଇ ତା ହାତରେ ଦୁଇଶହ ଟଙ୍କା ଜବରଦସ୍ତ ଧରାଇଲେ। ଡ୍ରାଇଭରକୁ ବାରବାର ବୁଝାଇ ତାଙ୍କ ମାଆଙ୍କୁ ଆମ ଗାଁ ବରୁଆଁ ଛକରେ ଓହ୍ଲାଇ ଦେବାକୁ କହିଲେ। ବୋଉ ତାଙ୍କ ଲୁଗା ଟଙ୍କା ନେବାକୁ ଯେତେ ନାହିଁ ନାହିଁ କଲେ ବି ତା କଥା ମୋଟେ ଶୁଣି ନ ଥିଲେ। କହିଲେ ମାଆ ଆମେ ପା ତୁମ ପୁଅ। ଯଦି ପର ବୋଲି ଭାବୁଥାଅ ଏହି କାଗଜରେ ଆମ ଠିକଣା ଲେଖାଅଛି, ତୁମେ ଘରେ ପହଞ୍ଚି ତୁମ ପୁଅଙ୍କୁ କହିବ ସେ ପଇସା ପଠାଇଦେବେ।

ମୁଁ ସେ କାଗଜଟି ତା ଠାରୁ ଆଣି ଖୋଲି ଦେଖେ ତ ସେଥିରେ କିଛି ଲେଖା ନାହିଁ। ମୁଁ ଆହୁରି ଜାଣିଲି ବୋଉ ଗାଁକୁ ଆସି ଆମର ଏକ ବାଡ଼ିକୁ ଜଣକୁ ବିକି ପୁରୀ ଯାଇ ତା କାଳିଆ ବଳିଆ ପୁଅଙ୍କ ଟଙ୍କା ଦେଇ ଆସିବାକୁ ମନସ୍ଥ କରିଥିଲା ଓ କିଛି ଲୋକଙ୍କୁ ମଧ୍ୟ କହିଥିଲା ।

ମୁଁ ଫେରିବାବେଳକୁ ଭୁବନେଶ୍ୱର ଆସି ତା କହିବା ଅନୁସାରେ ଠଉରାଇ ସେ ମନ୍ଦିର ପାଖରେ ବୁଝାବୁଝି କଲି। ମାତ୍ର ମୋର ଅସହାୟ ବୋଉକୁ ମରଣ ମୁହଁରୁ ବଞ୍ଚାଇଥିବା ଭାଇ ସେହି କାଳିଆ ବଳିଆଙ୍କ ଚିହ୍ନ ବର୍ଣ୍ଣ ପାଇ ପାରିଲି ନାହିଁ।

ମୁଁ ଯେତେବେଳେ ବି ପୁରୀ ଯାଏ, ମହାପ୍ରଭୁଙ୍କ ଦର୍ଶନ କରିବାବେଳେ ମୋ ଆଖିରେ ସେହି ଉପକାରୀ କାଳିଆ ବଳିଆ ମହାପୁରୁଷ ଦ୍ୱୟଙ୍କ ଜୀବନ୍ତ ରୂପ ମୋ ଆଖି ଆଗରେ ନାଚିଉଠେ, ମୋ ଆଖିରେ ଲୁହ ଜକାଇ ଆସେ।

ମୋ ବୋଉ ସ୍ୱର୍ଗବାସ ହେବା ଚବିଶ ବର୍ଷ ହେଲାଣି। ଆଜି ମୋ ଜୀବନରେ ଅଙ୍ଗେ ନିଭାଇଥିବା ଏକ ନିଚ୍ଛକ ସତ୍ୟକୁ ପରିପ୍ରକାଶ କରିବାକୁ ସୁଯୋଗ ମିଳିଥିବାରୁ ମନ ହାଲୁକା ଲାଗୁଛି।

■■■

ଅଜ୍ଞାତବାସ

ବର୍ଷ ୨୦୨୧ ଥିଲା ଅଭୂତପୂର୍ବ। ମହାମାରୀ କରୋନାର ଭୟାବହ ପ୍ରକୋପକୁ ଏଡ଼ିବା ପାଇଁ ମଣିଷ ଗୃହବନ୍ଦୀ ହୋଇ ଏକପ୍ରକାର ଅଜ୍ଞାତବାସରେ ହିଁ ରହିବାକୁ ବାଧ ହୋଇଥିଲା। ଲକଡାଉନ, ସଟଡାଉନର ନିର୍ଦ୍ଦେଶାବଳୀ ଅତି କଠୋର ଭାବେ ଲାଗୁ ହୋଇଥିବାରୁ ଘର ଛାଡ଼ି ବାହାରେ ରହୁଥିବା ଲୋକମାନେ କର୍ମକ୍ଷେତ୍ରରୁ ନିଜ ଘରକୁ ଫେରିବାକୁ ବହୁ କଟକଣା ଓ ନାହିଁ ନଥିବା ଅସୁବିଧାର ସମ୍ମୁଖୀନ ହୋଇଥିଲେ।

ଦୁର୍ଯୋଗକୁ ଆମ୍ଭେ ପତିପତ୍ନୀ ବର୍ଷ ଆରମ୍ଭ ବେଳକୁ ବାଙ୍ଗାଲୋରରେ ରହୁଥିବା ଆମ ଝିଅ ପାଖକୁ କିଛିଦିନ ପାଇଁ ବୁଲି ଯାଇଥାଉ। ମାର୍ଚ୍ଚ ବେଳକୁ ହଠାତ କରୋନା ସଙ୍କ୍ରମଣ ବଢ଼ି ଯିବାରୁ ଗାଡ଼ିମଟର ବନ୍ଦ ହୋଇଗଲା। ଅଗତ୍ୟା ନିରୁପାୟ ହୋଇ ବସି ବସି ଭାଗବତ ଗୀତା ଓ ମହାଭାରତ କଥାମୃତକୁ ପାଠ କରି ସମୟ କଟାଇବା ଛଡ଼ା ଅନ୍ୟ ଉପାୟ କିଛି ନଥିଲା। ମହାଭାରତର ଏକ କଥା ମୋ ମନକୁ ବିଶେଷ ଛୁଇଁ ଥିବାରୁ ମୁଁ ତାହା ଉଲ୍ଲେଖ କରି ପାଠକଙ୍କ ମନରେ କିଛି ସଚେତନତା ଉଜ୍ଜୀବିତ କରିବାକୁ ପ୍ରୟାସ କରୁଛି।

ଅଜ୍ଞାତବାସରେ ଘୋରବନରେ ପାଣ୍ଡବ ପାଞ୍ଚଭାଇ ଦ୍ରୌପଦୀଙ୍କ ସହିତ ବୁଲୁଥିବା ବେଳେ ଆକାଶ ମାର୍ଗରେ ଥିବା ଶନିଦେବଙ୍କ ଦୃଷ୍ଟି ପଡ଼ିଗଲା। ଏମାନଙ୍କ ବୁଦ୍ଧି ପରୀକ୍ଷା କରିବା ପାଇଁ ଶନିଦେବଙ୍କ ଇଚ୍ଛା ହେଲା। ସେ ମାୟା ବଳରେ ଏକ ସୁନ୍ଦର ମହଲ ସୃଷ୍ଟି କରିଦେଲେ। ମହଲ ଉପରେ ନଜର ପଡ଼ିବାରୁ ପ୍ରଥମେ ଭୀମ ବଡ଼ଭାଇ ଯୁଧିଷ୍ଠିରଙ୍କୁ ଦେଖିବା ଯିବାପାଇଁ

ଅନୁମତି ମାଗିଲେ। ବଡ଼ଭାଇଙ୍କଠୁ ଅନୁମତି ପାଇ ଭୀମ ମହଲ ନିକଟକୁ ଯାଇ ଦରୱାନ୍ ବେଶରେ ଠିଆ ହୋଇଥିବା ସ୍ୱୟଂ ଶନିଦେବଙ୍କୁ ଦେଖିଲେ।

ମହଲ ଦେଖିବା ଇଚ୍ଛା ପ୍ରକାଶ କରିବାରୁ ଶନିଦେବ ମହଲର ସର୍ତ୍ତ ବିଷୟରେ ବୁଝାଇ କହିଲେ - ମହଲର ଯୋଜନ ଯୋଜନରେ ରହିଥିବା ଚାରୋଟି କୋଣ ମଧ୍ୟରୁ ତୁମେ କେବଳ ଗୋଟିଏ କୋଣ ହିଁ ଦେଖି ପାରିବ।

ଦ୍ୱିତୀୟରେ ତୁମେ ମହଲରେ ଯାହା କିଛି ଦେଖିବ ତାହାର ବ୍ୟାଖ୍ୟା କରି ମୋତେ ବୁଝାଇବାକୁ ପଡ଼ିବ ।

ତୃତୀୟରେ ଯଦି ବ୍ୟାଖ୍ୟା କରିବାକୁ ଅସମର୍ଥ ହେବ ତେବେ ଏହି ମହଲରେ ବନ୍ଦୀ ହୋଇ ରହିବାକୁ ପଡ଼ିବ।

ଭୀମ ପ୍ରସ୍ତାବରେ ରାଜି ହୋଇ ମହଲର ପୂର୍ବକୋଣଟି ଦେଖିବାକୁ ଗଲେ। ସେଠି ସେ ଅଦ୍ଭୁତ ପ୍ରକାର ପଶୁପକ୍ଷୀ, ଫୁଲଫଳ ଭରା ଗଛଲତା ଦେଖି ବିମୋହିତ ହୋଇ ପଡ଼ିଲେ। ଆଗକୁ ଯାଇ ଦେଖିଲେ ପାଖକୁ ପାଖ ଲାଗି ତିନୋଟି କୂଅ ରହିଛି। ଦୁଇ ପାର୍ଶ୍ୱରେ ଦୁଇଟି ଛୋଟ ଛୋଟ ଏବଂ ମଝିରେ ଥିବା କୂଅଟି ବଡ଼। ବଡ଼ କୂଅଟିର ପାଣି ଉଚ୍ଛୁଳି ପଡ଼ିଲେ ସାନ ସାନ କୂଅ ଦୁଇଟି ପୁରି ଉଠୁଛି ,କିନ୍ତୁ ସାନ କୂଅ ଦୁଇଟିର ଉଚ୍ଛୁଳି ଥିବା ପାଣି ମିଶିଲେ ବଡ଼ କୂଅଟିର ପାଣି ଅଧା ହୋଇଯାଉଛି। ବହୁ ସମୟ ଧରି ବାର ବାର ଏହି ଦୃଶ୍ୟ ଦେଖି ଭୀମ ଆଶ୍ଚର୍ଯ୍ୟ ହୋଇଗଲେ। ଦ୍ୱାର ନିକଟକୁ ଫେରି ଦରୱାନ୍ ଙ୍କୁ ସବୁ କଥା କହିବାରୁ ସର୍ତ୍ତ ଅନୁଯାୟୀ ତାଙ୍କୁ ବନ୍ଦୀ ହୋଇ ରହିବାକୁ ପଡ଼ିଲା ।

ତାପରେ ଆସିଲେ ଅର୍ଜୁନ। ସେ ମଧ୍ୟ ଦରୱାନ୍ ଙ୍କ ଠାରୁ ସର୍ତ୍ତ ବିଷୟ ଅବଗତ ହୋଇ ମହଲର ପଶ୍ଚିମ କୋଣ ଦେଖିବାକୁ ଗଲେ। ସେଠାରେ ପହଞ୍ଚି ଦେଖିଲେ ଗୋଟିଏ କ୍ଷେତର କିଛି ଅଂଶରେ ବାଜରା ଏବଂ ବାକି ଅଂଶରେ ମକା ଫସଲ ଲାଗିଛି। କିନ୍ତୁ ବାଜରା କ୍ଷେତରୁ ମକା ଓ ମକା କ୍ଷେତରୁ ବାଜରା ଫସଲ ଉତ୍ପନ୍ନ ହେଉଛି। ଏହା ଦେଖି ସେ ଆଶ୍ଚର୍ଯ୍ୟ ହୋଇଗଲେ। ଦ୍ୱାର ନିକଟକୁ ଆସି ଦରୱାନ୍ ଙ୍କୁ ସମସ୍ତ ବୃତ୍ତାନ୍ତ କହି ବ୍ୟାଖ୍ୟା କରିନପାରି

ମହଲରେ ବନ୍ଦୀ ହୋଇ ରହିଲେ।

ତାପରେ ପଡ଼ିଲା ନକୁଳଙ୍କ ପାଳି। ସେ ସେହି ପ୍ରକ୍ରିୟାରେ ଉତ୍ତର କୋଣ ଦେଖିବାକୁ ଗଲେ। ଗୋଟିଏ ଜାଗାରେ ଦେଖିଲେ ଅନେକ ଗୁଡ଼ିଏ ଧଳା ଗାଈ ରହିଛନ୍ତି। ସେମାନେ ଭୋକ ମେଣ୍ଟାଇବା ପାଇଁ ଛୋଟ ଛୋଟ ବାଛୁରୀମାନଙ୍କଠୁ କ୍ଷୀରପାନ କରୁଛନ୍ତ । ଏପରି ବିଚିତ୍ର ଦୃଶ୍ୟ ସେ କେବେ ଆଗରୁ ଦେଖି ନଥିଲେ। ଏଣୁ ଦ୍ୱାରପାଳଙ୍କ ନିକଟରେ ବ୍ୟାଖ୍ୟା କରି ପାରିଲେ ନାହିଁ। ସର୍ତ୍ତ ଅନୁଯାୟୀ ତାଙ୍କୁ ବି ବନ୍ଦୀ ହୋଇରହିବାକୁ ପଡ଼ିଲା।

ତାପରେ ଆସିଲେ ସହଦେବ। ସେ ସବୁ ବୁଝିବାପରେ ଦକ୍ଷିଣ ଦିଗର କୋଣ ଆଡ଼କୁ ଗଲେ। ସେଠି ପହଞ୍ଚି ସେ ଦେଖିଲେ, ଗୋଟିଏ ବିଶାଳ ସ୍ୱର୍ଣ୍ଣ ପ୍ରସ୍ତର ଗୋଟିଏ ଛୋଟ ରୂପା ମୁଦ୍ରା ଉପରେ ଠିଆ ରଖାଯାଇଛି। ତାକୁ ଛୁଇଁଲେ ଟଳମଳ ହେଉଥିବା ସତ୍ତ୍ୱେ ପଡ଼ିଯାଉ ନାହିଁ। ଏ ଅଭୂତପୂର୍ବ ଦୃଶ୍ୟ ଦେଖି ସେ ମଧ ବ୍ୟାଖ୍ୟା କରିବାକୁ ସମର୍ଥ ହେଲେ ନାହିଁ। ପରିଣାମ ସ୍ୱରୂପ ବନ୍ଦୀ ହେଲେ।

ଭାଇମାନଙ୍କ ଫେରିବା ବିଳମ୍ବ ହେବାରୁ ନିଜେ ଯୁଧିଷ୍ଠିର ପତ୍ନୀ ଦ୍ରୌପଦୀଙ୍କ ସହିତ ଯାଇ ଦ୍ୱାର ନିକଟରେ ପହଞ୍ଚିଲେ। ଦ୍ୱାରପାଳ ତାଙ୍କୁ ସମସ୍ତ ସତ୍ୟାସତ୍ୟ ବୁଝାଇ ଭାଇମାନେ ମହଲରେ ବନ୍ଦୀ ଥିବା ଜଣାଇଲେ। ଯଦି ସେ ସମସ୍ତ ଭାଇଙ୍କ ନିମନ୍ତେ ଉପଯୁକ୍ତ ବ୍ୟାଖ୍ୟା କରି ପାରିବେ ତେବେ ସେମାନଙ୍କୁ ମୁକ୍ତି ମିଳିପାରିବ ବୋଲି କହିଲେ।

ଯୁଧିଷ୍ଠିର ପ୍ରଥମେ ଭୀମସେନଙ୍କୁ କଣ ଦେଖିଥିଲେ ବୋଲି ପଚାରିଲେ।

ତାଙ୍କ ନିକଟରୁ ବୁଝି ସେ ଦ୍ୱାରପାଳ ରୂପୀ ଶନିଦେବଙ୍କୁ ଉତ୍ତର ଦେଲେ, କଳିଯୁଗରେ ଜଣେ ବାପ ନିଜର ଦୁଇ ଦୁଇଟି ପୁତ୍ରମାନଙ୍କୁ ପାଳି ପୋଷି ବଡ଼ କରିପାରିବେ, କିନ୍ତୁ ଦୁଇ ଦୁଇଟି ପୁତ୍ର ଜଣେ ବୃଦ୍ଧ ବୟସର ପିତାଙ୍କୁ ପେଟଭରି ଖାଇବାକୁ ଦେଇ ପାରିବେ ନାହିଁ। ଏହା ହିଁ ବଡ଼ କୂଅଟି ଅଧା ପୂର୍ଣ୍ଣ ରହିବା ସଙ୍କେତ ଦିଏ ।

ସନ୍ତୋଷ ଜନକ ଉତ୍ତର ପାଇ ଦ୍ୱାରପାଳ ଭୀମସେନଙ୍କୁ ମୁକ୍ତ କଲେ ।

ଦ୍ୱିତୀୟରେ ବୀର ଅର୍ଜୁନ ଦେଖିଥିବା ଦୃଶ୍ୟର ବ୍ୟାଖ୍ୟା କରି ଯୁଧିଷ୍ଠିର କହିଲେ, କଳିଯୁଗରେ ଜାତି ବର୍ଣ୍ଣ ଧର୍ମର କିଛି ମୌଳିକତା ରହିବ ନାହିଁ। ବର୍ଣ୍ଣ ସଙ୍କରତା କାରଣରୁ ଘୋର ଅନ୍ୟାୟ ଅନୀତି ବ୍ୟାପିଯିବ। ଅଚିହ୍ନା ରୋଗ ମହାମାରୀ ସବୁ ବ୍ୟାପୀ ପ୍ରଭୁତ ଧନଜୀବନ ହାନୀର କାରଣ ହେବ। ବିପରୀତ ପ୍ରକାର ଫଳ ବା ଫସଲ ଉତ୍ପନ୍ନ ଏହି ଗୁଢ଼ ତତ୍ତ୍ୱର ସଙ୍କେତ ଅଟେ।

ଏହି ଉତ୍ତର ଶୁଣି ଦ୍ୱାରପାଳ ଅର୍ଜୁନଙ୍କୁ ମୁକ୍ତ କରିଦେଲେ।

ତୃତୀୟରେ ନକୁଳଙ୍କ ଅଦ୍ଭୁତ ଦୃଶ୍ୟର ବ୍ୟାଖ୍ୟା ଦେବାକୁ ଯାଇ କହିଲେ, କଳିଯୁଗରେ ମାତାମାନେ ଯାଇ କନ୍ୟାମାନଙ୍କ ଅନ୍ନରେ ପ୍ରତିପାଳିତ ହେବେ। ପୁତ୍ରମାନେ ନିଜର ଜନ୍ମଦାତ୍ରୀ ମାଆଙ୍କୁ ପୋଷିବାକୁ ଅରାଜି ହେବେ। ଗାଈ ବାଛୁରୀଙ୍କ ଠାରୁ କ୍ଷୀର ପିଇବା ଏହି ସଙ୍କେତ ଦେଉଛି।

ଏହି ଉତ୍ତର ଶୁଣି ନକୁଳଙ୍କ ମୁକ୍ତି ହୋଇଗଲା ।

ସହଦେବ ଦେଖିଥିବା ଦୃଶ୍ୟର ସାରମର୍ମ ବ୍ୟାଖ୍ୟା କରି ଶେଷରେ ଯୁଧିଷ୍ଠିର କହିଲେ, କଳିଯୁଗରେ ପାପ ଦ୍ୱାରା ଧର୍ମ ଯେତେ ଚାପଗ୍ରସ୍ତ ହେଲେ ବି ଧର୍ମ ତାର ମୌଳିକତା ଟେକ ରଖିବାକୁ ସକ୍ଷମ ହେବ। ଟଳମଳ ହେଉଥିଲେ ବି ପଡ଼ିଯିବ ନାହିଁ ।

ସମସ୍ତଙ୍କୁ ମୁକ୍ତ କରି ଶନିଦେବ ନିଜର ପରିଚୟ ଦେଲେ ଓ ପାଣ୍ଡବ ଭାଇମାନଙ୍କୁ ଆଶୀର୍ବାଦ ପ୍ରଦାନ କରି ଘୋର କଳିଯୁଗ ପାଇଁ ସତର୍କତା ଅବଲମ୍ବନ କରିବାକୁ ଉପଦେଶ ଦେଲେ।

ସାମ୍ପ୍ରତିକ ପରିସ୍ଥିତିକୁ ଦେଖିଲେ ଏହି ସବୁ ଅଦ୍ଭୁତ ପରିସ୍ଥିତିର ସଙ୍କେତ ବିଷୟରେ ପୂର୍ବରୁ କରାଯାଇଥିବା ପୌରାଣିକ ଉଦାହରଣର ସାମଞ୍ଜସ୍ୟକୁ ସହଜରେ ହୃଦୟଙ୍ଗମ କରିହେବ।

■■■

ବର୍ଣ୍ଣସଙ୍କରତା

ପତ୍ନୀ ଆରତୀ ଦେବୀ ପତିଦେବଙ୍କୁ ସେଦିନ କଅଁଳେଇକି କହିଲେ- ଶୁଣୁଛ କି, ତୁମକୁ ମୁଁ ଆଉ କେତେଥର କହିବି? କେଉଁ କଥାରେ ତୁମେ ମୋ ମନକଥା ବୁଝି ପାରିଲନି। ଆମ ବାହାଘର ଏତେ ବର୍ଷ ହେଲା ହେଲାଣି, କେଉଁ ଦିନ ମୋ ପାଇଁ ତୁମକୁ ଫାଙ୍କା ସମୟଟିକେ ମିଳିବ? ଚାଲ ଆଜି ଏବେ ହିଁ ବାହାରିବା। ହରିପୁର ବଣିଆ ଦୋକାନ ଯାଇ ତୁମ ହାତକୁ ଗୋଟିଏ ସୁନାମୁଦି ତିଆରି କରି ଆଣିବା।

ଖାସ ମୋରି ପାଇଁ ସୁନାମୁଦି ତିଆରି କରିବାକୁ ପତ୍ନୀଙ୍କ ଏକାନ୍ତ ଜିଦି ଦେଖି ମୁଁ ବୁଝି ପାରୁ ନଥିଲି ସଂସାରରେ ପତ୍ନୀ ନାମକ ଏକ ଅଦ୍ଭୁତ ଜୀବ ଭଗବାନ ବହୁତ ଭାବିଚିନ୍ତି ସୃଷ୍ଟି କରିଛନ୍ତି ନିଶ୍ଚୟ।

ମୋର ନୀରବତା ଓ ଭାବପ୍ରବଣତା ଲକ୍ଷ୍ୟ କରି ପୁଣି ଆରତୀଦେବୀ କହି ଚାଲିଲେ, ଗତ ଥର ଟିକିନନା ପାଖରେ ଆମେ ହୋମ ଆରମ୍ଭ କରିବାକୁ ଯାଉଥିଲା ବେଳେ ସେ ଯାହା କହିଲେ, ଶୁଣି ମୋତେ ଲାଜ ଲାଗିଲା। ସୂର୍ଯ୍ୟଙ୍କ ଉଦ୍ଦେଶ୍ୟରେ ପାଣି ଟେକିଲା ବେଳକୁ ତୁମ ହାତରେ ସୁନାମୁଦିଟିଏ ନାହିଁ। ମୋର ବାହାଘରରେ ମିଳିଥିବା ସୁନାର ଦୁଇଟି ପେଣ୍ଡି ଓ ଦୁଇପଟଚୁଡ଼ି ଭାଙ୍ଗି ଯାଇଛି, ତାକୁ ମିଶାଇ ମୁଦିଟିଏ ବନାଇହେବ।

ଅଗତ୍ୟା ଆଉ ବେଶୀ ଭାଷଣ ନ ଶୁଣି ମୁଁ କାଳ ବିଳମ୍ବ ନକରି ସଙ୍ଗେ ସଙ୍ଗେ ଯିବାକୁ ବାହାରିଲି। ହରିପୁର ହାଟ ଉପରେ ଥିବା ସୁନାରୁପା ଦୋକାନ ଖୋଲିଥିବା କୈଳାସ ମୋର ପୂର୍ବ ଜଣାଶୁଣା। ତାଙ୍କ ଦୋକାନରେ ପହଞ୍ଚି

ତାଙ୍କୁ ସବୁକଥା କହିବାରୁ ସେ ପୁରୁଣା ଜିନିଷଗୁଡିକୁ ଭଲ କରି ପରୀକ୍ଷା କରୁ କରୁ କହୁଥାନ୍ତି, ଚୁଡ଼ିଟିର ସୁନା ନାଲି ଦିଶୁଛି,ଏହା ବୋଧେ କଲିକତି ସୁନା। ପେଣ୍ଡି ଟିକେ ହଳଦିଆ ବୋଧେ ସମ୍ବଲପୁରୀ ହୋଇଥିବ।

ଆରତୀଦେବୀ ଚଟାପଟ୍ ଉତ୍ତର ଦେଲେ- ଠିକ କଥା,ମୁଁ ବଡ଼ ଦୋକାନରୁ ହଲମାର୍କ ଦେଖି ହିଁ କିଣିଥିଲି ।

ତାପରେ ଓଜନ କରି କହିଲେ, ଚାରିଗ୍ରାମ ଛଅ ରତି। ମୋ ସହିତ ଏଇ ପାଖରେ ଥିବା ଆମ ସୁନା ଆଉଟା ଭାଟିକୁ ଆପଣ ଚାଲନ୍ତୁ। ସେଇଠି ଆକୁ ଆଗେ ତରଳାଇ ଆଣିବା। ମୁଁ ତାଙ୍କ ସହିତ କହିବା ଅନୁସାରେ ଗଲି ଓ ସେଠି କେତେକ ପ୍ରକ୍ରିୟା ସରିବା ପରେ ପୁଣି ଓଜନ ହେବାରୁ ଚାରିଗ୍ରାମରୁ ଦୁଇରତି କମିଗଲା। ଯାହାହେଉ କୈଳାସ କିଛି ସମୟ ବାଡ଼ାପିଟା କରି ମୁଦିଟି ବନାଇଦେବା ପରେ ତାର ମଜୁରୀ ଦେଇ ଆମେ ଗୃହାଭିମୁଖେ ପ୍ରତ୍ୟାବର୍ତ୍ତନ କରୁଥିଲୁ।

ଆମ ଗାଆଁ ପାଖ ଛକରେ ଚାହା ଟିକେ ପିଇବାକୁ ଅଟକିଲୁ। ସବୁଦିନ ପରି ପୀତାମ୍ବର ସାର୍ ବସି ଦୈନିକ ଖବର କାଗଜ ସବୁ ପଢୁଥାଆନ୍ତି। ସାର୍ କଅଣ ଆଜିର ସବୁ ବିଶେଷ ଖବର ବାହାରିଛି।

ସାର୍ ଟିକେ ମୁରୁକି ହସି କହିଲେ, ଆମ ଜଗଦଗୁରୁ ଶଙ୍କରାଚାର୍ଯ୍ୟ ଏବେ ଉତ୍ତରାଞ୍ଚଳ ପରିଭ୍ରମଣରେ ଯାଇଛନ୍ତି। ସେ ହରିଦ୍ୱାରରେ ଦେଇଥିବା ବର୍ଣ୍ଣସଙ୍କରତା ଉପରେ ପ୍ରବଚନ ଲେଖା ଟି ହିଁ ପଢୁଥିଲି। ଅନୁଲୋମୀ ଏବଂ ପ୍ରତିଲୋମୀ ଭେଦରେ ଏହା କାଳେ ଦୁଇ ପ୍ରକାରର। ମାତା ଏବଂ ପିତାଙ୍କର ଉଚ୍ଛୃଙ୍ଖଳ ଯୌନ ସମ୍ବନ୍ଧ ଓ ଔରସରୁ ଯେଉଁ ଅବୈଧ ସନ୍ତାନସନ୍ତତି ଜନ୍ମ ଲାଭ କରନ୍ତି, ସେମାନଙ୍କର କୁଆଡ଼େ ମୌଳିକ ପବିତ୍ର ଗୁଣ ସ୍ୱଭାବ ବିନଷ୍ଟ ହୋଇଯାଏ। ଆଚରଣରେ ବିଶୃଙ୍ଖଳା ,ବିଶ୍ୱାସହୀନତା ଏବଂ ଗୁରୁ ଚଣ୍ଡାଳ ଦୋଷ ପରିଲକ୍ଷିତ ହୁଏ। ପରିବାର ଓ ସମାଜରେ ଗୁରୁ ଗୁରୁଜନମାନଙ୍କ ପ୍ରତି ଏମାନଙ୍କର ଆଦୌ ସମ୍ମାନବୋଧ ଥିବା ପରିଦୃଷ୍ଟ ହୁଏ ନାହିଁ। କଳ କୌଶଳ କରି ଧନ,ସମ୍ପତ୍ତି ଏବଂ କ୍ଷମତା ଆହରଣ କରିବାରେ ଏମାନେ

ଖୁବ୍ ସିଦ୍ଧହସ୍ତ। ଆଜିକାଲି ଘୋର କଳି ଯୁଗ, ଘରେ ଘରେ ଜୀବନର ପ୍ରତିଟି କ୍ଷେତ୍ରରେ ବର୍ଣ୍ଣସଙ୍କର ମାନଙ୍କ ପ୍ରାବଲ୍ୟତା ଯୋଗୁଁ ଧର୍ମ ସଂସ୍କାର ଆଜି ସଙ୍କଟାପନ୍ନ। ଏବେ ବିବାହ ଖାଲି ନାମକୁ ମାତ୍ର ହେଉଛି। ପବିତ୍ର ଅଗ୍ନିକୁ ସାକ୍ଷୀ ରଖି କନ୍ୟା ପାଣିଗ୍ରହଣ କରୁଛି ସତ, କିନ୍ତୁ ନିଜ ପତିଟିକୁ ନିଜ ବୋଲକରା କରି ଉଠବସ କରାଇ ନଚାଉଛି, ବୃଦ୍ଧ ଶାଶୁ ଶଶୁରଙ୍କୁ ହତାଦର କରିବାକୁ ମଧ୍ୟ ପଛାଉ ନାହିଁ।

ମୁଁ ମନଦେଇ ସାର୍ ଙ୍କ ବାର୍ତ୍ତାକୁ ଆମୃଷ୍ଟ କରୁଥିଲି। ମନେ ମନେ ଭାବୁଥିଲି ଯେଉଁଠି ବିବାହର ପବିତ୍ର ମନ୍ତ୍ର ପାଠ, ପ୍ରଜ୍ଜ୍ୱଳିତ ହୋମ ଅଗ୍ନି ମଣିଷର ଅପବିତ୍ରତାକୁ ଦୂର କରିପାରୁନି, ସେଠି ବାର ବାର ଭାଟିରେ ଦଗ୍ଧିଭୂତ ହେଲେ ବା ହଲମାର୍କା ଥିଲେ ବି ସୁନାର ଶୁଦ୍ଧତା ଅବା ରହିପାରିବ କେମିତି?

■■■

ନବୀନ ଆଶା

ଆଜି ନୂଆବର୍ଷ ସକାଳ ସାତଟା ବେଳୁ ଷ୍ଟେସନ ପରିସର ଜନାକୀର୍ଣ୍ଣ । ଭୁବନେଶ୍ୱରରୁ ଦୀର୍ଘ ଦୁଇମାସ ହେଲା ଚାଲୁଥିବା ରାଜ୍ୟସ୍ତରୀୟ ଲୋକପ୍ରିୟ ସଙ୍ଗୀତ ପ୍ରତିଯୋଗିତା ସୁରଭିରେ ପ୍ରଥମ ସ୍ଥାନ ଲାଭ କରି ଘରକୁ ଫେରୁଛନ୍ତି ଅଞ୍ଚଳର ସୁନାଝିଅ ଶୁଭଶ୍ରୀ। ଗତକାଲି ଥିବା ଫାଇନାଲରେ ସେ ରାଉରକେଲାର ତାଙ୍କର ନିକଟତମ ପ୍ରତିଦ୍ୱନ୍ଦୀ ଗୀତାଞ୍ଜଳିଙ୍କୁ ପଛରେ ପକାଇ ଏହି ପ୍ରତିଯୋଗିତା ଜିତିଥିଲେ। ଟିଭି ପରଦାରେ ତାଙ୍କ ଦରଦଭରା କଣ୍ଠସ୍ୱରରେ ଅଭିଭୂତ ହୋଇ ପଡ଼ିଥିଲେ ଉପସ୍ଥିତ ବିଚାରକ ମଣ୍ଡଳୀ ଏବଂ ଦେଖୁଥିବା ରାଜ୍ୟସାରା ଲୋକେ। ସେ ବିଜୟ ମୁକୁଟଟି ପିନ୍ଧିବାବେଳେ ପୁଷ୍ପବୃଷ୍ଟି ହେଉଥିଲା ଓ କରତାଳିରେ ସମଗ୍ର ମଣ୍ଡପ କମ୍ପିଉଠୁଥିଲା। ଶୁଭଶ୍ରୀ ତାଙ୍କ ସଫଳତା ମାଆ ଶିକ୍ଷୟିତ୍ରୀ ବିନୋଦିନୀ ଦେବୀଙ୍କୁ ଉତ୍ସର୍ଗ କରିବା ସମୟରେ ଉଭୟ ମାଆ ଓ ଝିଅଙ୍କ ଭାବପ୍ରବଣତା ଦେଖି ଦର୍ଶକଙ୍କ ଆଖିରୁ ମଧ୍ୟ ଲୋତକ ଆପଣା ଛାଏଁ ଝରିପଡ଼ିଥିଲା ।

ଶୁଭଶ୍ରୀଙ୍କ ସଫଳତା ଯାତ୍ରା ଆଦୌ ଏତେ ସହଜ ନଥିଲା। ପିଲାଟି ଦିନରୁ ସେ ବାପଛେଉଣ୍ଡ। ଦେଖିବାକୁ ଗୋଟିଏ ଚାଉଳରେ ଗଢ଼ା ଏକମାତ୍ର ଅଲିଅଳୀ କନ୍ୟା ଶୁଭଶ୍ରୀର ପାଠପଢ଼ାରେ ଆଦୌ ଅବହେଳା କରି ନାହାନ୍ତି ବିନୋଦିନୀ ଦେବୀ। ସେ ଜଣେ ଉଚ୍ଚ ଶିକ୍ଷିତା ଏବଂ ସମ୍ପନ୍ନ ଘରର ମହିଳା ହୋଇଥିବାରୁ

ସ୍ୱାମୀଙ୍କ ଅକାଳ ମୃତ୍ୟୁ ପରେ ଭାଙ୍ଗି ନପଡ଼ି ଝିଅକୁ ବିଏସସି ପରେ ଭଲ କଲେଜରେ ଇଞ୍ଜିନିୟରିଂ ଶିକ୍ଷା ପ୍ରଦାନ କରାଇଲେ। ଝିଅଟି

ପାସହେବା ପରେ ପୁନାରେ ଏକ ଘରୋଇ ସଂସ୍ଥାରେ ଚାକିରି କଲା। ଝିଅର ପ୍ରତ୍ୟେକ ସଫଳତାକୁ ଦେଖି ମାଆଙ୍କ ମନ ଖୁସିରେ ପୁରିଉଠୁଥିଲା। ବିବାହ ବୟସ ହୋଇଯିବାରୁ ମାଆ ନିଜ ସାଙ୍ଗ ସାଥୀଙ୍କୁ ଭଲ ପ୍ରସ୍ତାବ ଖୋଜିବାକୁ ଅନୁରୋଧ କଲେ। ମନୋନୀତ ହେବାରୁ ତିନିବର୍ଷ ତଳେ ଧୁମଧାମରେ ଶୁଭଶ୍ରୀଙ୍କ ବିବାହ ସମ୍ପନ୍ନ କରିଦେଲେ। ପିଲାଟି ଜଣାଶୁଣା ସମ୍ପର୍କୀୟ ଭିତରେ। ଭାରତୀୟ ନୌସେନା ଅଧିକାରୀ ଭାବେ ଚେନ୍ନାଇରେ ଅବସ୍ଥାପିତ। ସେ ବିବାହ ପରେ ଶୁଭଶ୍ରୀଙ୍କୁ ଚାକିରି ଛାଡ଼ିଦେବାକୁ କହିବାରୁ ସେ ତାହା ହିଁ କରି ଚେନ୍ନାଇରେ ସ୍ୱାମୀଙ୍କ ସହିତ ଅବସ୍ଥାନ କଲେ।

ବିବାହ ମାତ୍ର ବର୍ଷଟିଏ ନ ଯାଉଣୁ ଆରମ୍ଭ ହୋଇଗଲା ମନୋମାଳିନ୍ୟ। ଯାହା ଶୁଣିବାକୁ ମିଳେ ଶୁଭଶ୍ରୀଙ୍କ ସ୍ୱାମୀ ତାକୁ ତାଙ୍କର ବନ୍ଧୁ ଏବଂ ଉଚ୍ଚ ଅଧିକାରୀଙ୍କ ସହିତ ଶାରୀରିକ ସମ୍ବନ୍ଧ ରଖିବାକୁ ବାଧ କଲେ, ସେ ଏଥିରେ ରାଜି ନହେବାରୁ ତାଙ୍କର କୁଆଡ଼େ ପ୍ରମୋସନ ବାଧିତ ହେଲା। ତେଣୁ ଶୁଭଶ୍ରୀଙ୍କ ଉପରେ ଚଳାଇଲେ ଅକଥନୀୟ ଅତ୍ୟାଚାର। ବିଚରା ଶୁଭଶ୍ରୀ ନିରୁପାୟ ହୋଇ ମାଆଙ୍କ ନିକଟକୁ ଫେରି ଆସି ରହିଲେ। ବିବାହ ବିଚ୍ଛେଦ ପାଇଁ କୋର୍ଟରେ କେଶ ଏବେ ମଧ୍ୟ ବିଚାରଧୀନ ରହିଛି।

ହଠାତ୍ ଜୀବନର ଏହି ଦୁର୍ଦ୍ଦିନ କୁଆଡ୍ରୁ ମାଡ଼ିଆସିଲା କିଛି ବୁଝି ପାରୁ ନଥିଲା ସେ। ମାଆ ବିନୋଦିନୀ ମଧ୍ୟ ଆଶାଶୂନ୍ୟ, ଆଇନ ଉପରୁ ତାଙ୍କର ଭରସା କ୍ରମେ କ୍ରମେ ହ୍ରାସ ପାଇ ମ୍ରିୟମାଣ ହୋଇଗଲେ।

ଘନ ଅନ୍ଧକାର ଭିତରେ ମାଆ ବିନୋଦିନୀ ଶୁଖି କଳାକାଠ ପରି ଦିଶିଲେ। ଭବସାଗର ଭିତରେ ସେ କିଛି ଥଳକୂଳ ପାଉ ନଥିଲେ। ଏତେ ଦୁଖରେ ବି ଭାଙ୍ଗି ପଡ଼ି ନଥିଲା ଶୁଭଶ୍ରୀ। ତାକୁ ଯେମିତି ହେଲେ ନିଜ ଗୋଡ଼ରେ ଛିଡ଼ା ହୋଇ ମାଆଙ୍କ ମୁହଁରେ ହସ ଫୁଟାଇବାକୁ ପଡ଼ିବ। ସେ ଗାଧୁଆଘରେ ଗୁଣୁଗୁଣାଇ ଗୀତ ଗାଇବାକୁ ଛୁଆଟି ଦିନରୁ ଭଲ ପାଉଥିଲା। ମୋବାଇଲରୁ ଗୀତ ଶୁଣି କଲେଜ ବେଳେ କିଛି କିଛି ଗୀତ ଗାଇ ସାଙ୍ଗ ମାନଙ୍କ ନିକଟରୁ ମଧ୍ୟ ପ୍ରଶଂସା ପାଇଥିଲା। ଏମିତି ଟିକେ ମନ ଦେଇ ଗୀତ ଗାଇବାରେ ମନୋନିବେଶ କରିଥିଲେ। ଅଡ଼ିସନରେ ତାଙ୍କୁ ଚୟନ କରାଯିବା ପରେ ସେ

ଭୁବନେଶ୍ୱର ଯାଇ କିଛିଦିନ ପ୍ରଖ୍ୟାତ ଗୁରୁଙ୍କ ତତ୍ତ୍ୱାବଧାନରେ ମନଦେଇ ଅଭ୍ୟାସ କରିଥିଲେ। ତାପରେ ଯୋଗକୁ ପାଖ ସହରରୁ ଏକ କଲେଜରେ ସଙ୍ଗୀତ ଶିକ୍ଷକ ଭାବେ ମଧ୍ୟ ତାଙ୍କୁ ନିଯୁକ୍ତି ମିଳିଛି। ସମ୍ପ୍ରତି ତାଙ୍କୁ ମିଳିଥିବା ଏହି ସୁର ସାମ୍ରାଜ୍ଞୀ ପଦବୀ ଯୋଗୁ ତାଙ୍କ ପ୍ରଶଂସାରେ ଲୋକେ ଏବେ ଶତମୁଖ। ନବୀନ ଆଶାର ଆଲୋକ ଏବେ ତାଙ୍କ ଚଲାପଥରେ ସ୍ୱର୍ଣ୍ଣିମ ଆଭାକୁ ବିଚ୍ଛୁରିତ କରିଅଛି ।

ସୁଶ୍ରୀ ଶୁଭଶ୍ରୀ କଠିନ ଅଧ୍ୟବସାୟ ବଳରେ ତାଙ୍କ ଅନ୍ତର୍ନିହିତ ଗୁଣ ଓ ପ୍ରତିଭାର ବିକାଶ କରିପାରିଛନ୍ତି। ତାଙ୍କର ଆଗକୁ ଉଜ୍ଜ୍ୱଳ ଭବିଷ୍ୟତର ଅନେକ ସମ୍ଭାବନା ରହିଛି। ତାଙ୍କୁ ଉତ୍ସାହିତ କରିବା ପାଇଁ ଓ ନବବର୍ଷ ଶୁଭ କାମନା ଜଣାଇବା ପାଇଁ ଏ ଅଭୂତପୂର୍ବ ଲୋକଗହଳି ସମସ୍ତଙ୍କ ମନରେ ନୂତନ ଆଶା ଓ ଉତ୍ସାହ ଭରିଦେଉଛି, ଆସନ୍ତୁ ଆମେ ସୋସିଆଲ ମିଡିଆରେ ତାଙ୍କୁ ଲାଇକଟିଏ କରି ତାଙ୍କ ସଫଳତା ପାଇଁ ଶୁଭେଚ୍ଛା ଓ ଶୁଭକାମନା ଜଣାଇବା।

■■■

ମୁଁ କାହିଁକି ଛାତ୍ର ସଂସଦ ସଭାପତି

ଏଇ ଦୁଇ ଦଶନ୍ଧି ତଳର କଥା । ଓଡ଼ିଶାର ସମଗ୍ର ପଶ୍ଚିମାଞ୍ଚଳ ପାଇଁ ଖୁବ୍ ଖ୍ୟାତି ଆଣିଥିବା ଆମ ମହାବିଦ୍ୟାଳୟଟିର ଅବସ୍ଥା ବହୁତ ଶ୍ୱାସ ରୁଦ୍ଧକର ଥିଲା। ସତେବେଳେ ଏତେ ଘରୋଇ ସ୍ତରରେ ଉଚ୍ଚ ଶିକ୍ଷା ପାଇଁ ମହାବିଦ୍ୟାଳୟ ଖୋଲି ନଥିଲା। ପ୍ରାୟ ପାଖାପାଖି ଜିଲ୍ଲା ଗୁଡିକର ମେଧାବୀ ଛାତ୍ରଛାତ୍ରୀମାନଙ୍କ ମଧ୍ୟରେ ଏହିଠାରେ ହିଁ ନାମ ଲେଖାଇବାକୁ ରୀତିମତ ଏକ ପ୍ରତିଯୋଗିତା ହୋଇଥାଏ। ନାମ ଲେଖାଇବାର ତିନି ଚାରି ମାସ ପରେ ବହୁ କଷ୍ଟରେ ଭାଗ୍ୟବାନ ପିଲାଙ୍କୁ ଛାତ୍ରାବାସରେ ସ୍ଥାନ ମିଳୁଥିଲା। ନଚେତ ସହରର କେଉଁ ଗଳିକନ୍ଦିରେ ଭଡାଘରଟିଏ ଖୋଜି ଛାତ୍ରଛାତ୍ରୀମାନେ ବହୁ ଅସୁବିଧା ମଧ୍ୟରେ ରହି ପାଠ ପଢ଼ିବାକୁ ହେଉଥିଲା।

ମହାବିଦ୍ୟାଳୟ ଏବଂ ତତ୍ ସଂଲଗ୍ନ ଛାତ୍ରାବାସକୁ ସୁରକ୍ଷିତ ରଖିବା ଓ ଉଚ୍ଚଶିକ୍ଷା ପାଇଁ ଉପଯୁକ୍ତ ବାତାବରଣର ଘୋର ଅଭାବ ରହିଥିଲା। ଏହି ଶିକ୍ଷାୟତନ ମଧ୍ୟ ଦେଇ ଯାଇଥିବା ରାସ୍ତାରେ ଗାଡ଼ିମଟର ଓ ପଥଚାରୀଙ୍କ ଆବାଗମନ ଯୋଗୁ ବହୁ ସମୟରେ ପାଠପଢ଼ା ବ୍ୟାହତ ହେଉଥିଲା। ମହାବିଦ୍ୟାଳୟ ସମ୍ମୁଖରେ ଥିବା ପଡ଼ିଆଟିର କେହି ମାଆ ବାପ ନଥିଲେ।ରାତି ହେଲେ ଏଇଠି ସହରର ସବୁ ରିକ୍ସାଚାଳକ ଧାଡ଼ି ଲଗାଇ ରିକ୍ସାସବୁ ରଖି ତା ଉପରେ ସକାଳ ୧୦ ଟା ଯାଏ ଶୋଇ ରହନ୍ତି, ଅଧିକାଂଶ ସମୟରେ ଏହିଠାରେ ମେଳା ମହୋତ୍ସବ ଯାନିଯାତ୍ରା ପାଇଁ ଅନୁଷ୍ଠାନ ମାନେ ଅନୁମତି ଆଣି ବେଶ ଗହଳଚହଳ ଲଗାଇ ଥାଆନ୍ତି। ବୁଲା ଗାଈଗୋରୁ,

ଷଣ୍ଢ ଏବଂ ଘୁଷୁରୀପଲଙ୍କ ଅବାଧ ଚରାଭୂମି ଏହି ପଡ଼ିଆରେ ପିଲାଏ ଖେଳକୁଦ କରିବାକୁ ବି ସୁଯୋଗ ପାଇ ନଥାନ୍ତି। ସେତେବେଳେ ଥିଲା ମାତ୍ର ଚାରୋଟି ଛାତ୍ରାବାସ। ପିଜି ପିଲାଙ୍କ ପାଇଁ ଏବଂ ଝିଅ ମାନଙ୍କ ପାଇଁ ସ୍ୱତନ୍ତ୍ର ପୃଥକ ଭାବେ ଗୋଟିଏ ଗୋଟିଏ ହୋଇଥିଲାବେଳେ ଅନ୍ୟମାନଙ୍କ ପାଇଁ ଦୁଇଟି। ଛାତ୍ରାବାସର ନଳ ମାନଙ୍କରେ ଅଧିକାଂଶ ସମୟରେ ପାଣି ଯୋଗାଣ ହୁଏ ନାହିଁ। କାରଣ ଛାତ୍ରାବାସ କୋଠା ପଛ ପଟକୁ ଏକ ବିରାଟ ପୋଖରୀ ହୁଡ଼ା ଉପରେ ଅବୈଧ ଭାବେ ଗଢ଼ି ଉଠିଥିବା ବସ୍ତିବାସିନ୍ଦା ମାନେ ପାଇପ ଯୋଗେ ଜଳଯୋଗାଣ ବ୍ୟବସ୍ଥାକୁ କାଟି ଅସଂଖ୍ୟ ଯାଗାରେ ରାତାରାତି ନିଜ ଘରକୁ ସଂଯୋଗ ନେଇଥାଆନ୍ତି, ଫଳରେ ଛାତ୍ରଙ୍କ ପାଇଁ ଯୋଗାଯାଉଥିବା ପାଣି କେଉଁଠି ନଷ୍ଟ ହୋଇ ବହୁଥାଏ ତ କେଉଁଠି ଚୋରା ବ୍ୟବହାର ହୁଏ, ତାହାର ହିସାବ କେହି ରଖନ୍ତି ନାହିଁ। କର୍ତ୍ତୃପକ୍ଷଙ୍କୁ ଯେତେ ହାରି ଗୁହାରି କଲେ ମଧ୍ୟ କେହି ଶୁଣନ୍ତି ନାହିଁ। ପଡ଼ାର ଗୁଣ୍ଡା ଶ୍ରେଣୀୟ ଲୋକଙ୍କୁ ସେମାନଙ୍କର ପ୍ରାଣର ଭୟ ।

ମନେ ପଡ଼େ ଆମ ପଢ଼ିବା ସମୟରେ ଆମେ କରିଥିବା ହରତାଳ କଥା। କଲେଜ ନିର୍ବାଚନ ମାତ୍ର ତିନି ଚାରିଦିନ ଥାଏ। ଆମେ ସବୁ ପିଲା କଲେଜ ସମ୍ମୁଖ ଦେଇ ଯାଇଥିବା ସହରର ମୁଖ୍ୟ ରାସ୍ତା ଅବରୋଧ କରି ବସି ପଡ଼ିଲୁ ଏବଂ ପଡ଼ା ଦେଇ କଲେଜ ପରିସରକୁ ଆସିଥିବା ଜଳଯୋଗାଣ କଳକୁ ବଳପୂର୍ବକ ବନ୍ଦ ରଖିଦେଲୁ। ଫଳରେ ଯାତାୟତ ପୁରା ଠପ୍ ହୋଇଗଲା ଓ ପଡ଼ାର ଲୋକମାନଙ୍କ ସହିତ ଉଚ୍ଚବାଚ ହୋଇ କ୍ରମଶଃ ଉଗ୍ର ରୂପ ଧାରଣ କଲା। ଆମ ପିଲାମାନଙ୍କ ବାନରସେନା ମଧ୍ୟ ସେମାନଙ୍କ ନାଲି ଆଖିକୁ ଖାତିର ନକରି ଛାତ୍ରାବାସରୁ ମଶାରୀଟଙ୍ଗା ବାଡ଼ିଟି ମାନେ ଧରି ପ୍ରସ୍ତୁତ ରହିଲେ। ଆଜି ଯାହାକିଛି ହେଲେ ଗୋଟିଏ ନିଷ୍ପତ୍ତି ହେବ ନିଶ୍ଚୟ । ଏହି ଦୃଢ଼ ସଙ୍କଳ୍ପରେ କିଛି ସମୟ ଖଣ୍ଡ ଯୁଦ୍ଧ ହେଲାପରେ ପୋଲିସବଳଙ୍କ ହସ୍ତକ୍ଷେପ ଫଳରେ ଘଟଣା ଶାନ୍ତ ହେଲା। କିନ୍ତୁ ଏହି ପଦକ୍ଷେପ ସାରା ସହର ଏବଂ ପ୍ରଶାସନିକ ସ୍ତର କାହିଁକି ସମଗ୍ର ଛାତ୍ର ସମାଜ ଉପରେ ଏକ ସକାରାତ୍ମକ ପ୍ରଭାବ ପକାଇ ପାରିଲା।

ସେହି ବର୍ଷର ଛାତ୍ର ସଂସଦ ନିର୍ବାଚନରେ ଆମ ଛାତ୍ରାବାସ ହରତାଳର

ନେତୃତ୍ୱ ନେଇଥିବା କିଛି ଛାତ୍ର କଲେଜର ଏହି ମୁଖ୍ୟ ସମସ୍ୟା ବିନ୍ଦୁ ଗୁଡ଼ିକୁ ହାସଲ କରିବାକୁ ସେମାନଙ୍କ ସଂଗ୍ରାମ ଚାଲୁ ରହିବ ବୋଲି ପ୍ରଚାର ମାଧ୍ୟମରେ ଆହ୍ୱାନ ଦେବାରୁ ବିପୁଳ ସଂଖ୍ୟାରେ ଜୟଲାଭ କଲେ। ନିର୍ବାଚନରେ ଜିଣିବା ପରେ ଅଧ୍ୟକ୍ଷଙ୍କ ସହଯୋଗରେ ରାଜ୍ୟ ଓ କେନ୍ଦ୍ର ସରକାରଙ୍କୁ ନିଜର ସମସ୍ୟା ବିଷୟରେ ଅବଗତ କରାଇ ଚାପ ସୃଷ୍ଟି କଲେ।

ଆମର ନିଷ୍ଠାପର ଉଦ୍ୟମ ଏବଂ ସକ୍ରିୟତା ଫଳରେ ମାତ୍ର କିଛି ବର୍ଷ ମଧ୍ୟରେ କଲେଜର କାୟାକଳ୍ପ ପୂରାପୂରି ବଦଳିବାକୁ ଲାଗିଲା। କଲେଜ ଚାରିପଟରେ ସୁଉଚ୍ଚ ପାଚେରୀ, ମରାମତି ଏବଂ ବେଆଇନ ବସ୍ତି ଉଚ୍ଛେଦ ହୋଇ ଏବେ ଏହା ଏକ ଆଦର୍ଶ ଏକକ ବିଶ୍ୱବିଦ୍ୟାଳୟର ମାନ୍ୟତା ଲାଭ କରି ସଗର୍ବେ ମୁଣ୍ଡ ଟେକି ଉଠିଛି। ଆମ ସ୍ୱପ୍ନର ମହାବିଦ୍ୟାଳୟ ରୂପରେଖ ଦେଖିଦେଲେ ଖୁସିରେ ମନ ବିଭୋର ହୋଇଉଠେ।

ସତ୍ୟ ଉପରେ ଆଧାରିତ ଲକ୍ଷ୍ୟକୁ ହାସଲ କରିବାକୁ ନିଷ୍ଠାପର ଭାବେ ଉଦ୍ୟମ କଲେ ନିଶ୍ଚୟ ସୁଫଳ ଓ ବିଜୟଶ୍ରୀ ଲାଭ ହୋଇଥାଏ ଏହି ସକାରାତ୍ମକ ଭାବନା ଆମ୍ଭ ମନରେ ବସା ବାନ୍ଧି ରହିଗଲା ।

■■■

ଘାଟ-ଅଘାଟ

ଆଇ.ଏ.ଏସ ମନୋରମା ମହାନ୍ତି ଏବେ ଖୁବ୍ ଚର୍ଚ୍ଚାରେ। ଚାରି ବର୍ଷ ତଳେ ସେ ସର୍ବ ଭାରତୀୟ ପ୍ରଶାସନିକ ସେବା ପାଇଁ ହୋଇଥିବା ଅତି କଷ୍ଟସାଧ୍ୟ ପରୀକ୍ଷାରେ ଶ୍ରେଷ୍ଠ କୋଡ଼ିଏ ଜଣଙ୍କ ମଧ୍ୟରେ ସ୍ଥାନ ଅଧିକାର କରି ଗଣମାଧ୍ୟମ ଓ ସୋସିଆଲ ମିଡିଆ ଗୁଡ଼ିକର ଶିରୋନାମା ପାଲଟିଥିଲେ। ତାଲିମ ପରେ ସେ ବିଭିନ୍ନ ପଦରେ ଅବସ୍ଥାପିତ ହୋଇ ନିଜର ଅସାଧାରଣ କାର୍ଯ୍ୟ ଦକ୍ଷତାର ପରିଚୟ ମଧ୍ୟ ଦେଇ ଆସିଛନ୍ତି ।

ଏବେ ଏବେ ତାଙ୍କର ବିବାହ ବିଷୟଟି ଗଣମାଧ୍ୟମ ଗୁଡ଼ିକରେ ବେଶ ଚର୍ଚ୍ଚାର କେନ୍ଦ୍ରବିନ୍ଦୁ ପାଲଟିଛି। ଭାରତୀୟ ବୈଦେଶିକ ସେବାରେ ଉଚ୍ଚ ପଦରେ ଅଧିଷ୍ଠିତ ଜଣେ ଯୁବକଙ୍କ ସହିତ ତାଙ୍କର ବିବାହ ସ୍ଥିରୀକୃତ ହୋଇଯାଇଛି। ନିକଟ ଭବିଷ୍ୟତରେ ନିଜର ନୂଆ ସଂସାର ଗଢ଼ିବାକୁ ଯାଉଥିବା ଉଭୟ ଭାବୀ ପତିପତ୍ନୀ ଖୁବ୍ ଉଚ୍ଚ ଶିକ୍ଷିତ ଏବଂ ସମାଜରେ ମର୍ଯ୍ୟାଦା ସମ୍ପନ୍ନ ପଦପଦବୀରେ ପ୍ରତିଷ୍ଠିତ ମଧ୍ୟ ହୋଇଥିବାରୁ ଉଭୟ ପରିଚୟ ହେବାଦିନଠାରୁ ପରସ୍ପରକୁ ଭଲଭାବେ ବୁଝିନେଇଥିବେ ନିଶ୍ଚୟ। ଉଭୟ ଏ ପ୍ରସ୍ତାବରେ ଏକମତ ହୋଇ ସାରିବା ପରେ ନିଜ ନିଜର ପରିବାରରେ ମାତାପିତାଙ୍କୁ ମଧ୍ୟ ରାଜି କରାଇ ସାରିଛନ୍ତି। ମନୋରମାଙ୍କ ଗୋଟିଏ ସର୍ତ୍ତ ଏହା ଯେ ତାଙ୍କୁ ତାଙ୍କର ପିତା ବେଦୀ ଉପରେ କନ୍ୟାଦାନ କରିବେ ନାହିଁ, ତାଙ୍କ ବିଚାରରେ ସେ ନିଜକୁ ଏକ ଦାତବ୍ୟ ପଦାର୍ଥ ବୋଲି ମନେକରୁ ନାହାନ୍ତି। ସେ ମଧ୍ୟ ପୁରୁଷମାନଙ୍କ ପରି ରକ୍ତ ମାଂସରେ ଗଢ଼ା ଏକ ମଣିଷ। ତାଙ୍କ ଆତ୍ମ ପରିଚୟକୁ ଅକ୍ଷୁର୍ଣ୍ଣ ରଖି ବିବାହ ପରେ ମଧ୍ୟ ମାତାପିତାଙ୍କ କନ୍ୟା ହୋଇ ରହିବା ତାଙ୍କର ପସନ୍ଦ ଅଟେ।

ତାଙ୍କ ମାତାପିତା ଏ କଥାରେ ସହମତି ପ୍ରକାଶ କଲାରୁ ବରପକ୍ଷର ସମସ୍ତେ ଏ ବିଷୟରେ ରାଜି ଥିବା ଜଣାଇଛନ୍ତି। ସମାଜରେ ବହୁ ଦିନରୁ ଚଳି ଆସୁଥିବା ବିବାହ ପରି ଏକ ପବିତ୍ର ପରମ୍ପରାର ବ୍ୟତିକ୍ରମ ହେଉଥିବାରୁ ଏହା ସମ୍ପ୍ରତି ଆଲୋଚ୍ୟ ବିଷୟ ହୋଇଅଛି। ଅନେକ ସମାଜସେବୀ ନାରୀନେତ୍ରୀ ଓ ବିଭିନ୍ନ ବୟସର ବ୍ୟକ୍ତି ବିଶେଷ ଏହି ନୂତନ ଚିନ୍ତାକୁ ସ୍ୱାଗତଯୋଗ୍ୟ ପଦକ୍ଷେପ କହୁଥିବା ବେଳେ ଅଳ୍ପ କିଛି ମଧ୍ୟ ଉଭଟ ଅଭିମତ ରଖୁଛନ୍ତି।

କଥାରେ ଅଛି ସ୍ୱର୍ଗକୁ ନିଶୁଣି ନାହିଁ କି ବଡ଼ ଲୋକଙ୍କୁ ଉତ୍ତର ନାହିଁ। ସମାଜର ବହୁ ସଂଖ୍ୟକ ମଧ୍ୟ ଓ ନିମ୍ନ ବର୍ଗର ପରିବାରରେ ଏହି ବିଷୟ ଏକ ଅଜଣା ଆତଙ୍କ ସୃଷ୍ଟି କରୁଥିବା ଦୃଷ୍ଟିଗୋଚର ହେଉଛି। ସେମାନେ ଅଧିକାଂଶ ଭୟରେ ପାଟି ମଧ୍ୟ ଖୋଲୁନାହାନ୍ତି। କିଛି ପୁରୁଖା ଲୋକ ଏହା ସମାଜରେ ପୂର୍ବ ଏବଂ ପର ପିଢ଼ି ପାଇଁ ନୂଆ ଜଟିଳ ସମସ୍ୟା ସୃଷ୍ଟିକରିବ ଏବଂ ମଙ୍ଗଳକାରକ ପନ୍ଥା ନୁହେଁ ବୋଲି ରୋକଠୋକ ଶୁଣାଇବାକୁ ପଛାଉନାହାନ୍ତି। ଶରୀର, ମନ ଏବଂ ଲକ୍ଷ୍ୟ ଏକ ନ ହେଲେ ସାଂସାରିକ ସୁସମ୍ପର୍କ କିପରି ସ୍ଥାପିତ ହେବ ଏହି କଥା ଅନେକ ବୁଝି ପାରୁ ନାହାନ୍ତି।

ବିବାହ କେବଳ ବ୍ୟକ୍ତିଗତ ନୁହେଁ, ଏକ ଆଦର୍ଶ ସାମାଜିକ ସମ୍ବନ୍ଧ ଅଟେ। ପୁରୁଖା ଲୋକେ ବ୍ୟବହାରିକ ଦୃଷ୍ଟାନ୍ତ ଦେଇ ବୁଝାଉଛନ୍ତି ନଈ ମଝିରେ ନୌକାଟିଏ ଭାସିଗଲେ, ଯାତ୍ରୀ ନିରାପଦ ମଣନ୍ତି ନାହିଁ, ଘାଟର ନିର୍ଦ୍ଦିଷ୍ଟ ଏକ କୂଳରେ ନୌକାଟି ଲାଗିବା ନିଶ୍ଚିତ ଭାବେ ଜୀବନ ପାଇଁ ଉପଯୋଗୀ ଏବଂ ଆଶାପ୍ରଦ ।

ସମାଜରେ ଯୁଗ ଯୁଗ ଧରି ବହୁ ପରୀକ୍ଷା ନିରୀକ୍ଷା ମଧ୍ୟଦେଇ ଚଳିଆସୁଥିବା ଏବଂ ଆମ ସଂସ୍କୃତି ତଥା ପରମ୍ପରା ଭିତରେ ଲୁଚି ରହିଥିବା ଏହି ଘାଟ-ଅଘାଟ ସୁଗଭୀର ତତ୍ତ୍ୱକୁ ସଠିକ ଅନୁଶୀଳନ କରିବା ଏବେ ମଧ୍ୟ ଆବଶ୍ୟକ ଥିବା ଉଚିତ ମନେହୁଏ।

■■■

ପୋକା ବାଇଗଣ

ସକାଳ ନଅଟା ସମୟ। ଅଗଣାର କଅଁଳ ଖରା ପଡୁଥିବା ଏକ ଖୋଲା ଜାଗାରେ ବନ୍ଧୁ ଅଜୟଙ୍କ ସହିତ ବସି ମୁଁ ଚାହା ପିଉଥାଏ। ସକାଳୁ ଏକାଠି ଚାହା ପର୍ବ, ଖବରକାଗଜ ପଢ଼ା ଓ ଦେଶବିଦେଶ କଥା ଆଲୋଚନା ଆମର ନିତିଦିନିଆ ଅଭ୍ୟାସ। ହଠାତ୍ ଗଳିରାସ୍ତାରେ "ବାଇଗଣ ନେବ, ବାଡ଼ି ବାଇଗଣ" ବୋଲି ପାଟି ଶୁଭିଲା। ଆମ ଖୁବ୍ ନିକଟକୁ ଆସି ପ୍ରାପ୍ତ ବୟସ୍କ ଗାଉଁଲି ଲୋକଟି ବାଇଗଣ ନିଅନ୍ତୁ ବାବୁ ବୋଲି ଅନୁରୋଧ କଲା ।

ମୁଁ ତାକୁ ଦରକାର ନାହିଁ କହି ଚାଲିଯିବାକୁ କହିଲି। ସେ ଅଜୟଙ୍କ ଆଡ଼କୁ ବିକଳ ହୋଇ ଚାହିଁ କହିଲା-ବାବୁ ଆପଣ ଏଇ ଦୁଇକିଲୋ ହେବ ବାଇଗଣ ସବୁତକ ନେଇ ଯାଆନ୍ତୁ, ଦାମ ଷାଠିଏ ଟଙ୍କା ହେଉଛି, ଯାହା ଆପଣଙ୍କ ଖୁସି ଦିଅନ୍ତୁ। ଅଜୟ ପଚାରିଲେ କେତେ ନବୁ କହୁନୁ, ମୋ ଖୁସି କଥା କାହିଁକି ଯୋଡୁଛୁ। ହେଉ ତୋ ବ୍ୟାଗ ଖୋଲି ଆଗେ କେମିତି ବାଇଗଣ ଦେଖା।

ଲୋକଟି ବ୍ୟାଗ ଭିତରୁ ବାଇଗଣ ସବୁ ବାହାର କଲା। ତାକୁ ଓଲଟପାଲଟ କରି ଅଜୟ ନିରିଖେଇ ଦେଖିଲେ ଓ କହିଲେ, ଆରେ ଅନେକ ଗୁଡ଼ାଏ ତ ପୋକା। ଆକୁ ଖାଲିଟାରେ କିଏ କିଣିବ?

ବିଚରା ଲୋକଟି କହିଲା - ବାବୁ ଅବେଳରେ ମେଘ ପବନ ହେବାରୁ ବାଇଗଣରେ ପୋକ ଲାଗିଗଲା। ହେଲେ କେବଳ ଖତ ସାର ଦେଇ ମୋ ନିଜ ବାଡ଼ିରେ ଏହି ବାଇଗଣ ଫଳାଇଛି । ଖୁବ୍ ସ୍ୱାଦ ଲାଗିବ।

ତାଛଡ଼ା ମୁଁ ଟିକେ ତରବର ହେଉଛି, ଶୀଘ୍ର ଗଲେ ଜରୁଆ ପୁଅଟାକୁ ଡାକ୍ତରଖାନା ନେଇ ଯିବି। ବେଶୀ ବୁଲାବୁଲି କରିବାକୁ ବେଳ ନାହିଁ। ତା କଥା ଶୁଣି ଅଜୟ ପକେଟରେ ଷାଠିଏଟି ଟଙ୍କା ବାହାର କରି ଦେଲେ ଓ ବାଇଗଣତକ ରଖିଲେ।

ମୁଁ ବୁଝିପାରୁଥିଲି, ଅଜୟ କେବଳ ଲୋକଟିକୁ ସାହାଯ୍ୟ କରିବା ପାଇଁ ଅନିଚ୍ଛା ସତ୍ତ୍ୱେ ବାଇଗଣ ସବୁ ରଖିନେଲେ। ଏପରିକି ମୋ ମନରେ ବି ଲୋକଟି କଥା ଶୁଣି ଦୟା ଆସିଗଲା। ମୁଁ ତାକୁ ପକେଟରୁ ପଚାଶ ଟଙ୍କା କାଢ଼ି ବଢ଼େଇଲି, କହିଲି ନିଅ, ଏହା ବି ତୁମର କାମରେ ଆସିବ।

ଲୋକଟି କିନ୍ତୁ ଟଙ୍କା ନେବାକୁ ମନା କଲା। ବିନମ୍ରତାର ସହିତ କହିଲା, ବାବୁ ଆପଣଙ୍କ ସଦିଚ୍ଛା ଟିକକ ପାଇଁ ଅଶେଷ ଧନ୍ୟବାଦ। କାହା ଠାରୁ ବିନା ମୂଲ୍ୟରେ ଭିକ୍ଷା ନେବା ଦ୍ୱାରା ସମସ୍ୟା ବଢ଼େ ସିନା କମେ ନାହିଁ। ଆକାଶ କଇଁଆ ଚିଲିକା ମାଛକୁ ଭରସା କଲେ କଣ ପେଟ ପୂରିଯିବ?

ଜଣେ ସାଧାରଣ ଗାଉଁଲୀ ଚାଷୀର ଏପରି ଉଚ୍ଚ ନୈତିକ ଜୀବନବୋଧ ନିକଟରେ ଖବର କାଗଜର ବଡ଼ବଡ଼ ବିଜ୍ଞାପନ, ସମ୍ପାଦକୀୟ ଆଲୋଚନା, ଯୋଜନାସବୁର ବାସ୍ତବ ରୂପରେଖ କଥା ଭାବି ମୁଣ୍ଡ ଗୋଳମାଳ ହୋଇଯାଉଥିଲା। ପାହାଡ଼ରୁ ଝରିପଡୁଥିବା ନିର୍ଝରିଣୀର କୁଳୁକୁଳୁ ନିନାଦ ପରି ସେହି ଗାଉଁଲି ଲୋକଟିର ଅଙ୍ଗେ ନିଭା କେଇପଦ କଥା ମୋ କର୍ଣ୍ଣ ଗହ୍ୱରରେ ବାରମ୍ବାର ନିନାଦିତ ହୋଇ ଉଠୁଥିଲା।

■■■

ଅ-ବିଦ୍ୟା

ନିରୁପାୟ ଡ. ବିଶ୍ୱରଞ୍ଜନ। ଏବେ ତାଙ୍କୁ ଭାରି ଅସହାୟ ବୋଧ ହେଉଛି। ରାଜ୍ୟର ସ୍ୱନାମଧନ୍ୟ ବିଶ୍ୱବିଦ୍ୟାଳୟରୁ ସ୍ୱର୍ଣ୍ଣ ପଦକ ସହିତ ସର୍ବୋଚ୍ଚ ଡିଗ୍ରୀ ହାସଲ କରିବା ପରେ ମଧ୍ୟ ସେ ଉପଯୁକ୍ତ ସରକାରୀ ପଦ ପାଇବାକୁ କାହିଁକି ବିଫଳ ହେଲେ ତାର କାରଣ ସେ ଖୋଜି ପାଇ ପାରୁ ନାହାନ୍ତି। ମନୋନୟନ ପରୀକ୍ଷାରେ ଦୁର୍ବଳ ପ୍ରତିଭା ସମ୍ପନ୍ନ ପ୍ରାର୍ଥୀ ମାନେ କେଉଁ ଚମତ୍କାର ଜ୍ଞାନ କୌଶଳ ପ୍ରୟୋଗ କରି ପଦ ଗୁଡିକୁ ଅଳଙ୍କୃତ କରି ବସୁଛନ୍ତି ତାହା ତାଙ୍କ ଆଗରେ ଏକ ମହା ବିସ୍ମୟକର ପ୍ରଶ୍ନବାଚୀ।

ତାଙ୍କୁ ଯେଉଁ ଅସ୍ଥାୟୀ ପଦଟି ମିଳିଥିଲା, ମାସ ମାସ ଧରି କାମ କଲେ ବି ଦରମା ଗଣ୍ଡିକ ଠିକ ସମୟରେ ମିଳିଲା ନାହିଁ। ସ୍ୱଳ୍ପ ବେତନରେ ଆଠ ନଅ ବର୍ଷ ନିଷ୍ଠାପର ଭାବେ କାମ କରି ସେ ବେଶ ସୁନାମ ମଧ୍ୟ ଅର୍ଜନ କରିଥିଲେ। କିନ୍ତୁ ଚାକିରି ନିୟମିତ ସମୟ ବେଳକୁ ତାଙ୍କୁ ଏକ ମୋଟା ଅଙ୍କର ଟଙ୍କା ଉତ୍କୋଚ ଆକାରରେ ଦିଆଯିବାକୁ ପରୋକ୍ଷ ଭାବରେ କୁହାଗଲା। ସେ ସଚ୍ଚୋଟତାର ସହିତ ନିଜ କର୍ତ୍ତବ୍ୟ ସମ୍ପାଦନ କରି ଆସୁଥିବାରୁ ଏବଂ ଆର୍ଥିକ ଅବସ୍ଥା ସେତେ ସ୍ୱଚ୍ଛଳ ନଥିବା କାରଣରୁ ଅନୈତିକ ଭାବରେ ଲାଞ୍ଚ ଦେବାକୁ ତାଙ୍କ ବିବେକ ବାଧା ଦେଲା। ଫଳରେ ଅସ୍ଥାୟୀ ଚାକିରି ଖଣ୍ଡିକ ବି ତାଙ୍କୁ ହରାଇବାକୁ ପଡ଼ିଲା । ଯାହା ହେଉ ଘରୋଇ କୋଚିଂ ସେଣ୍ଟରଟିଏ ଖୋଲି କଷ୍ଟେମଷ୍ଟେ ନିଜ ଗୁଜୁରାଣ ଚଳାଇ ଆସୁଛନ୍ତି।

ଡାକ୍ତରଙ୍କ ସ୍ତ୍ରୀ ଇନ୍ଦୁମତୀ ଦେବୀ ଉଚ୍ଚ ଶିକ୍ଷିତା ଓ ଖୁବ୍ ଅତ୍ୟାଧୁନିକ ମଧ୍ୟ। ତାଙ୍କ ପରିବାରର ବଡ଼ ଝିଅ। ଆଠ ବର୍ଷ ହେଲା ବିବାହ ହୋଇଥିଲେ ବି

ତାଙ୍କ ମାଆଙ୍କୁ ସେ ଆଦୌ ଭୁଲି ପାରୁ ନାହାନ୍ତି, ପ୍ରତି ପଦକ୍ଷେପରେ ତାଙ୍କ ମାଆଙ୍କର ସୁପରାମର୍ଶ ବିନା ସେ କିଛି ବି କରିପାରିବେ ନାହିଁ। ତାଙ୍କୁ ଦିନକୁ ଦଶଥର ଫୋନ ନକଲେ ମାଆ ଖୁବ୍ ବିଚଳିତ ହୋଇ ଉଠନ୍ତି। ମାଆଙ୍କ ପ୍ରତି ଏତେ ଅଗାଧ ଭକ୍ତି ଏବଂ ବିଶ୍ୱାସ ରହିବା ନିଶ୍ଚୟ ଭଲ କଥା। କିନ୍ତୁ ବିଲକ୍ଷଣର କଥା ହେଉଛି ନିଜ ପିତୃପ୍ରତିମ ଶାଶୁ ଶ୍ୱଶୁରଙ୍କ ପ୍ରତି ବେଖାତିର ଓ ଅତ୍ୟନ୍ତ ଉଦାସୀନ ମନୋଭାବ ପ୍ରତିପୋଷଣ କରିବା। ନିଜ ମାଆଙ୍କ ନିରବଚ୍ଛିନ୍ନ ହସ୍ତକ୍ଷେପ ଏବଂ ମନ୍ତ୍ରଣାର କୁପରିଣାମ ଯୋଗୁ ଡ. ବିଶ୍ୱରଞ୍ଜନଙ୍କ ପାରିବାରିକ ବିଶୃଙ୍ଖଳା ବହୁଥର ଚରମ ସୀମାକୁ ଟପି ସାରିଲାଣି। ଅସହାୟ ମାତାପିତା ଅତିଷ୍ଠ ଓ ଉଚ୍ଛନ୍ନ ଅନୁଭବ କରି ଏବେ ଅନ୍ୟତ୍ର ରହୁଛନ୍ତି ବୋଲି ଅବସ୍ଥା ଟିକେ ସୁଧୁରି ପାରିଛି।

ସ୍ତ୍ରୀ ଇନ୍ଦୁମତୀଙ୍କ ମିଠା ମିଠା କଥା ଉଚ୍ଛୁଳା ପ୍ରେମ, ଅନନ୍ୟ ଆଧୁନିକ ପରିପାଟୀ ଓ ଗୃହସଜ୍ଜା ଆଦି ଦେଖି ଡ. ବିଶ୍ୱରଞ୍ଜନ ଏତେ ବିମୋହିତ ଯେ ଦୁନିଆର ସବୁକିଛି ସେ ଭୁଲିଗଲେଣି। ନିଜ ମାତାପିତାଙ୍କ ପସନ୍ଦ ଅପସନ୍ଦ, ଭଲମନ୍ଦର ସଂସ୍କାର ପ୍ରତି ତାଙ୍କର ଆଉ ସେତେ ବେଶୀ ସମ୍ବେଦନା ନାହିଁ। ନିଜ ମାତାପିତାଙ୍କୁ ସ୍ତ୍ରୀ ଇନ୍ଦୁମତୀ କୌଣସି ସେବା ସମ୍ମାନ ପ୍ରଦର୍ଶନ ନ କଲେ ବି ସେ ଖରାପ ଭାବୁନାହାନ୍ତି। ବରଂ ତାଙ୍କର ଉଗ୍ର ଉଶୃଙ୍ଖଳତାକୁ ଅତ୍ୟାଧୁନିକ ଆବଶ୍ୟକତା ବୋଲି ଭାବୁଛନ୍ତି। ବିଚରା ବୃଦ୍ଧ ମାତାପିତା ନିଜକୁ ଅସମ୍ମାନିତ, ଅସୁରକ୍ଷ ଏବଂ କୋଣଠେସା ଅନୁଭବ କରିବାରୁ ଅନ୍ୟତ୍ର ଗାଁରେ ରହିବା ଯୋଗୁଁ ଇନ୍ଦୁମତୀ ଏବେ ଅଧିକ ସ୍ୱଚ୍ଛନ୍ଦ ଅନୁଭବ କରୁଛନ୍ତି। ରନ୍ଧାବଢା, ଝାଡୁପୋଛା ଓ ଘରକାମ ତୁଲାଇବାକୁ ଦୁଇତିନି ଜଣ କାମବାଲି ରଖି ନିଜ ଇଚ୍ଛା ଅନୁସାରେ ଚଳୁଛନ୍ତି। ମନ ହେଲେ ତାଙ୍କ ମାଆବାପା ଭାଇ ଭଉଣୀ ଦୂର ସମ୍ପର୍କୀୟ ମାନଙ୍କୁ ପାଖକୁ ଡକାଇ ତାଙ୍କ ଜନ୍ମଦିନ ଓ ବିବାହ ବାର୍ଷିକୀ ଆଦି ଉତ୍ସବକୁ ବେଶ ଜାକଜମକରେ ପାଳନ କରି ଖୁସି ହେଉଛନ୍ତି। ନିଜ ସାଙ୍ଗ ସାଥି ପାଖ ପଡୋଶୀଙ୍କ ପାଖରେ ନିଜ ପାରିବାପଣିଆର ଉଜ୍ଜ୍ୱଳ ନଜୀରସବୁ ଉପସ୍ଥାପିତ କରିବାକୁ ପଛାଉ ନାହାନ୍ତି।

ଇନ୍ଦୁମତୀଙ୍କ ମାଆ ଦୁଶୀଳା ଦେବୀ ଖୁବ୍ ମିଷ୍ଟଭାଷୀ। ସୁନ୍ଦର ଦାମୀ ଶାଢ଼ି ଗହଣା ପିନ୍ଧି ସେ ଅହରହ ସ୍ମାର୍ଟ ଫୋନରେ ବ୍ୟସ୍ତ ରହିଥାନ୍ତି। ତାଙ୍କ

ଝିଅ ଘରେ ତାଙ୍କୁ ବେଶୀ ସୁଖ ସ୍ୱାଚ୍ଛନ୍ଦ ମିଳିଥାଏ। ତାଙ୍କ ଆଖି ଖୋଲିବା ଆଗରୁ ବେଡ୍ ଟି, ନ କହିବା ଆଗରୁ ମନ ପସନ୍ଦ ଖାଦ୍ୟ ଫଳମୂଳ ଝିଅ ଖଞ୍ଜି ରଖିଥାନ୍ତି, କାମବାଲି ମାନେ ଆଜ୍ଞାକୁ ମୋଟେ ଅବଜ୍ଞା କରନ୍ତି ନାହିଁ। ପ୍ରତିଦିନ ଘସାମୋଡ଼ା ବି କରି ଦିଅନ୍ତି। ସେ ନିଜକୁ ଖୁବ୍ ସଂସ୍କାର ସମ୍ପନ୍ନା, ନାରୀ ଜାଗରଣ ଓ ନାରୀଙ୍କ ବିଶେଷାଧିକାର ସୁରକ୍ଷା ପାଇଁ ଲଢ଼େଇ କରୁଥିବା ସମାଜର ଜଣେ ପ୍ରତିଷ୍ଠା ଅର୍ଜନ କରିଥିବା ମହିଳା ଭାବରେ ନିଜର ପରିଚୟ ପ୍ରଦାନ କରନ୍ତି। କଥା କଥାକୁ ପୋଲିସ, ନାଲିକୋଠା ଓ ନାଲିବତୀ ଦେଖାଇ ପକାନ୍ତି।

ନିଜ ମାତାପିତାଙ୍କ ଅଯୋଗ୍ୟତା, ଅପାରଗତା ଓ ରୁଢ଼ିବାଦୀ ଚିନ୍ତାଧାରା ବିଷୟ ଚିନ୍ତାକରି ଡ. ବିଶ୍ୱରଞ୍ଜନ ଏବେ ଖୁବ୍ ବିବ୍ରତ ହୋଇ ପଡୁଛନ୍ତି ଏବଂ ଅକିଞ୍ଚନ ପଣରୁ ନିସ୍ତାର ପାଇବା ପାଇଁ ଉପାୟ ଖୋଜି ପାଉ ନାହାନ୍ତି।

ନିର୍ଲଜ ଅପସଂସ୍କାର ଏମିତି ମିଛ ଅଭିନୟ ଆଉ କେତେ ସୀମା ଲଙ୍ଘିବ? ମଣିଷ କେବେ ତ୍ୟାଗ ସୁସଂସ୍କାରର ମୂଲ୍ୟ ବୁଝିବ? ଆଉ କେତେ ଦୁଃଖ କଷ୍ଟ ଅଙ୍ଗେ ନିଭାଇଲେ ମଣିଷର ଆଖି ଖୋଲିବ? ଅବିଦ୍ୟା, ଅଶିକ୍ଷା ଅପସଂସ୍କାରର କୁହେଳିକାରୁ ଆମ ବୈକୁଣ୍ଠ ସମାନ ଘର ପରିବାର, ପୁଣ୍ୟ ଦେବାଳୟ ବିଦ୍ୟା ଓ ଗଣତନ୍ତ୍ରର ମନ୍ଦିର ବୋଲାଉଥିବା କର୍ମ ସଂସ୍ଥାନ ଗୁଡ଼ିକ କେବେ ମୁକ୍ତ ହେବ ତାହା କେବଳ ଈଶ୍ୱରଙ୍କ ମହାନ ଇଚ୍ଛା ଅଟେ।

■■■

କାଳୀଦେଈ

ସେଦିନ ରବିବାର ସମୟ ଅପରାହ୍ନ ଚାରିଟା ବାଜିବାକୁ ଯାଉଥାଏ। ମୁଁ ଛକ ଆଡ଼େ ଟିକିଏ ବୁଲାବୁଲି କରିବାକୁ ବାହାରୁଥାଏ। ଦୁଆର ମୁହଁରୁ ଡାକ ଶୁଭିଲା- କଣ ପୋଇଡ଼ଙ୍କ ଘରେ ଅଛୁ ? ଆଇଲୁ ମୁଁ ଟିକେ ତତେ ଦେଖିବି ।

ହଠାତ୍ କାଳୀଦେଈର ଡାକ ଶୁଣି ଓ ଚେହେରାକୁ ଦେଖି ମୋ ଖୁସିର ସୀମା ରହିଲା ନାହିଁ। ଦୀର୍ଘ ଚାଳିଶ ବର୍ଷ ପରେ ମୁଁ ତାକୁ ଦେଖୁଛି। ମୋ ଠାରୁ ବୟସରେ ତିନି ଚାରି ବର୍ଷ ବଡ଼, ପଡିଶା ଘରର ସେ ଦାଦା ଝିଅ ଭଉଣୀ। ସେ ହିଁ କେବଳ ପିଲାଟି ଦିନରୁ ମୋତେ ସ୍ନେହରେ ପୋଇନାଡ଼ ବୋଲି ଡାକେ। ମୁଁ ଯେତେ ଖାଇଲେ ବି ମୋର ପତଳା ଦେହ ମୋଟାଶୋଟା ହେଉ ନଥିବା ଦେଖି ବୋଧେ ଏପରି ନାମରେ ଡାକିବାକୁ ସେ ଭାବିଥାଇପାରେ।

କାଳୀଦେଈ କେଜାଣି କାହିଁକି ମୋତେ ଭାରି ଆପଣାର ଲାଗେ। ସେ କାହାକୁବି ଡ଼ରେନା। ସମସ୍ତଙ୍କୁ ମୁହେଁ ମୁହେଁ ଠିକ କଥା ଶୁଣାଇ ଦିଏ, ସେଣିକି ତାକୁ ଯିଏ ଭଲ କହୁ କି ଖରାପ ସେଥି ପ୍ରତି ସେ ଆଦୌ ଖାତିର କରେ ନାହିଁ। ମୋ ଉପରେ ସିଏ ସବୁବେଳେ ନଜର ରଖିଥାଏ। କେଉଁଠି ଦୁଷ୍ଟ ପିଲାଙ୍କ ସହିତ ସାଙ୍ଗ ହେବା ଦେଖିଲେ କି କା ସହିତ ମିଶି ଚଗଲାମି କରୁଥିଲେ ସେ ସିଧା ମୋ ବୋଉ ପାଖରେ ଯାଇ କହିଦିଏ। ମୋ ବୋଉର ପରେ ମୁଁ ପିଲାଦିନେ କାଳୀଦେଈକୁ ବେଶୀ ଡରୁଥିଲି।

ମୁଁ ପିଲାଦିନେ ଅଧିକ ଡରକୁଳା ଥିଲି। ଏକୁଟିଆ ବସି ପଢ଼ିବାକୁ ଡରଲାଗେ। ଏଣୁ ପ୍ରାୟତଃ ରାତିରେ ମୁଁ ତାଙ୍କର ଜେଜେ ବାପାଙ୍କ ଟୁଙ୍ଗୀ

ଘରେ ବସି ପଢ଼ାପଢ଼ି କରେ ଓ ତାଙ୍କ ଠାରୁ ଭଲ ଭଲ ଗପ ଶୁଣିବା ପାଇଁ ତାଙ୍କରି ପାଖରେ ବି ଶୋଇଯାଏ। କାଳୀଦେଈ ଖାଇ ସାରିବା ପରେ ଜେଜେଙ୍କୁ ଘସାମୋଡ଼ା କରିବାକୁ ଆସେ। ମୁଁ ଡରେ ଜେଜେଙ୍କ ପାଖରେ ଜାକି ହୋଇ ଶୋଇଥିବା ଯୋଗୁ କାଳୀଦେଈ ମୋ ଗୋଡ଼ଟିକୁ ବି ମୋଡ଼ି ପକାଏ। ଏମିତି ଥରେ ଅଧେ ମଜା ଉଠାଇଲା ପରେ ମୁଁ ମୋଡ଼ା ଖାଇବା ଲୋଭରେ ବି ଗୋଡ଼ଟିକୁ ତା ଆଡ଼କୁ ବଢ଼ାଇ ଦେଇଥାଏ ।

କାଳୀଦେଈର ହସହସ କଥା ଆତ୍ମୀୟପଣ ମୋତେ ପିଲାଟି ଦିନେ ଏତେ ବାନ୍ଧି ରଖିଥିଲା ଯେ ସେ କେବେ କେଉଁ ବନ୍ଧୁଘର ଗଲେ ମୋତେ ଆଦୌ। ଭଲ ଲାଗେ ନାହିଁ । ତାକୁ ଭାରି ଖୋଜା ଲାଗେ।

କାଳୀଦେଈର ଭଲ ନାଆଁ ଆଶାଲତା। ଅବସ୍ଥା ସ୍ୱଚ୍ଛଳ ନଥିବାରୁ ପାଠଶାଠ ବି ଅଧିକ ପଢ଼ିପାରି ନଥିଲା। ଗରିବ ବାପ ଛେଉଣ୍ଡ ହୋଇଥିବାରୁ ପାଖ ଗାଁର ଏକ ସାଧାରଣ ଚାଷ ବାସ କରୁଥିବା ପିଲା ସହିତ ତାର ବିବାହ ହୋଇଥିଲା। ମୋର ମନେଅଛି କାଳିଦେଈ ଖୁଡ଼ୀ ଏବଂ ତାର ଭାଇଙ୍କୁ ତା ପାଇଁ ଧାରକରଜ କରି କୌଣସି ମୂଲ୍ୟବାନ ଅଳଙ୍କାର ଦେବାକୁ ମନାକରିଦେଇଥିଲା। ସେ ବରଂ ଗରିବ ଟିକୁ ବାହା ଦିଅନ୍ତୁ ତାର ଆପତ୍ତି ନାହିଁ, କିନ୍ତୁ ତା ପାଇଁ କାହାକୁ କଷ୍ଟସହିବାକୁ ହେଲେ ସେ ଅବିବାହିତ ରହିବ ପଛେ ଆଦୌ ବେଦୀରେ ବସିବ ନାହିଁ ବୋଲି କହିଥିଲା।

କାଳୀଦେଈ ଜାଣିଥିଲା ତାର ପ୍ରକୃତ ଅଳଙ୍କାର ହେଉଛି ତାର ସତ୍ ସାହସ, ସେବା ପରାୟଣତା ଓ ନିଜ ଭିତରେ ଥିବା କଷ୍ଟ ସହିଷ୍ଣୁ ପାରିବା ପଣିଆ।

ମୁଁ ଆଖି ଆଗରେ କାଳୀଦେଈକୁ ଦେଖି ବୁଝି ପାରୁଥିଲି ସେ ଜୀବନର କଠୋର ପରୀକ୍ଷାରେ ଶୁଦ୍ଧ ସୁବର୍ଣ୍ଣ ପରି ଉତ୍ତୀର୍ଣ୍ଣ ହୋଇ ପାରିଛି।

କାଳୀଦେଈ ସହିତ କଥାବାର୍ତ୍ତାରୁ ଜାଣିଲି ଗାଁ ଭିତରେ ଏବେ ତାର ସ୍ୱାମୀ ଜଣେ ଉନ୍ନତ ଚାଷୀ। ଦୁଇ ଦୁଇଟି ନିଜର ଟ୍ରାକ୍ଟର। ପିଲାମାନେ ବି ନିଜ ନିଜ ବ୍ୟବସାୟରେ ଭଲ ପ୍ରତିଷ୍ଠିତ। ସହରରେ ଜାଗା କିଣି ଭଲ କୋଠାଘରଟିଏ କରିଛନ୍ତି। ଠିକ କିଆନାଳି ପୋଲ ପରେ ରାମ ମନ୍ଦିରକୁ ଲାଗି ପ୍ଲଟ ନମ୍ବର

୧୨୨୧, ଆଶାଲତା ଭବନ, ବାଟ ପାଇବାକୁ ମୋଟେ କଷ୍ଟ ଲାଗିବନି କହି କାଳୀଦେଈ ମୋତେ ଘରକୁ ଯିବାକୁ କହିଥିଲା। ଅବସ୍ଥା ଚକ୍ରର ପରିବର୍ତ୍ତନ ପଛରେ କାଳୀଦେଈର ରହିଥିବା ତ୍ୟାଗ ଓ ଅକ୍ଳାନ୍ତ ପରିଶ୍ରମ କଥାକୁ ଉପଲବ୍ଧି କରି ମୁଁ ହତବାକ ହୋଇଥିଲି।

କାଳୀଦେଈର ସ୍ୱାମୀ ଓ ମାଆ ପ୍ରତି ତାର ସନ୍ତାନମାନଙ୍କ ରହିଥିବା ବିରଳ ସମ୍ମାନବୋଧ କଥା ଶୁଣି ମୁଁ ଭାବପ୍ରବଣ ହୋଇ ଉଠୁଥିଲି ଓ ମୋର ଆଖି ଆନନ୍ଦାଶ୍ରୁରେ ଛଳଛଳ ହୋଇଯାଇଥିଲା। ସୁତୀର୍ଥ ଆଶାଲତା ଭବନକୁ ନିଶ୍ଚିତ ମୁଁ ଯିବି ବୋଲି କାଳୀଦେଈକୁ ପ୍ରତିଶ୍ରୁତି ଦେଇଛି ।

■■■

ଫୁଲଗଜରା

ହିସାବରେ ନାତି ଲାଗିବ ଆମ ଗାଁର ଅଖିଆ। ସବୁଦିନ ସନ୍ଧ୍ୟାରେ କାମଦାମ ସାରି ଆସେ। ଆମେ ଏକ ଚଉଡ଼ା ଦାଣ୍ଡପିଣ୍ଡାରେ କିଛି ଲୋକ ଏକାଠି ବସୁ। ବିଭିନ୍ନ କଥା ଆଲୋଚନା ଚାହାପାନ ହୁଏ। ଅଖିଆ ପକେଟରୁ ପାନ ଖଣ୍ଡିଏ ଖଣ୍ଡିଏ ସମସ୍ତଙ୍କୁ ବଢ଼ାଇ ଦିଏ। ପ୍ରତିଦିନ ସନ୍ଧ୍ୟା ଘଡ଼ିର ଏହି ବୈଠକ ସମସ୍ତଙ୍କ ପାଇଁ ଗୋଟିଏ ଆକର୍ଷଣ କୁହାଯାଇପାରେ। ଯିଏ ଯେଉଁ କାମରେ ଯାଇଥାଉନା କାହିଁକି ବେଳାବେଳି ବୈଠକରେ ଉପସ୍ଥିତ ହେବାକୁ ଇଚ୍ଛା ରଖେ।

ଅଖିଆ ଏହି କିଛିଦିନ ହେଲା ପ୍ରତିଦିନ ସକାଳୁ ଆମ ଗାଁର ଦେବାଦେବୀମାନଙ୍କ ଫଟୋ ପଠାଉଛି। କାର୍ତ୍ତିକ ପଞ୍ଚକ ପାଞ୍ଚଦିନ ଏବଂ ବିଶେଷ କରି ପୂର୍ଣ୍ଣିମା ଦିନ ଫୁଲଗଜରାରେ ସଜା ହୋଇଥିବା ମାଆ ବାସୁଳେଇ, ମଙ୍ଗଳା, ଧବଳେଶ୍ୱର, ଗୋବିନ୍ଦ, ଗୋପୀନାଥଙ୍କ ଫଟୋ ମଧ୍ୟ ପଠାଇଥିଲା। ବେଶ ସୁନ୍ଦର ଦିଶୁଥିଲେ ଗାଁର ଦେବାଦେବୀ। ଅଖିଆ କାଲେ କାହାକୁ ବାହାରେ ବରାଦ କରି ମୋତିମାଳ ଓ ଫୁଲ ଗଜରାସବୁ ମଗାଇଥିଲା। ପୂଜାରୀ ଏବଂ ବ୍ରାହ୍ମଣମାନଙ୍କୁ ସୁନ୍ଦର କରି ପ୍ରତିମାମାନଙ୍କୁ ସଜାଇ ମଝିରେ ମଝିରେ ଗୋଲାପ ଦେଲେ ଭଲ ଦିଶିବ ବୋଲି ପରାମର୍ଶ ଦେଇଥିଲା। ଯାହାହେଉ ଗାଁରେ ସମସ୍ତେ ନିଜ ନିଜ ବ୍ୟସ୍ତ ବହୁଳ ତେଲ ଲୁଣ ସଂସାରରେ ମାତିରହିଥିବା ବେଳେ ଅଖିଆର ଏହି ଦିବ୍ୟ ସୁଗୁଣ ମୋତେ ଖୁବ୍ ବିଭୋର କରୁଥିଲା।

ପୂର୍ଣ୍ଣିମା ଦିନ ମନ୍ଦିର ମାନଙ୍କରେ ବେଶ ଗହଳି ଲାଗିଥିଲା। ଆଳତୀ,

ଦର୍ଶନ ସାଙ୍ଗକୁ ପ୍ରାୟ ସବୁ ମନ୍ଦିର ପାଖରେ ପ୍ରସାଦ ବଣ୍ଟନ ଗାଁକୁ ଉତ୍ସବମୁଖର କରିଥିଲା। ପ୍ରାତଃ ସନ୍ଧ୍ୟାରେ ନଗର କୀର୍ତ୍ତନ ଗାଁ ପରିକ୍ରମା କରିବା, ସନ୍ଧ୍ୟାରେ ଭାଗବତ ଟୁଙ୍ଗିରେ ଭାଗବତ ପାଠ ଭିତରେ ଖୁସିରେ ଦିନଗୁଡ଼ିକ କେମିତି କଟିଗଲା ମୋଟେ ଜାଣିହେଲା ନାହିଁ।

ରାତି ନ ପାହୁଣୁ ମନ୍ଦିରର ଘଣ୍ଟ ଆଳତୀ ଓ କଳଗାଉଣାର ଭକ୍ତି ସଙ୍ଗୀତ ପରିବେଷଣ ଶୁଣି ସମସ୍ତେ ପ୍ରାୟ ବଡ଼ି ଭୋରୁ ବିଛଣାରୁ ଉଠିପଡ଼ୁଥିଲେ। ଅଭ୍ୟାସ ନଥିଲେ ବି ମୁଁ ମଧ୍ୟ ସକାଳୁ ଉଠି ଘର ଲୋକଙ୍କ ବାଧ୍ୟ ବାଧକତା ଯୋଗୁ ସ୍ନାନ ନିତ୍ୟକର୍ମ ସାରିଦେଉଥିଲି। ଗାଁ ଠାକୁରଙ୍କୁ ଦର୍ଶନ ପାଇଁ ଗଲାବେଳେ ପ୍ରାୟତଃ ମଙ୍ଗଳା ମନ୍ଦିର ପାଖରେ ରହୁଥିବା ଶାନ୍ତି ଭାଉଜଙ୍କ ସହିତ ଦେଖାହୁଏ। ନିଜ ହାତରେ ଝାଡ଼ୁଧରି ମନ୍ଦିର ଅଗଣା ସଫା କରନ୍ତି, ସକାଳୁ ଚାଙ୍ଗୁଡ଼ିରେ ଫୁଲ ସବୁ ତୋଳି ମାଳା ଗୁନ୍ଥନ୍ତି। ସବୁ ଦେବାଦେବୀ ମନ୍ଦିରକୁ ପଠାନ୍ତି। ତାଙ୍କ ନିଷ୍ଠାପର ଉଦ୍ୟମ ଦେଖିବାକୁ ଓ ତାଙ୍କ ସହିତ ଦୁଇପଦ କଥା ହେବାକୁ ଭାରି ଭଲ ଲାଗେ।

ସମସ୍ତେ ଗାଁରେ ଏତେସବୁ ଭଲ କାମ କରୁଥିଲେ ବି ଗାଁ ଟିର ଘରେ ଘରେ ସାଇ ସାଇରେ ମନୋମାଳିନ୍ୟ, କଳିଝଗଡ଼ା ଲାଗିରହିଥାଏ। ତା ସାଙ୍ଗକୁ ରାଜନୀତିର ଛକା ପଞ୍ଝାବି ଗାଁ ପରିବେଶକୁ ବେଶ ସରଗରମ ରଖେ। ସମ୍ପତ୍ତି ବାଡ଼ି ପାଇଁ ଭାଇ ଭାଇ ମଧ୍ୟରେ ମାଡ଼ପିଟ ହେଉଥିବା ଦେଖିବାକୁ ମିଳେ। ଟିକେ ଟିକେ କଥାରେ କୋର୍ଟ କଚେରୀ, ପୋଲିସ ମାମଲା। କିଛି ଟାଉଟର ଦଲାଲଙ୍କର ପାଖ ପଡ଼ିଶାଲୋକଙ୍କ ବିପଦ ଦେଖିଲେ ଭିତରେ ଭିତରେ ମନ କୁରୁଳି ଉଠେ, ହାତନଖ କୁଣ୍ଡାଇ ହୁଏ। ମାମଲା ହେଲେ ସେହିମାନେ କିନ୍ତୁ ମାଲାମାଲ ହୁଅନ୍ତି।

ଦୁନିଆଁର ସୁଖଶାନ୍ତି, ଫର୍ଚ୍ଚା ଆଲୋକ ସେହି କୁଟିଳ ପ୍ରକୃତିର ଲୋକମାନଙ୍କୁ ଆଦୌ ପସନ୍ଦ ଲାଗେନି। ଟେକା ଫୋପାଡ଼ି ରାସ୍ତାର ବିଜୁଳିବତୀକୁ ଭାଙ୍ଗି ଗଳିକୁ ବଳପୂର୍ବକ ଅନ୍ଧାର କରିବାରେ ସେମାନେ ଓସ୍ତାଦ। ଠାକୁର ଖାଇ ଖଟୁଲିକୁ ହଜମ କରିପକାଇବାର ଦୁଃସାହସ ବି ଏମାନେ ବହୁ ସମୟରେ ଦେଖାଇଥାନ୍ତି। ଗାଁର ଅନ୍ଧାର ଗଳି ଭିତରେ ନ୍ୟାୟ ନପାଇ ଅନେକ ଜୀବନ

ହା ହୁତାଶରେ ଜଳିପୋଡ଼ି ଯାଉଛି, କେତେ ଚଉପାଢ଼ି ଚକାଚାନ୍ଦ ଘର ଡିଅରେ ବିଲୁଆ ଭୁକୁଛନ୍ତି, ଅରମା ବାଡ଼ିରେ ଫୁଲ ତ ଦୂରର କଥା ଦୂବ ବି କଅଁଳିବାକୁ କୁଣ୍ଠା କରୁଛି ,ତାର ହିସାବ କିଏ ବା ରଖୁଛି।

ଫୁଲ ଚିହ୍ନି, ତାକୁ ତୋଳି ଯତନରେ ଗୁନ୍ଥି ଜାଣିଲେ ଦେବାଦେବୀଙ୍କ ଗଳାରେ ଶୋଭା ପାଇବାକୁ ଯୋଗ୍ୟ ହୋଇଥାଏ। ଅନ୍ଧାର ଗଳି ଭିତରେ ମୋଡ଼ି ମକଚି ଛିଣ୍ଡାଇ ପକାଇଲେ ବହୁମୂଲ୍ୟ ମୋତି କିମ୍ବା ଫୁଲଗଜରାର ସ୍ୱପ୍ନ ଚରିତାର୍ଥ ହୋଇପାରେନା ।

ଅଖିଆ ଓ ଶାନ୍ତି ଭାଉଜଙ୍କ ବହୁ ସୁନ୍ଦର ଗଠନମୂଳକ ଭାବନା ମୋତେ ତ ମନ୍ତ୍ର ମୁଗ୍ଧ କରିଛି, ହେଲେ କିଛି ସେପରି ଲୋକଙ୍କ ଆଖି ଖୋଲି ପାରିଲେ ଗାଁରେ ନିଶ୍ଚୟ ଦିବ୍ୟ ଆନନ୍ଦ ସଞ୍ଚରିତ ହୋଇପାରନ୍ତା।

■■■

ମୋ ଭାଷା ଓଡ଼ିଆ

ଭାରତ ମୂଳ ଭୂଖଣ୍ଡର ଅଗ୍ନିକୋଣରେ ଅବସ୍ଥିତ ମୋ ଜନ୍ମଭୂମି ଓଡ଼ିଶାର ଐତିହ୍ୟ ପୁରାଣ ପ୍ରସିଦ୍ଧ ଅଟେ। ଏହାର ପ୍ରାଚୀନ ଗୁମ୍ଫାଚିତ୍ର, ଶିଳାଲେଖ ଓ ମନ୍ଦିର ଗାତ୍ରରେ ଖୋଦିତ ନୃତ୍ୟମୁଦ୍ରା, ଚାରୁ ଚିତ୍ରକଳା ଏହାର ଗୌରବୋଜ୍ଜ୍ୱଳ ସଂସ୍କାର ସଂସ୍କୃତିର ମୂକସାକ୍ଷୀ ରୂପେ ଅଦ୍ୟାବଧି ବିଦ୍ୟମାନ। ଶ୍ରୀ କ୍ଷେତ୍ର ପୁରୀର ଶ୍ରୀ ପୁରୁଷୋତ୍ତମ ଧାମରେ ବିଜେ ବଡ଼ ଠାକୁର ଶ୍ରୀ ବଳଦେବ, ମାଆ ସୁଭଦ୍ରା ଏବଂ ମହାପ୍ରଭୁ ଶ୍ରୀ ଜଗନ୍ନାଥଙ୍କ ଅପୂର୍ବ ମହିମା ସାରା ବିଶ୍ୱରେ ଅନନ୍ୟ ଏବଂ ଜଗତର ଧର୍ମ ସଂସ୍କୃତିର ପ୍ରାଣକେନ୍ଦ୍ର କହିଲେ ଅତ୍ୟୁକ୍ତି ହେବନାହିଁ।

ଭାଷା ପ୍ରାଧାନ୍ୟତାକୁ ଭିତ୍ତି କରି ଭାରତରେ ଗଠିତ ହୋଇଥିବା ପ୍ରଥମ ରାଜ୍ୟ ହେଉଛି ଓଡ଼ିଶା। ଓଡ଼ିଶାରେ ବସବାସ କରୁଥିବା ପ୍ରାୟ ଚାରିକୋଟି ଲୋକଙ୍କ ମଧ୍ୟରୁ ଅନ୍ୟୂନ ୯୨ ପ୍ରତିଶତ ଲୋକଙ୍କ ମାତୃଭାଷା ହେଉଛି ଓଡ଼ିଆ। ଏହା ମଧ୍ୟ ରାଜ୍ୟର ସରକାରୀ ଭାଷା ଅଟେ। ଆମ ଦେଶର ସମ୍ବିଧାନ ଦ୍ୱାରା ସ୍ୱୀକୃତ ୨୨ଟି ଭାଷା ମଧ୍ୟରୁ ଷଷ୍ଠତମ ଭାଷା ଭାବେ ଆମ ଓଡ଼ିଆ ଭାଷାକୁ ମାନ୍ୟତା ମିଳିଅଛି। ଓଡ଼ିଶା ବ୍ୟତୀତ ଭାରତର ପଶ୍ଚିମବଙ୍ଗ, ଛତିଶଗଡ଼, ଝାଡ଼ଖଣ୍ଡ, ଆନ୍ଧ୍ର, ଗୁଜୁରାଟ, କର୍ଣ୍ଣାଟକ ଓ ଅନ୍ୟାନ୍ୟ ରାଜ୍ୟ ମାନଙ୍କରେ ତଥା ଭାରତ ବାହାରେ ଇଂଲଣ୍ଡ, ଆମେରିକା, ସାଉଦି ଆରବ, ମାଲେସିଆ, ସିଙ୍ଗାପୁର ଓ ଶ୍ରୀଲଙ୍କା ଆଦି ଦେଶ ମାନଙ୍କରେ ବହୁ ଓଡ଼ିଆ ଭାଷାଭାଷୀ ଲୋକେ ବସବାସ କରିଥାନ୍ତି।

ପ୍ରସିଦ୍ଧ ଭାଷା ବିଜ୍ଞାନୀ ମାନଙ୍କ ମତରେ ମୂଳ ଓଡ଼ିଆ ଭାଷା ପାଲି ଓ ଉଡ୍ର ଭାଷାରୁ ଉଦ୍ଭବ ଏବଂ ଏହା ଇଣ୍ଡୋ ଇଉରୋପୀୟ ବା ଇଣ୍ଡୋ ଆର୍ଯ୍ୟ ଶ୍ରେଣୀ ଭୁକ୍ତ ଅଟେ। କଳାହାଣ୍ଡିର ଗୁଡ଼ହାଣ୍ଡିରୁ ପ୍ରାପ୍ତ ପ୍ରାୟ ୨୦ ହଜାର

ବର୍ଷ ପୁରୁଣା ଗୁମ୍ଫାଲେଖ, ନୂଆପଡ଼ା ଯୋଗୀମଠରୁ ପ୍ରାପ୍ତ ପ୍ରାୟ ୧୦ହଜାର ବର୍ଷ ତଳର ଚିତ୍ରଲିପି ଏବଂ ଝାରସୁଗୁଡ଼ା ଜିଲ୍ଲାର ବିକ୍ରମଖୋଲରୁ ପ୍ରାପ୍ତ ପ୍ରାୟ ୩୫୦୦ବର୍ଷ ତଳର ଚିତ୍ର ଲିପି ଗୁଡ଼ିକରୁ ଓଡ଼ିଆ ଭାଷାର ପ୍ରାଚୀନତା ବିଷୟରେ ପ୍ରମାଣ ମିଳିଥାଏ। ଆହୁରି ମଧ୍ୟ ବୌଦ୍ଧ ଧର୍ମଗ୍ରନ୍ଥ ତ୍ରିପିଟକ ଓ ଜୈନ ଧର୍ମଗ୍ରନ୍ଥ ଗୁଡିକରେ ଏହି ଭାଷା ବ୍ୟବହାର ହୋଇଥିବା ଦେଖିବାକୁ ମିଳେ। ଅନ୍ୟୁନ ୨୫୦୦ ବର୍ଷ ତଳୁ ଓଡ଼ିଆ ଭାଷାକୁ ଲୋକେ ବ୍ୟବହାର କରିଆସୁଥିବା ଜଣାଯାଏ। ଧଉଳୀ ପାହାଡ଼ ରୁ ମିଳିଥିବା ସମ୍ରାଟ ଅଶୋକଙ୍କ ସମୟର ଶିଳାଲେଖ, ଜଉଗଡ଼ ଶିଳାଲେଖ ଏବଂ ଖଣ୍ଡଗିରି ଓ ହାତୀ ଗୁମ୍ଫାରୁ ପ୍ରାପ୍ତ ସମ୍ରାଟ ଖାରବେଳଙ୍କ ଶିଳାଲେଖ ଓଡ଼ିଆ ଭାଷାର ପ୍ରାଚୀନତାର ଜ୍ୱଳନ୍ତ ପ୍ରମାଣ ଦେଇଥାଏ ।

ଏହି ଭାଷାରେ ରଚିତ ଚର୍ଯ୍ୟାଗୀତ, ସାରଳା ଦାସଙ୍କ ରାମାୟଣ, ଜଗନ୍ନାଥ ଦାସଙ୍କ ରଚିତ ଶ୍ରୀମଦ୍ ଭାଗବତ ତଥା ଭକ୍ତି, ମଧ୍ୟ ତଥା ଆଧୁନିକ ଯୁଗରେ ରଚିତ ବହୁ ପୁରାଣ ଶାସ୍ତ୍ର, କାବ୍ୟ ରଚନା ଗୁଡ଼ିକରେ ଓଡ଼ିଆ ଭାଷାର ମୌଳିକତା ସ୍ପଷ୍ଟ ପ୍ରତିପାଦିତ ହୋଇଅଛି। ଜୟଦେବ ଓ କବି ସମ୍ରାଟ ଉପେନ୍ଦ୍ର ଭଞ୍ଜଙ୍କ କାଳଜୟୀ ସୃଷ୍ଟି ବିଶ୍ୱ ସାହିତ୍ୟ କ୍ଷେତ୍ରରେ ଅତୁଳନୀୟ ଅଟେ।

ଓଡ଼ିଆ ଭାଷାର ବ୍ୟାକରଣର ଶୁଦ୍ଧତା ଓ ବୈଜ୍ଞାନିକ ପୃଷ୍ଠଭୂମି ସୁପ୍ରତିପାଦିତ ଏବଂ ଏହା ଆରବୀ ଓ ପାରସୀ ଭଳି ଅନ୍ୟାନ୍ୟ ବୈଦେଶିକ ଭାଷା ମାନଙ୍କ ଦ୍ୱାରା ଖୁବ କମ ପ୍ରଭାବିତ ହୋଇ ଏକ ମୌଳିକ ଏବଂ ସ୍ୱତନ୍ତ୍ର ଭାଷା ଭାବେ ଏ ପର୍ଯ୍ୟନ୍ତ ତିଷ୍ଠି ରହି ଆସିଅଛି। ଏଣୁ ୨୦୧୪ ମସିହା ଫେବୃଆରୀ ୨୦ ତାରିଖ ଠାରୁ ଆମ ମାତୃଭାଷା ଓଡ଼ିଆକୁ ଶାସ୍ତ୍ରୀୟ ମାନ୍ୟତା ପ୍ରାପ୍ତି ହେବା ଆମ ସମସ୍ତଙ୍କ ପାଇଁ ଅତ୍ୟନ୍ତ ଗୌରବର କଥା ନିଶ୍ଚୟ।

ସରସ ସୁନ୍ଦର ମୋ ଓଡ଼ିଆ ଭାଷା ସବୁଠୁ ମହାନ ଅଟେ। ଏହାର ଗୌରବୋଜ୍ଜ୍ୱଳ ଐତିହ୍ୟ ପରମ୍ପରାକୁ କାୟମନୋବାକ୍ୟରେ ବଜାୟ ରଖିବା ଆମର ପ୍ରଧାନ କର୍ତ୍ତବ୍ୟ ଅଟେ।

■■■

ଖରସ୍ରୋତାର ଆହ୍ୱାନ

ଦୁଧେଇ କେନାଲ କୂଳରେ ଅବସ୍ଥିତ ଆମ ଗାଁ ବରୁଆଁ ଠାରୁ ଖରସ୍ରୋତା କୂଳର ବଡ଼ବନ୍ତ ଗାଁ ମାତ୍ର ଏକ କିମି ଦୂର। କେନାଲକୂଳରେ ଗାଁ ମଝିରେ ଆମ ସାତପୁରୁଷର ଭିଟାମାଟି। ଗାଁ ତଳକୁ ଲାଗି ଖରସ୍ରୋତା କୂଳ ଯାକ ରହିଥିଲା ବିସ୍ତୀର୍ଣ୍ଣ ଚାଷଜମି। ବାପା ଥିଲେ ଜଣେ ଅଭିଜ୍ଞ କୃଷକ। ଧାନ, ମୁଗ, ବିରି, କୋଳଥ, ହରଡ଼, ବାଦାମ, ସୋରିଷ, ନଳିତା ଫସଲରେ ବର୍ଷକ ବାରମାସ ଖେତ ହସି ଉଠୁଥିଲା। ପିଲାଦିନେ ଗାମୁଛାରେ ସୋରିଷ ଫୁଲ ତୋଳି ପତ୍ର ପୋଡ଼ା କରି ଖାଇବାର ମଜା ଏ ଯାକ ମୁଁ ମନରୁ ଭୁଲିପାରି ନାହିଁ। ଖରସ୍ରୋତା କୂଳରେ ଆଗ ଆମର ଆଖୁ ଚାଷ ବି ହେଉଥିଲା।ସେତେବେଳେ ଏତେ ଚିନିକଳ ନ ଥିଲା। ସେହି ଖେତ ପାଖରେ ହିଁ ଆଖୁକଟା, ପେଡ଼ା, ରନ୍ଧା ହୋଇ ଗୁଡ଼ ରନ୍ଧା ଯାଉଥିଲା। ଲେମ୍ବୁ ମିଶା ଆଖୁ ଦୋରୁଅ ଓ ଗୁଡ଼ ମାଠିଆ ଉପରେ ସର ବସିଥିବା ଫେଣି ଗୁଡ଼ ଖାଇବାର ସ୍ୱାଦ ଥିଲା ନିଆରା।

ଆଖୁ କିଆରିରେ ବସିଥିଲେ ବଡ଼ବନ୍ତ ନଈ ଅତରା ଉପରେ ପରିଡ଼ା ସାଇର ମାମୁଁ ଘର ଦିଶି ଯାଉଥିଲା। ମାମୁଁଘର ଖଳାରେ କଚଡ଼ା ବାଡ଼େଇବା ଦୃଶ୍ୟ ଆଖିରେ ଦେଖାଯାଉଥିବା ବେଳେ ତାର ପାହାର ଶବ୍ଦ କିଛି କ୍ଷଣ ପରେ କାନକୁ ଶୁଭୁଥିଲା। କିଶୋର ଅବସ୍ଥାରେ ଏହାର କାରଣ ବୁଝିବାକୁ ବୁଦ୍ଧି ଅଣ୍ଟାଇ ହେଉ ନଥିଲା।

ପିଲାଦିନେ ବାପାଙ୍କଠୁ ଶୁଣିଛି, ୧୯୩୪ ମଇ ମାସ ଶେଷ ଆଡ଼କୁ ଗାନ୍ଧିଜୀ ପଦଯାତ୍ରାରେ ବରୀରୁ ପୁରୁଷୋତ୍ତମପୁର ଯାଉଥାନ୍ତି। ସେହି ସମୟରେ ବାପା ଗାଁ ତଳ ସଡ଼କ ପାଖ କିଆରିରେ ଖରାଟିଆ ହଳ କରୁଥିଲେ। ଗାନ୍ଧୀ କୁଆଡ଼େ ବାପାଙ୍କ ସହିତ ପାଖରେ ଥିବା ଅନ୍ୟ କିଛି ଚାଷୀଙ୍କୁ ପାଖକୁ ଡାକି କଥା ହୋଇଥିଲେ। ଆମ ଦେଶ ସ୍ୱାଧୀନ ହୋଇଗଲେ

ସ୍ୱରାଜ ଆସିବ, ସମସ୍ତେ ସୁଖ ଶାନ୍ତିରେ ରହିବେ, ସ୍ୱାବଲମ୍ବୀ ହୋଇ ମୁଣ୍ଡ ଟେକି ବଞ୍ଚି ପାରିବେ ବୋଲି ହସି ହସି ବୁଝାଇ କହିଥିଲେ। ବାପା ଗାନ୍ଧୀଙ୍କ ଖୁବ୍ ନିକଟ ସଂସ୍ପର୍ଶରେ ଆସିଥିବାରୁ ତାଙ୍କଠୁ ପ୍ରତ୍ୟକ୍ଷ ଅନୁଭୂତି ଶୁଣିବା ବେଳେ ମୋ ରୂମ ମୂଳ ଟାଙ୍କୁରି ଉଠୁଥିଲା।

ଏହାରି ମଧ୍ୟରେ ଖରସ୍ରୋତା ପାଣି ସହିତ ଅନେକ ସମୟର ସ୍ରୋତ ପ୍ରବାହିତ ହୋଇ ଗଲାଣି। ଆଉ ନାହାନ୍ତି ମୋର ଜନ୍ମଦାତା ପିତା କି ଏ ଜାତିର ପିତା। ଖରସ୍ରୋତାର ପ୍ରବାହ ମଧ୍ୟରେ ହଜିଯାଇଛି ମାମୁଁଙ୍କ ଘର, ଖଳାବାଡ଼ି ଓ ଚାଷଜମି। କେବଳ ମୋ ମାମୁଁ କାହିଁକି ପରିଡ଼ା ସାଇର ସମସ୍ତ ପରିବାର ଏବେ ଉଦବାସ୍ତୁ, ଉଚ୍ଛନ୍ନ। ଖରସ୍ରୋତାର ବଢ଼ି ଆଁ ଭିତରେ ହଜି ଯାଇଥିବା କୃଷକକୁ କେଉଁଠୁ ପଇସାଟିଏ ବି ସାହାଯ୍ୟ ମିଳିନାହିଁ। ଗାଁ ଜମିଜମା ବନ୍ଦୋବସ୍ତକୁ ଏ ଯାକ ବି ଚୂଡ଼ାନ୍ତ ରୂପ ଦିଆ ଯାଇ ପାରିନି। ଦୀନହୀନ ଅବସ୍ଥା ଏବଂ ଦୁର୍ଦ୍ଦିନ ସହିତ ସଂଗ୍ରାମ କରୁଥିବା କିଛି ଉତ୍ତରଦାୟାଦ ଏବେ ବି ଶୂନ୍ୟ ଆଖିରେ ଆକାଶକୁ ଚାହିଁ ବଞ୍ଚି ରହିଛନ୍ତି।

ଆଗେ କାଳେ ଆମ ଦୁଧେଇ କେନାଲ ଥିଲା ପରିବହନ ପାଇଁ ମୁଖ୍ୟ ଜଳପଥ। ନୌକା ଯୋଗେ ଏହି ପଥରେ ଆଳି କନିକା ଆଦି ତଳମାଳ ଅଞ୍ଚଳକୁ ଖାଦ୍ୟଦ୍ରବ୍ୟ ଓ ମାଲପତ୍ର ସରବରାହ ହେଉଥିଲା। ଲୋକେ ଛୋଟ ନୌକା ଯୋଗେ ଖରସ୍ରୋତା ନଦୀରେ ଧାମରା ମୁହାଣ ଯାଇପାରୁଥିଲେ। ସେଠୁ ରାଜଧାନୀ କଲିକତା ଯାଇ କାମଦାମ କରି ବେଶ ଭଲ ଉପାର୍ଜନ ମଧ୍ୟ କରୁଥିଲେ। କିନ୍ତୁ କର୍ପୁର ଉଡ଼ି ଯାଇଛି,ଏବେ କନାଟି ମାତ୍ର ପଡ଼ିରହିଛି।ମୋ ଜେଜେ ବାପା ପାଠଶାଠ ନ ପଢ଼ି କଲିକତା ଯାଇ ତାଙ୍କ କଠିନ ଉପାର୍ଜନ ବଳରେ ଯେଉଁ ଭୂସମ୍ପତ୍ତି ଅର୍ଜନ କରିଥିଲେ, ଆମେ ଖୁବ୍ ଉଚ୍ଚ ଶିକ୍ଷିତ ହୋଇ ଏକନିଷ୍ଠ ଭାବରେ ନିଜ କର୍ମ କର୍ତ୍ତବ୍ୟ ସମ୍ପାଦନ କରି ମଧ୍ୟ ତାହା ସୁରକ୍ଷିତ ରଖି ପାରି ନାହୁଁ। ଭାବିଲେ ଅତ୍ୟନ୍ତ ଦୁଃଖ ଲାଗେ ଯେଉଁ ଖଣ୍ଡାୟତ ପୁଅ, କୃଷକ ପାଇକ ଦିନେ ତାର ଲହୁଲୁହ ଶ୍ରମ ଝାଳ ନିଗାଡ଼ି ସଭିଙ୍କ ବନ ବଞ୍ଚାଉଥିଲା, ସମାଜର ଶାନ୍ତି ଶୃଙ୍ଖଳା ରକ୍ଷା ପାଇଁ ନିଜକୁ ତିଳ ତିଳ କରି ନିକ୍ଷେପିତ କରିଥିଲା, ସେ ଆଜି ସର୍ବସ୍ୱାନ୍ତ; ଖଣ୍ଡିଆ ଜାତି ଭାବେ ସମାଜରେ ଉପହସିତ। ତାର ସରବରାହ ପଥ ଦୁଧେଇ କେନାଲ ଏବେ ଅନାବନା ଦଳ

ପୂର୍ଣ୍ଣ ଏକ ଆବର୍ଜନା ନାଳ। ତାର ସଫେଇ ନାମରେ ଆସୁଥିବା ଅବଶ୍ୟ ମୋଟା ଅଙ୍କର ଅର୍ଥ ଚଳୁ ହୋଇଥିବା ତଥ୍ୟ ସତ୍ୟ ଅଟେ।

ଏତେ ବଡ଼ ଏକ ବିରାଟ ଜନଗୋଷ୍ଠୀର ଅର୍ଥନୈତିକ ଅଧୋପତନ କାହିଁକି ଓ କିପରି ହେଲା, ତାହାର ହିସାବ ଏଠି କିଏବା ରଖିଛି?

ଏକ ସ୍ୱାଧୀନ ଦେଶର ନାଗରିକ ଭାବେ ଏକ ସ୍ୱାଭିମାନ ଓ ସମ୍ପନ୍ନ ଜାତି ନିଜର ଅବଦାନ ଓ ତ୍ୟାଗ ରହିଥିବା ସତ୍ତ୍ୱେ କାହିଁକି ସମତାଳରେ ଦେଶର ବିକାଶ ଓ ଅର୍ଥନୈତିକ ଅଭିବୃଦ୍ଧି ସହିତ ଆଗକୁ ଅଗ୍ରସର ହୋଇ ପାରି ନାହିଁ, ଏହା ଅତି ବିଚିତ୍ର କଥା।

ହୀନ ନ୍ୟସ୍ତ ସ୍ୱାର୍ଥ, ସଙ୍କୀର୍ଣ୍ଣ ଭେଦଭାବ, ଭୋଟ ରାଜନୀତି ଓ ଅନୈତିକ ଅତିକ୍ରମଣକୁ କ୍ରମାଗତ ଭାବେ ପ୍ରୋତ୍ସାହନର ହୁଏତ ଏହା ହିଁ କୁପରିଣାମ ହୋଇପାରେ ।

କେବଳ ଖରସ୍ରୋତାର ଆରକୂଳରେ ଥିବା କଚଡ଼ା ବଢ଼େଇବାର ଦୃଶ୍ୟ ଓ ତାର ଶବ୍ଦ ଶୁଣିବା ମଧ୍ୟରେ ଥିବା ତାରତମ୍ୟ ନୁହେଁ, ଆମ ସ୍ୱରାଜର ଲକ୍ଷ୍ୟ ଯେଉଁ କଥା ଗାନ୍ଧିଜୀ ବାପାଙ୍କ ପରି ଚାଷୀମାନଙ୍କୁ ଦିନେ ପ୍ରତିଶ୍ରୁତି ଦେଇଥିଲେ,ତାହା ସୁଦୂର ପରାହତ। ଜୀବନର ସତ୍ୟକୁ ସମୟର ସ୍ରୋତ, କୈାଣସି ଖରସ୍ରୋତାର ଆଁ ଗ୍ରାସ କରି ନାହିଁ କି ଶତ ଚେଷ୍ଟା କଲେ ବି କରି ପାରିବ ନାହିଁ। ଆଜି ବି ଦେଶର ସ୍ୱାଧୀନ ନାଗରିକ ସ୍ୱାଭିମାନର ସହିତ ଆତ୍ମନିର୍ଭର ହୋଇ ବଞ୍ଚିବାକୁ ସଂଗ୍ରାମରତ।

ଏ ଆହ୍ୱାନକୁ ଗ୍ରହଣ କରି ପ୍ରକୃତ ବିକାଶର ଧାରାକୁ ଆମେ କେତେ ଚରିତାର୍ଥ କରି ପାରିବା, ତାହାର ମୂଲ୍ୟାୟନ ହୁଏତ ଭବିଷ୍ୟତ ହିଁ ସଠିକ କରିପାରିବ ।

■■■

ଧଣ୍ଟି

ବୟସର ସାୟାହ୍ନରେ ମଧୁମେହ ଶରୀର ଟାକୁ ଭିତରେ ଭିତରେ ଖୋଳ କରିଦିଏ। ସକାଳୁ ଉଠିବା ବେଳକୁ ପାଦ ଦରଜ ଲାଗେ। ଶିରାସବୁ ଟାଣି ଧରିବା ପରି ଲାଗେ। ଶୀତ ସକାଳୁ ସକାଳୁ ଟିକିଏ ଚଲାବୁଲା କରି ଦେଲେ ଭଲ ଲାଗେ। ସଡ଼କ କଡ଼େ କଡ଼େ ପ୍ରାତଃ ଓ ସାଂନ୍ଧ୍ୟ ଭ୍ରମଣ ବିପଦମୁକ୍ତ ନୁହେଁ। ଏଣୁ ପାଖ ମେଲଣ ପଡ଼ିଆରେ ଦୁଇଚାରି ଥର ଏପଟ ସେପଟ ହୋଇ କାମ ଚଳାଇ ନେବାକୁ ଉଚିତ ମନେ କରନ୍ତି ମହେନ୍ଦ୍ରବାବୁ।

ସେ ଦୀର୍ଘ ଦିନ ଚାକିରି କରି ବାହାରେ ରହିବା ପରେ ଏଇ କିଛି ଦିନ ହେଲା ଗାଁ କୁ ଫେରିଛନ୍ତି। କରୋନା ମହାମାରୀର ଭୟ ଓ କଟକଣା ଏବେ ବି ବଳବତ୍ତର ରହିଛି। ଏଣୁ ସିଏ ପ୍ରାୟତଃ ଘରୁ ବିଶେଷ ବାହାରନ୍ତି ନାହିଁ। ଗାଁର ପରିଚିତ କିଛି ପୁରୁଖା ଲୋକଙ୍କ ସହିତ ଭେଟଘାଟ ହୋଇଗଲେ ସାଧାରଣତଃ ଅଧିକ ଗପସପ ହେବାକୁ ଚାହାନ୍ତି। ତାଙ୍କ ଆଗ୍ରହକୁ ସହଜରେ ଏଡାଇ ପାରନ୍ତିନି ମହେନ୍ଦ୍ରବାବୁ।

ଆଜି ପଡ଼ିଆରେ ହଠାତ ତାଙ୍କର ରାଧୁଭାଇଙ୍କ ସହିତ ଭେଟ ହେଲା। ସେ ନିଜେ ଲେଖିଥିବା ସଂକୀର୍ତ୍ତନ ମାଧୁରୀ ଓ ସଂକ୍ଷିପ୍ତ ଭାଗବତ କଥାମୃତ ବହି ବିଷୟରେ ଜଣାଇଲେ। ଗ୍ରାମ ଐତିହ୍ୟ ବିଷୟରେ ତାଙ୍କର ବିଶେଷ ଜ୍ଞାନ ଥିବାରୁ ତାଙ୍କୁ ମେଲଣ ପରିଚାଳନା କମିଟିକୁ ପ୍ରାୟତ ଡାକନ୍ତି ବୋଲି ସୂଚିତ କଲେ।

କଥା ଛଳରେ କହିଲେ ଯେ ଆଗ ପରି ଆଉ ଆମ ଗାଁରେ ପ୍ରସିଦ୍ଧ ବରୁଆଁ

ମେଲଣ ଅନୁଷ୍ଠିତ ହେଉନାହିଁ। ସୁଜନପୁର ଓ ହସନପୁର ମଧ୍ୟରେ ଆଗରେ ଧ୍ୱଣ୍ଡି ଯିବା ଓ ଷଣ୍ଢ ନାଚକୁ ନେଇ ବିବାଦ ଓ ଭୀଷଣ କଳିଗୋଳ ହେଲା। ତାଙ୍କ ପାଇଁ ସ୍ୱତନ୍ତ୍ର ଅଲଗା ରାସ୍ତା ଦିଆଯିବାରୁ ସମାଧାନ ହେଲା। ଏଇ କିଛି ବର୍ଷ ହେଲା ହରିପୁରର ବୃନ୍ଦାବନଚନ୍ଦ୍ର ଠାକୁର ଦୋଳକୁ ଆସୁନାହାନ୍ତି। କାରଣ ବି ସେହି ଧ୍ୱଣ୍ଡି। ତାଙ୍କ ଠାକୁର ଅନ୍ୟ କୌଣସି ଧ୍ୱଣ୍ଡି ତଳେ ଆସିଲେ ତାଙ୍କ ଜମିଦାରୀ ସ୍ୱାଭିମାନ ଉପରେ କାଳେ ଆଞ୍ଚ ପହଞ୍ଚିଲା।

ରାଧୁ ଭାଇ ଧ୍ୱଣ୍ଡିର ମହତ୍ତ୍ୱ ଓ ଇତିହାସ ବୁଝାଇବାକୁ ଯାଇ କହିଲେ- କଲିକତାରେ ଏ ପର୍ଯ୍ୟନ୍ତ ଗଙ୍ଗାନଦୀ କୂଳରେ ଜଗାଇ ଓ ମାଧାଇ ନାମକ ଦୁଇଟି ଘାଟ ରହିଛି। ଜଗାଇ ଓ ମାଧାଇ କାଳେ ବଙ୍ଗ କାଜୀଙ୍କର ଦୁଇଜଣ ଦୁର୍ଦ୍ଧାନ୍ତ ସିପାହୀ ଥିଲେ। ମହାପ୍ରଭୁ ଗୌରାଙ୍ଗଙ୍କ ଭକ୍ତି ସଂକୀର୍ତ୍ତନକୁ ଭଣ୍ଡୁର କରିବାକୁ କାଜୀଙ୍କ ନିର୍ଦ୍ଦେଶରେ ଢେଲା ଫୋପାଡ଼ିଲେ।

ଗୌରାଙ୍ଗ ମହାପ୍ରଭୁ ମୁଣ୍ଡାଇଥିବା ତୁଳସୀ କୁଣ୍ଡ ଭାଙ୍ଗି ଓ ଢେଲା ବାଜି ତାଙ୍କ ମୁଣ୍ଡରୁ ଧାର ଧାର ହୋଇ ରକ୍ତ ବହିଲା। ଭକ୍ତ ମଣ୍ଡଳୀ କ୍ରୋଧରେ ଜର୍ଜରିତ ହୋଇ ପ୍ରତି ଆକ୍ରମଣ କରିବାକୁ ଉଦ୍ୟତ ହେଲେ। ଗୌରାଙ୍ଗ ଭକ୍ତ ମାନଙ୍କୁ ହିଂସାରୁ ନିବୃତ୍ତ କଲେ ଓ ପ୍ରେମ ବିହ୍ୱଳ ହୋଇ ଜଗାଇ ଓ ମାଧାଇଙ୍କୁ ଦୁଇ ବାହୁରେ ଜାକି ଧରି ସିଧା କାଜିଙ୍କ ପାଖକୁ ଗଲେ। ଗୌରାଙ୍ଗଙ୍କ ରୌଦ୍ର ରୂପ ଦେଖି କାଜୀ କୁଆଡ଼େ ଭୟ ପାଇ ଯାଇଥିଲେ। ତାଙ୍କର ଭକ୍ତି ସଂକୀର୍ତ୍ତନକୁ କେବେ ବି ଆଉ ବିରୋଧ କରି ନଥିଲେ। ସେହି ଦିନ ଠାରୁ ଜଗାଇ ଓ ମାଧାଇ ମଧ୍ୟ ଗୌରାଙ୍ଗଙ୍କ ଅନୁଗାମୀ ହୋଇ ଯାଇଥିଲେ। ଭକ୍ତି ସଂକୀର୍ତ୍ତନ ନଗର ଗ୍ରାମ ପରିକ୍ରମା କରିବା ସମୟରୁ ହିଁ କାଳେ ଧ୍ୱଣ୍ଡିର ପ୍ରଚଳନ ହୋଇ ଆସୁଛି।

ଏ ତଥ୍ୟର ଐତିହାସିକ ସତ୍ୟତା କେତେ ଅଛି କାହାକୁ ବା ଜଣା। କିନ୍ତୁ ଏ କଥା ସତ୍ୟ ଯେ କୌଣସି ରାଷ୍ଟ୍ର, ରାଜ୍ୟ, ସଂପ୍ରଦାୟ ବା ସମାଜ ଅଥବା ଏକ ବିଶେଷ ଉତ୍ସବ ଅନୁଷ୍ଠାନର ପ୍ରତୀକ ହେଉଛି ଧ୍ୱଜା। ତାହାକୁ କେତନ, ପତାକା, ଝଣ୍ଡା, ନିଶାନ ବା ଚିହ୍ନ, ଜୟା ଆଦି କେହି କେହି ମଧ୍ୟ କହିଥାନ୍ତି। ଏକ ସଳଖ ମଜବୁତ ବାଉଁଶ ଉପରି ଭାଗରେ ଏକ ବିଶେଷ

ଉଦ୍ଦେଶ୍ୟରେ ପତାକାକୁ ବାନ୍ଧି ସାଙ୍କେତିକ ଭାବରେ ଆପଣାର ଏକମତତା ଓ ବିଚାରଧାରାକୁ ସୂଚୀତ କରାଯାଇଥାଏ। ସାଂପ୍ରତିକ ସମୟରେ ଧଣ୍ଡି ଉପଯୁକ୍ତ ବାଉଁଶର ଅଭାବ ଓ ତାକୁ ଧରି ଚଳମାନ କରାଇବାକୁ ଅଧିକ ସଂଖ୍ୟକ ଲୋକଙ୍କ ଅଭାବ ହେବା ଯୋଗୁଁ ପରମ୍ପରାକୁ ରକ୍ଷା କରିବା ଉଦ୍ଦେଶ୍ୟରେ କେବଳ ଗୋଟିଏ ସ୍ଥାନରେ ଧଣ୍ଡିକୁ ପୋତି ରଖାଯାଉଛି। ତେବେ ବୃଥା ଅଭିମାନ ଓ ମନୋମାଳିନ୍ୟକୁ ଏଡ଼ାଯାଇ ପାରିଲେ ଆମର ମୂଳ ସଂସ୍କୃତି ବଜାୟ ରହି ପାରନ୍ତା। ସମୟ ଓ ପରିସ୍ଥିତି ପ୍ରତି ଆମ୍ଭେ ସଚେତନ ରହି ପାରିଲେ ଆମେ ପରସ୍ପର ସହଯୋଗ ଓ ସହମତି ଭିତ୍ତିରେ ଆମର ପରିବେଶକୁ ନିଶ୍ଚୟ ସରସ ସୁନ୍ଦର ରଖି ପାରିବା।

ଆଜିର ପ୍ରାତଃ ଭ୍ରମଣ ବଦଳରେ ଧଣ୍ଡି ଦର୍ଶନ ମହେନ୍ଦ୍ରବାବୁଙ୍କୁ ବେଶ ଆହ୍ଲାଦିତ କରିଥିଲା ।

■■■

ଚାନ୍ଦିନୀର କଳାଚାନ୍ଦ

ଫଗୁଣ ମଧୁ ମିଳନର ଦିବ୍ୟଭବ୍ୟ ଭାବ ସଞ୍ଚାର କରି ଗାଁ ମଝିରେ କାହିଁ କେଉଁ ଅନାଦି କାଳରୁ ବିଦ୍ୟମାନ ରହିଛି ଏକ ବିରାଟ ମେଲଣ ପଡ଼ିଆ। ଆୟତାକାର କ୍ଷେତ୍ର ଚାରିପଟେ ଘେରି ରହିଛି ପଥରର ଚାର ଖୁଣ୍ଟ, ପିଣ୍ଡି ଓ ଏକ ଚାନ୍ଦିନୀ ଚଉତରା। ଫଗୁଣ ମାସର ଦୋଳ ପୂର୍ଣ୍ଣିମା ଦିନ ଏଇ ପଡ଼ିଆରେ ଏ ଅଞ୍ଚଳର ପ୍ରସିଦ୍ଧ ବରୁଆଁ ମେଲଣ ଅନୁଷ୍ଠିତ ହୁଏ। ଆଖପାଖ ବାଉନ ଖଣ୍ଡି ଗ୍ରାମର ମଠ ମନ୍ଦିରରେ ବିଭିନ୍ନ ନାମରେ ପୂଜା ପାଉଥିବା ରାଧାକୃଷ୍ଣଙ୍କ ବିଗ୍ରହ ସବୁ ସୁସଜ୍ଜିତ ଦୋଳ ବିମାନରେ ସଂକୀର୍ତ୍ତନ ପଟୁଆରରେ ଅଣାଯାଇ ପଡ଼ିଆର ନିର୍ଦ୍ଧାରିତ ସ୍ଥାନରେ ବସାଯାଏ। ଚାନ୍ଦିନୀ ରୁଭୋଗରାଗ, ଫଗୁର କୁତୁଆ ଲାଗି ହେବାପରେ ଠାକୁର ମାନେ ସ୍ୱସ୍ଥାନକୁ ପ୍ରତ୍ୟାବର୍ତ୍ତନ କରିଥାନ୍ତି । ବହୁ ପୁରାତନ ଏବଂ ଐତିହ୍ୟ ସମ୍ପନ୍ନ ମେଲଣ ହୋଇଥିବାରୁ ଠାକୁର ମାନଙ୍କୁ ସମ୍ମାନ ସ୍ୱରୂପ ମାତ୍ର ଏକ ଦୁଇ ଟଙ୍କା ବିଦାଖି ଦିଆଯାଏ । ପ୍ରଚଳିତ ବିଧି ବିଧାନ ଅନୁସାରେ ମେଲଣଟି ବହୁକାଳରୁ ନିରବଛିନ୍ନ ଭାବେ ଅନୁଷ୍ଠିତ ହୋଇ ଆସୁଛି । ବିମାନରେ ଦୋଳଗୋବିନ୍ଦଙ୍କୁ ଦେଖିଲେ ପୁଣ୍ୟ ଅର୍ଜନ ହୁଏ,ମନ ଆନନ୍ଦ ଉଲ୍ଲାସରେ ପୂରି ଉଠେ ,ଏପରି ବିଶ୍ୱାସ ଯୋଗୁ ମେଲଣ ପଡିଆଟି ଲୋକାରଣ୍ୟ ହୋଇଉଠେ।

ମେଲଣର ଐତିହ୍ୟ ସମ୍ପର୍କରେ ବିଶେଷ ବିବରଣୀ ମିଳେ ନାହିଁ। ଯାହା ଜନଶ୍ରୁତି ରହିଛି ତାହାର ଅବଶ୍ୟ ଯଥାର୍ଥ ଭାବେ ଅନୁଶୀଳନ ଏ ପର୍ଯ୍ୟନ୍ତ ହୋଇପାରିନାହିଁ। ଆମର ଏତେ ସୁନ୍ଦର ସାଂସ୍କୃତିକ ଭିତ୍ତିଭୂମି ଉପଯୁକ୍ତ ପୃଷ୍ଠପୋଷକତା ଅଭାବରୁ ଏବଂ ଅନଧିକୃତ ଅତିକ୍ରମଣ କାରଣରୁ ସଂପ୍ରତି ଅବକ୍ଷୟମୁଖୀ ଓ କାଳ ଗର୍ଭରେ ସମ୍ପୂର୍ଣ୍ଣ ବିଲୀନ ହେବାକୁ ବସିଲାଣି ।

ଇତିହାସରୁ ଜଣାଯାଏ, ରାଜା ଯଯାତି ଏବଂ ଗଙ୍ଗ ରାଜତ୍ୱ କାଳରେ ବୈଦିକ ରୀତିନୀତି ଏବଂ କୌଟିଲ୍ୟଙ୍କ ଅର୍ଥଶାସ୍ତ୍ର ଅନୁସାରେ ରାଜା ମାନଙ୍କ ଦ୍ୱାରା ଶାସନ ପରିଚାଳିତ ହେଉଥିଲା। କେତେଗୁଡ଼ିଏ ଗ୍ରାମକୁ ନେଇ ବିଷୟ ମଣ୍ଡଳ ଓ ମଣ୍ଡଳକୁ ନେଇ ରାଷ୍ଟ୍ର ଓ ରାଜ୍ୟ ଗଠିତ ହୋଇଥିଲା। ବିରଜା ମଣ୍ଡଳର ଏହି କ୍ଷେତ୍ରରେ ମଣ୍ଡଳାଧୀଶ୍ୱର ଭାବେ ଭଗବାନ ଶଙ୍କରାଚାର୍ଯ୍ୟଙ୍କ ପ୍ରତିନିଧି ସ୍ୱରୂପ ଜଣେ ବ୍ରାହ୍ମଣ ମହନ୍ତ, ହରିପୁର ଜଗନ୍ନାଥ ମଠରେ ଜଣେ କ୍ଷତ୍ରିୟ ମହନ୍ତ ଏବଂ ଦୀକ୍ଷାକେନ୍ଦ୍ର ଭାବେ ଗୋବିନ୍ଦ ମଠରେ ବୈଷ୍ଣବ ସଂପ୍ରଦାୟର ଗୁରୁ ମହନ୍ତମାନେ ରହି ଭୂସମ୍ପତ୍ତି, ଦାନ, ରାଜସ୍ୱ ଆଦିକୁ ସର୍ବସାଧାରଣଙ୍କ ହିତ ଓ ଧର୍ମ କାର୍ଯ୍ୟରେ ବିନିଯୋଗ କରିବାକୁ ସ୍ୱୟଂ ରାଜାଙ୍କ ଦ୍ୱାରା ଅଧୀକୃତ ହୋଇଥିଲେ। ଏବେ ବି ଏହି ମଠ ମନ୍ଦିର ସବୁ ରହିଥିଲେ ମଧ୍ୟ ଦେବସ୍ୱ ସମ୍ପତ୍ତିର ଉପଯୁକ୍ତ ରକ୍ଷଣାବେକ୍ଷଣ ପ୍ରତି କେହି ଧ୍ୟାନ ଦେଉ ନାହାନ୍ତି।

ଆହୁରି ମଧ୍ୟ ଜଣାଯାଏ ସମ୍ରାଟ ଆକବରଙ୍କ ପ୍ରତିନିଧି ବଙ୍ଗର ନବାବ ସୁଲେମାନ କିର୍ରାନୀଙ୍କ ସହ ହୋଇଥିବା ସନ୍ଧି ଅନୁସାରେ ଓଡ଼ିଶାର ଗଜପତି ତାଙ୍କର ଜଣେ ଦକ୍ଷ ସେନାପତି ରାଜୀବ ଲୋଚନ ରାୟଙ୍କୁ ନବାବଙ୍କୁ ଯୁଦ୍ଧରେ ସହଯୋଗ ପାଇଁ ପଠାଇଥିଲେ, କିନ୍ତୁ ସେ ସୁଲେମାନଙ୍କ ସୁନ୍ଦରୀ କନ୍ୟାକୁ ଭଲପାଇ ବିବାହ କରିବାକୁ ଚାହିଁଲେ, ମାତ୍ର ପଣ୍ଡିତ ମାନଙ୍କ ପରାମର୍ଶରେ ଗଜପତି ତାଙ୍କୁ ଏଥି ନିମିତ୍ତ ଅନୁମତି ଦେଇନଥିଲେ। ବାଧ୍ୟ ହୋଇ ସେ ମୁସଲମାନ ଧର୍ମ ଗ୍ରହଣ ପୂର୍ବକ ନବାବଙ୍କ କନ୍ୟାକୁ ବିବାହ କଲେ ଏବଂ ନିଜ ନାମ ପରିବର୍ତ୍ତନ କରି କଳାପାହାଡ଼ ରଖିଥିଲେ। ପରବର୍ତ୍ତୀ କାଳରେ କ୍ରୋଧ ବଶତଃ ସେ ଯାଜପୁର, ପୁରୀ କୋଣାର୍କ ଆଦିର ବହୁ ମନ୍ଦିର ଭାଙ୍ଗି ରୁଜି ଧ୍ୱଂସ କରି ପକାଇଥିଲେ।

ଷୋଡ଼ଶ ଶତାବ୍ଦୀ ମଧ୍ୟ ଭାଗରେ କଳା ପାହାଡ଼ଙ୍କ ନେତୃତ୍ୱରେ ମୋଗଲ ସେନା ଏହି ସ୍ଥାନରେ ବି ଶିବିର ପକାଇ ରହିଥାନ୍ତି। ପବିତ୍ର ରମଜାନ ପରେ ମୁସଲିମ କ୍ୟାଲେଣ୍ଡର ଅନୁସାରେ ପାଳିତ ହୁଏ ଅସୁର ଇଦ୍‌ଉଲ୍ ଫିତର ଓ ମହରମ। ଏହି ବିସ୍ତୀର୍ଣ୍ଣ ପଡ଼ିଆରୁ ଇମାମଙ୍କ କହିବା ମୁତାବକ ଚନ୍ଦ୍ର ଦର୍ଶନ କରି ଅତୀବ ପ୍ରିତ ହୋଇଥିଲେ କଳାପାହାଡ଼ ସହିତ ସମସ୍ତ ମୁସଲିମ

ସୈନ୍ୟସାମନ୍ତ। ସ୍ମୃତି ସ୍ୱରୂପ ଯୁଦ୍ଧ ପରିହାର କରି ସେ କୁଆଡ଼େ ପଡ଼ିଆ ସନ୍ନିକଟରେ ଇଦଗାହ ପଡ଼ିଆ, ମସଜିଦ ଆଦି ସ୍ଥାପନ କରିଥିବା କୁହାଯାଏ। ଶାନ୍ତିପୂର୍ଣ୍ଣ ସହାବସ୍ଥାନର ସ୍ମୃତି ସ୍ୱରୂପ ମେଲଣ ଅନୁଷ୍ଠିତ ହେଲେ ଚାନ୍ଦିନୀରୁ ସତ୍ୟପୀରଙ୍କ ଉଦ୍ଦେଶ୍ୟରେ ଏକ ଭୋଗ କୁଡୁଆ ଓ ମାନ୍ୟ ଦକ୍ଷିଣା ପ୍ରଦାନ କରାଯିବା ବିଧି ମଧ୍ୟ ଏ ଯାବତ ରହିଅଛି।

ଏହି ପବିତ୍ର ଦେବ ଭୂମିର ଦିବ୍ୟ ମାହାତ୍ମ୍ୟ ଏବଂ ଚାନ୍ଦିନୀର କଳା ଚାନ୍ଦ ଭଗବାନ ଶ୍ରୀକୃଷ୍ଣଚନ୍ଦ୍ରଙ୍କ ଅପୂର୍ବ ଗୁଣ କୀର୍ତ୍ତନ ବିଧର୍ମୀ ଆକ୍ରମଣକାରୀଙ୍କ ଦୌରାତ୍ମ୍ୟରୁ ସୁରକ୍ଷିତ ରହି ଆସିଥିବା ବେଳେ ଏହାର ସାଂସ୍କୃତିକ ମହତ୍ତ୍ୱକୁ ଅକ୍ଷୁର୍ଣ୍ଣ ରଖିବା ଆମ ସମସ୍ତଙ୍କର ଉତ୍ତର ଦାୟିତ୍ୱ ଅଟେ।

■■■

ଭୟାଂଗଳି

ଠିକ୍ ଆମ ଗାଁଟିର ମଝିଆମଝି କାହିଁ କେଉଁ କାଳୁ ରହି ଆସିଛି ଭୟାଂଗଳି। ଦୁଇପଟକୁ ଲାଗି ରହିଛି ଝଙ୍କାଳିଆ ବାଉଁଶ ବଗାୟତ ଓ ଆମ୍ବ ପଣସ ବାଡ଼ି। ଗଳିର ଦୁଇପଟେ ଭିନ୍ନ ଭିନ୍ନ ସଂପ୍ରଦାୟ ଲୋକଙ୍କ ବସ୍ତି।

ଗଳିଟି ଦିନବେଳେ ବି ଖୁବ୍ ଅନ୍ଧାରିଆ ଦେଖାଯାଏ। ପିଲାମାନେ ଏକୁଟିଆ ଏଇବାଟେ ଯିବା ଆସିବାକୁ ଡରିଥାନ୍ତି। ଏହାକୁ କେତେକ ଭୟାନକ ଗଳି ଓ ଅନ୍ଧଗଳି ବୋଲି ବି କହିଥାନ୍ତି। ସତେ ଯେମିତି ଏହି ଗଳି ହେଉଛି ଦୁଇ ଭିନ୍ନ ସାଂପ୍ରଦାୟ ଲୋକମାନଙ୍କ ମଧ୍ୟରେ ପରସ୍ପର ସଦ୍ଭାବ ରକ୍ଷା କରି ଶାନ୍ତି ପୂର୍ଣ୍ଣ ସହାବସ୍ଥାନ କରିବାର ଏକ ଅଘୋଷିତ ଚୁକ୍ତିନାମା ଓ ଭୌଗଳିକ ତଥା ସାମାଜିକ ଚଳନୀର ସୀମାରେଖା।

ଗଳିଟି ମାତ୍ର ଦୁଇଶହ ମିଟର ଲମ୍ବା। ଏହାର ଗୋଟିଏ ମୁଣ୍ଡ ଗାଁର ମେଲଣ ପଡ଼ିଆକୁ ଛୁଉଁ ଥିବା ବେଳେ ଅନ୍ୟ ମୁଣ୍ଡଟି ରାଜରାସ୍ତାକୁ ସଂଯୋଗ କରେ। ଗଳିଟି ବହୁ ଅପମୃତ୍ୟୁ ଏବଂ ଦୁର୍ଘଟଣାର ମୂକସାକ୍ଷୀ। ଗାଁ ମୁଣ୍ଡକୁ ଲାଗି ମାଆ ବୁଢ଼ୀ ବାସୁଳାଇ ଦେବୀଙ୍କ ମନ୍ଦିର ଓ ମେଲଣ ପଡ଼ିଆ। ଲୋକେ ବିଶ୍ୱାସ କରନ୍ତି ମାଆ ଖୁବ୍ ପ୍ରତ୍ୟକ୍ଷ ଦେବୀ। ତାଙ୍କ ପାଖରେ ପ୍ରତି ସଂକ୍ରାନ୍ତି ଦିନ ହୋମ ହୁଏ। ଅଗିରା ପୁନେଇଁରେ ମାଆଙ୍କ ଆଗରେ ଅଗି ଜଳାଯାଏ। ଶୀତ ପରେ ଆସେ ମଧୁ ବସନ୍ତ। ମାଆଙ୍କ ସମୀପରେ ଆଖପାଖ ଗାଁ ଗୁଡ଼ିକରୁ ସୁସଜ୍ଜିତ ବିମାନରେ ବସାଇ ରାଧାକୃଷ୍ଣଙ୍କୁ ଅଣାଯାଏ। ହରିନାମ ହୁଳହୁଳିରେ ପଡ଼ିଆଟି ଉଛୁଳି ଉଠେ। ରଙ୍ଗର ପର୍ବ ହୋଲି ସମସ୍ତଙ୍କ ମନରେ ଆନନ୍ଦ ଉଲ୍ଲାସ ଭରିଦିଏ। ମାଆ ବାସୁଳେଇ ସତେ ଯେମିତି ଦୁଃଖକୁ ଦୂର

କରି ସଂସାରରେ ସମସ୍ତଙ୍କ ପାଇଁ ସୁଖର ପସରା ଖୋଲି ବସିରହିଥାନ୍ତି। ଅନ୍ତରୀକ୍ଷରେ ରହୁଥିବା ପିତୃଲୋକ ଏବଂ ଆମ ମଧ୍ୟରେ ସେ ଅଦୃଶ୍ୟ ସଂଯୋଗ ଶକ୍ତି ରୂପେ ବିଜେ ହୋଇ ରହିଛନ୍ତି । ଏଣୁ ବିବାହ ବ୍ରତ ଆଦି ଶୁଭ କାର୍ଯ୍ୟରେ ପ୍ରଥମେ ମାଆଙ୍କ ପାଖରେ ପୂଜା ହେବାର ବିଧି ରହିଛି ।

ଅନ୍ଧଗଳି ଦେଇ ଗାଁ ଭିତରୁ କେହି ବହିରାଗତ ହେଲେ, ପ୍ରଚଳିତ ହୋଇ ଆସୁଥିବା ପ୍ରଥାକୁ ନ ମାନିଲେ ଘୋର ବିପଦ ପଡ଼େ ବୋଲି ବିଶ୍ୱାସ ରହିଛି। ଏହି ଭୟାଂଗଳିକୁ ଲାଗିଥିବା ଏକ ବାଡ଼ିକୁ ସୁଲଭା ମାଆ ବାଡ଼ି ବୋଲି କହିଥାନ୍ତି। ବୁଢ଼ୀଟିର କାଳେ ଏକମାତ୍ର ଝିଅ ଥିଲା। ସେ ପରିବାର ଗୁଜୁରାଣ ଚଳିବା ପାଇଁ ନିଜର ଜଣେ ସମ୍ପର୍କୀୟ ଭଉଣୀ ଭିଣୋଇଙ୍କ ପାଖରେ କଳିଙ୍ଗ ନଗରରେ ରହି ରୋଷେଇ ବାସ କରି ଦେଉଥିଲା। ସେଠାରେ ଜଣେ ବଙ୍ଗୀୟ ମୁସଲିମ୍ ବୋଲି କହୁଥିବା ଯୁବକର ପ୍ରେମଜାଲରେ ଫସିଗଲା। ତା ପ୍ରରୋଚନାରେ ଖାଦ୍ୟରେ ନିଶା ମିଶାଇ ଭଉଣୀ ଭିଣୋଇଙ୍କୁ ଦେଇଦେଲା। ରାତିରେ ଭଉଣୀ ଭିଣୋଇ ଅଚେତ ହୋଇଗଲା ପରେ ତାଙ୍କ ଆଲମାରୀରେ ଥିବା ବହୁମୂଲ୍ୟ ସୁନାରୂପା, ଟଙ୍କା ଧରି ବଙ୍ଗୀୟ ଯୁବକ ସହିତ ଚମ୍ପଟ ହୋଇଗଲା। ପାଖରେ ଚୋରି ଜିନିଷ ରହିଲେ ବିପଦ। ପୋଲିସ ଧରିଲେ ସବୁ ହାତରୁ ଯିବ। ବଙ୍ଗୀୟ ଯୁବକଟି ତାକୁ ସୁନାରୂପାକୁ ବିକି ଦେଇ ଟଙ୍କା ଆଣି କେଉଁ ଦୂର ସହରକୁ ପଳେଇବା ବୋଲି କହିଲା। ଏଥିରେ ସୁଲଭା ରାଜି ହେଲାରୁ ସେ ତାଙ୍କ ଘର ରାଜକନିକାର ଅର୍ଗଳ ନାମକ ଏକ ଗାଁ କୁ ଗଲେ ସବୁ ସୁବିଧା କରିପାରିବ ବୋଲି କହିଲା। କୟାଗୋଲାରୁ ବସରୁ ଓହ୍ଲାଇ ସେମାନେ ଏକ ନିଛାଟିଆ ବାଟ ଦେଇ ଚାଲି ଚାଲି ଗଲେ। ରାସ୍ତାଘାଟ ନାହିଁ। ସୁଲଭାର ପାଟି ଶୋଷରେ ଅଠା ଅଠା ହୋଇ ଯାଉଥାଏ। ତା ପ୍ରେମିକଠୁ ପଚାରି ବୁଝିଲା ଯେ ସେ ପାଟଟିର ନାମ କୁଆଡେ ଘଇତାମାରୀ ପାଟ। ଜଣେ ଚାଷୀ ପାଟ ମଝିରେ ଜମି ହଳ କରୁଥିଲା। ତାର ସ୍ତ୍ରୀ ଖାଇବା ପିଇବାକୁ ନେଇ ଆସିବାରେ ସାମାନ୍ୟ ବିଳମ୍ବ କରିଥିଲା। ସ୍ତ୍ରୀକୁ ପାଞ୍ଚଣ ହଲାଇ ସ୍ୱାମୀଟି ଶୀଘ୍ର ଶୀଘ୍ର ଆସିବା ପାଇଁ କହୁଥିବା ବେଳେ ସ୍ତ୍ରୀଟି ଭାବିଲା ଯେ ବିଳମ୍ବ ଯୋଗୁ ତା ସ୍ୱାମୀ ଖୁବ୍ ରାଗି ଯାଇଛନ୍ତି। ଏଣୁ ପାଞ୍ଚଣରେ ବାଡ଼େଇ ତାକୁ ଜୀବନରୁ ମାରି ପକାଇବ। ସେ ଭୟରେ ଆଗକୁ ଗଲା ନାହିଁ। ବିଲରେ ପଡ଼ି ବିଚରା ଚାଷୀ ଜଣକ ଆଉଟୁପାଉଟୁ ହୋଇ କାଳେ

ମରି ଯାଇଥିଲା। ପ୍ରେମିକ ପ୍ରବରଙ୍କ ଯୋଜନା କିନ୍ତୁ ପୂର୍ବରୁ ପ୍ରସ୍ତୁତ ହୋଇ ରହିଥିଲା। ସେ ଗୋଟିଏ ମୃଦୁ ପାନୀୟ ବୋତଲ କିଣି ସେଥିରୁ ନିଜେ ଅଧା ଆଗରୁ ପିଇ ଦେଇଥିଲେ। ବାକି ଅଧକରେ ବହୁତ କିଛି ନିଶା ଔଷଧ ମିଶାଇ ରଖିଥିଲା। ସୁଲଭାକୁ ତାକୁ ବଢ଼ାଇ ଦେଇ କହିଲା - ମୁଁ ଦୋକାନରେ ଅଧା ପିଇ ତୁମ ପାଇଁ ଏଇ ଅଧା ସାଇତି ରଖିଥିଲି। ନିଅ ଏଇତକ ପିଇ ଶୋଷ ମାରିଦିଅ। ବିଚାରି ସୁଲଭା ଭାବିଲା ତା ପ୍ରେମିକ ଓ ଭାବି ସ୍ୱାମୀଟି କେତେ ଭଲ। ତା ମନ ଭିତର କଥାକୁ କେତେ ସୁନ୍ଦର ବୁଝି ପାରୁଛି। ସେ ଆଖି ବୁଜି ସେତକ ପିଇଦେବା ପରେ ସବୁ ଦିନ ପାଇଁ ସେଇ କୁଖ୍ୟାତ ପାଟରେ ଆଖି ବୁଜି ଶୋଇ ପଡ଼ିଲା। ପୋଲିସର ଢେର ତନାଘନା ଓ ଖୋଜ ଖବର ପରେ ଘଟଣା ବିଷୟରେ ସତ୍ୟାସତ୍ୟ ଲୋକ ମାନଙ୍କ ପାଖରେ ପହଞ୍ଚିଲାରୁ ସେତେବେଳେ ଖୁବ୍ ଆଲୋଡ଼ନ ସୃଷ୍ଟି କରିଥିଲା।

ଜୀବନ ହେଉଛି ଏକ ଅନ୍ଧଗଳି ପରି। ନିଜର ମୁର୍ଖତା ଏବଂ ସାମାନ୍ୟ ଭୁଲଭଟକା ପାଇଁ ମଣିଷକୁ ଭାରି ମୂଲ୍ୟ ଦେବାକୁ ପଡ଼ିଥାଏ। ସୁଲଭା କଥାରୁ ଶିକ୍ଷା ଲାଭ କରି ଲୋକେ ବହୁତ ସଚେତନ ହେଲେଣି। ସମସ୍ତେ ଆମ ସଂସ୍କୃତି ସଂସ୍କାରର ଅନୁସରଣ କରି ସୁଖ ଶାନ୍ତିରେ ଜୀବନ ଅତିବାହିତ କରନ୍ତୁ, ଭୟାଂଗଳି ସବୁଦିନ ସହାବସ୍ଥାନର ପ୍ରତୀକ ହୋଇ ରହିଥାଉ। ଗାଁର ଏଇ ଅନ୍ଧ ଭୟାଂଗଳି ଦେଇ କେହି ରାଜରାସ୍ତାରେ ବହିରାଗତ ହେଲେ କୌଣସି ବିପଦର ସମ୍ମୁଖୀନ ନହେଉ,ଏହି ଭାବନାର ବଶବର୍ତ୍ତୀ ହୋଇ କିଛି ବର୍ଷ ହେଲା ଛକଟିରେ ଏକ ଆଖଣ୍ଡଳମଣି ଶିବ ମନ୍ଦିର ତୋଳା ଯାଇଛି। ଭୟାଂଗଳିର ଭୟାବହତା ଏବେ ବହୁମାତ୍ରାରେ କମି ଯାଇଥିବା ପରିଦୃଶ୍ୟ ହେଉଛି।

■■■

ନୋଲମୁକୁଟ

ବିଟେକ୍ ସାରି ଦୁଇ ବର୍ଷ ହେଲା ବିନୟ କଳିଙ୍ଗ ନଗର ଷ୍ଟିଲ ପ୍ଲାଣ୍ଟରେ ଚାକିରି କରନ୍ତି। ବାପମାଙ୍କ ଏକୋଇର ବଳା ବିଶିକେଶନ। ଦୁଇ ଦୁଇଟି ଭଉଣୀଙ୍କ ପରେ ସାନ କୋଳ ପୋଛା ପୁଅ, ଅତି ଗେଲ ବସରରେ ବଢ଼ିଛି। ବାପା ଜଣେ ରିଟାୟାର୍ଡ ଶିକ୍ଷକ। ଜମିବାଡ଼ି ବି ଅଛି। ଅଭାବ ବୋଲି କଣ ସେ ଏ ଯାକେ ଜାଣିନି।

ଏମିତି ତ ବିନୟର ବାହାଘର ପାଇଁ ବହୁତ ଆଡ଼ୁ ଭଲ ଭଲ ପ୍ରସ୍ତାବ ସବୁ ଆସୁଛି। ତା ଭିତରୁ ବାଲିଆର ପ୍ରସ୍ତାବଟି ବାପା ଜଗଦୀଶ ଓ ମାଆ ଗୌରୀ ଦେବୀଙ୍କ ମନକୁ ଖୁବ୍ ପାଇଛି। ଝିଅଟି ଅର୍ଥନୀତି ଅନର୍ସ ରଖି ଏଇବର୍ଷ +3 ପାସ କରିଛି। ତାର ମାଆ ରୋଗ ଶଯ୍ୟାରେ ଥିବାରୁ ଜଲଦି ବିବାହଟି ସାରିଦେଲେ ଶେଷ ନିଶ୍ୱାସ ନେବେ ବୋଲି ମନେ ଭାବିଛନ୍ତି।

ଗୋଟିଏ ଚାଉଳରେ ଗଢ଼ା ଅପରୂପା ଦୀପାକୁ ଦେଖି ବିନୟର ଭଉଣୀ ମାନେ ବି ରାଜି। ଦେଖାଦେଖି ପରେ ଲଗ୍ନ ହୋଇ ମୁଦି ପିନ୍ଧା ବି ସରିଯାଇଛି। ଏଇ ଆସନ୍ତା ଫଗୁଣରେ ବିବାହ ତିଥି।

ଦୀପା ବି ପ୍ରସ୍ତାବଟିରେ ବହୁତ ଖୁସି। ଭାବୀ ଶାଶୁ ଓ ନଣନ୍ଦ ମାନଙ୍କଠାରୁ ଉତ୍ସାହ ପାଇ ସେ କେତେଥର ବିନୟଙ୍କ ସହିତ ଫୋନରେ କଥାବାର୍ତ୍ତା ହୋଇଛି। ଏପରିକି ତାଙ୍କ ସହିତ ବିରଜାଙ୍କ ଦର୍ଶନ ସାରି ନିରୋଳାରେ କୁସୁମା ପ୍ରମୋଦ ଉଦ୍ୟାନରେ କିଛିକ୍ଷଣ ଅତିବାହିତ କରି ସାରିଛି।

ହଠାତ୍ ଖବର ଆସିଲା। କରୋନାରେ ଗୁରୁତର ଅବସ୍ଥା ହେବାରୁ ବିନୟକୁ ଯାଜପୁର ରୋଡ଼ରୁ କଟକ ବଡ଼ ମେଡ଼ିକାଲ କୁ ସ୍ଥାନାନ୍ତର କରାଯାଇଛି। ଘରୁ ତରବର ହୋଇ ଲୋକ ବାହାରୁ ବାହାରୁ ପୁଣି ଖବର ଆସିଲା ଡାକ୍ତର ବିନୟକୁ ମୃତ ଘୋଷଣା କରିଦେଲେ।

ଯିଏ ଶୁଣିଲା ଦୁଃଖରେ ଛାତି ଫାଟି ପଡ଼ିଲା। ବିନୟର ବାପା ମା ତ ଖାଲି ଘଡ଼ିକୁ ଘଡ଼ି ଅଚେତ ହୋଇ ପଡୁଥାନ୍ତି।

ବିଚାରୀ ଦୀପା ଆଖିରୁ ଲୁହ ଶୁଖୁ ନ ଥାଏ। ଭଗବାନ ତା ଭାଗ୍ୟରେ ଯଦି ସୁଖ ଲେଖି ନାହାନ୍ତି, ତେବେ ସେ ବଞ୍ଚିରହି ଲାଭ ବା କଣ? ଏମିତି କେତେ କଣ ଭାବି ସେହି ଦିନ ରାତିରେ ହିଁ କିଛି ଗୋଟେ ଚରମ ପଦକ୍ଷେପ ନେବାକୁ ମନେ ମନେ ସ୍ଥିର କରି ନେଲା।

ତାର ବାପା ଝିଅର ମନ କଥାକୁ ଠିକ୍ ଠଉରାଇ ନେଲେ। ତା ପରେ ତାଙ୍କ ମୁମୂର୍ଷୁ ପତ୍ନୀଙ୍କ ଏକାନ୍ତ ଇଚ୍ଛାକୁ ମଧ୍ୟ ସେ ଯଥେଷ୍ଟ ସମ୍ମାନ ଦେଉଥିଲେ। ସେହିଦିନ ହଠାତ୍ ପଣ୍ଡିତ ଡକାଇ ଦୀପାର ବିବାହ ପ୍ରଥମେ ଗୋଟିଏ ସାହାଡା ଗଛ ସହିତ କରାଗଲା ପରେ ପାଖ ଗାଁର ଏକ ଯୁବକ ସହିତ ସମ୍ପନ୍ନ କରିଦେଲେ।

ମହାମାରୀ କରୋନାର ଅତି ଦୁଃଖଦ ପରିସ୍ଥିତି ମଧ୍ୟରେ ସାହାଡ଼ା ଗଛରେ ବନ୍ଧା ନୋଳମୁକୁଟର ଦୃଶ୍ୟ ଦେଖି ଓ ବିନୟ ପରି ଏକ ନବ ଯୁବକଙ୍କର ଅକାଳ ମୃତ୍ୟୁର ଶୋକରେ ସମସ୍ତଙ୍କ ହୃଦୟକୁ ଆଚ୍ଛନ୍ନ କରିଦେଉଥିଲା। ଆଖିରୁ ଆପଣା ଛାଏଁ ଅଶ୍ରୁ ଝରି ପଡୁଥିଲା।

ଈଶ୍ୱର ବିଚାରୀ ଦୀପାକୁ ଏ ଘୋର ଅକାଳ ଦୁର୍ଦ୍ଦଶା ମଧ୍ୟରୁ ପାର କରି ସୁଖ ଶାନ୍ତି ଦିଅନ୍ତୁ ବୋଲି ସମସ୍ତେ କାମନା କରୁଥିଲେ ।

■■■

ନୀଳ କଇଁ

ସଞ୍ଜୀବତୀ ଜଳିବାର ଠିକ୍ ପରେ ପରେ ନୀଳ ଆକାଶକୁ ଢାଙ୍କି ପକାଏ ରାତ୍ରିର କଳା ଚଦର। କଇଁ ଫୁଲ ପରି ଆକାଶରେ ତାରା ଗୁଡ଼ିକ ଦପ ଦପ ହୋଇ ଝଟକି ଦିଶନ୍ତି। କେଜାଣି କାହିଁକି ଆଖି ଖୋଜିବୁଲେ ରୂପେଲି ଜହ୍ନଟିକୁ। ମନ ସହିତ ଜହ୍ନର କୁଆଡ଼େ ସମ୍ପର୍କ ଭାରି ଅନ୍ତରଙ୍ଗ। ମନ ଭିତରେ ଭାବନା ସବୁ ଜହ୍ନକୁ ଦେଖିଲେ ଜୁଆରିଆ ହୋଇଉଠେ। ପୋଖରୀର ନୀଳ ଜଳରାଶି ଉପରେ କଇଁ ଫୁଲ ଖିଲି ଖିଲି ହୋଇ ହସିଉଠେ।

ଆମ୍ଭେ ମଧ ଦୁଇ ଆଖିରେ ଦେଖିଥିବା ଓ ନିଜ ଦୁଇ କାନରେ ଶୁଣିଥିବା କଥା। କଲେଜର କାନ୍ଥବାଡ଼ରୁ ବି ପାନପତ୍ର ଭିତରେ ଭେଦି ଯାଇଥିବା ତୀର କିମ୍ବା ଯୁକ୍ତ ଚିହ୍ନ ଦିଆଯାଇ ଯୁବକ ଯୁବତୀ ମାନଙ୍କ ଭିତରେ ଥିବା ସଂଗୋପିତ ଭାବ ପ୍ରେମକୁ ଖଳ ପ୍ରବୃତ୍ତିର ପିଲାଏ ପ୍ରଘଟ କରି ଦେଇଥାଆନ୍ତି। କିନ୍ତୁ ଆମ ଗଣିତ ବିଭାଗର ବରିଷ୍ଠ ଅଧ୍ୟାପକ ରାୟ ଚୌଧୁରୀ ସାର୍ ଙ୍କ ଝିଅ ନୀହାରିକା ଡାକ ନାମ ଲିଲିର ପ୍ରେମ ସଫଳତା ଖୁବ୍ ବିମୋହିତ କରେ। ଦେଖିବାକୁ ଡଉଲ ଡାଉଲ ,ଅପରୂପା ସୁନ୍ଦରୀ। ପିତାଙ୍କ ବନ୍ଧୁ ଜଣେ ଯୁବ ଅଧ୍ୟାପକଙ୍କୁ ପ୍ରେମ କରିବା କାରଣରୁ ନାମଟି ଦାଣ୍ଡରେ ପଡ଼ି ହାଟ ହେଲା। ପ୍ରେମପତ୍ରକୁ ବାଟ ମାରଣା କରାଯାଇ ହଟହଟା କରାଗଲା, ନିଜ କଲେଜରେ ଚାଲିଥିବା ପାଠପଢ଼ାରେ ବହୁ ଅସୁବିଧା ଉପୁଜିଲା। ଶେଷରେ ତାର ଏକାଜିଦ୍ ସେ ସେହି ଅଧ୍ୟାପକଙ୍କୁ ବିବାହ କରିବ। ତାହା ହିଁ ହେଲା।

ଆମେ ରାୟ ସାର୍ ଙ୍କ ପାଖରେ ପଢୁଥିବା କିଛି ପିଲା ସାର୍ ଙ୍କ ନିଜ

ଗାଁ ତଲମାଲ କନିକା ଅଞ୍ଚଳକୁ ଶୁଭ ବିବାହରେ ଯୋଗଦାନ କରିବାକୁ ଯାଇଥିଲୁ। ବେଶ୍ ପ୍ରତିଷ୍ଠା ସମ୍ପନ୍ନ ଜମିଦାରୀଆ ଘର । ତାଙ୍କ ବାପା ଦାଦାଙ୍କୁ ପାଞ୍ଚ ଦଶଖଣ୍ଡ ଗାଁ ଲୋକେ ଚିହ୍ନନ୍ତି, ସମ୍ମାନ ମଧ୍ୟ ଦେଇ ଥାଆନ୍ତି। ବାଡ଼ିରେ ଦୁଇ ତିନୋଟି ପୋଖରୀ, ଭଲ ମାଛ ଚାଷ ବି ହୁଏ। ବାଡ଼କୁ ଲାଗି ମନ୍ଦାର, ମଲ୍ଲୀ, କେଦାର ଓ ଜାତି ଜାତିର ଫୁଲ। ମଫସଲ ଅଞ୍ଚଳ। ସେତେବେଳେ ଗାଁ ଟି ଭିତରେ ତାଙ୍କର ଗୋଟିଏ ଛୋଟିଆ ପୋଖରୀକୁ ସମସ୍ତେ ସ୍ନାନ ପାଇଁ ବ୍ୟବହାର କରୁଥିଲେ।

ଆମେ ପିଲାଏ ମଧ୍ୟ ସେଠିକୁ ଗାଧୋଇବାକୁ ଗଲୁ। କଳା ମୁଚୁକୁନ୍ଦ ପାଣି। ଭିତରେ ସୁନ୍ଦର କଇଁ ଫୁଲ ଫୁଟିଥାଏ। ସାଙ୍ଗ ଜଣେ ପହଁରା ଜାଣିଥିଲା। କୌତୁକ ସମ୍ବରଣ କରି ନପାରି ଫୁଲ ତୋଳିବାରେ ଲାଗିଗଲା। କିନ୍ତୁ ତା ଦେହରେ କିଛି ଜୋକ ଲାଗିଗଲେ। ଆମେ ତ ଜୋକ ମାନଙ୍କ ଏମିତି ଉପଦ୍ରବ କଥା ଆଗରୁ ଜାଣି ନଥିଲୁ। ଜୀବନ ବିକଳରେ ସମସ୍ତେ ଅଧା ଗାଧୁଆ ହୋଇ ହିଡ଼ ଉପରକୁ ଉଠି ଆସିଲୁ। ଗାଁ ର କିଛି ଲୋକ ଲୁଣ ଆଣି ଅତି କଷ୍ଟରେ ସାଙ୍ଗଟିର ଦେହରୁ ଜୋକ ମାନଙ୍କୁ ବାହାର କରିଦେଲେ। ବାହାଘର ସାରି ସେହି ରାତି ହିଁ ସେଠାରୁ ପଳାଇ ଆସିଲୁ, କାହିଁକି ନା ସକାଳକୁ ରହିଲେ ନିତ୍ୟକର୍ମ, ଗାଧୁଆ ପାଧୁଆ ଏବଂ ପୁନଶ୍ଚ ଜୋକ ପୋକଙ୍କ ଭୟ। ବାଟରେ କେତେକ ସାଙ୍ଗ ବିନୋଦରେ ଲିଲିକୁ ଭଲ ଜୋକଟିଏ ବୋଲି କହିବାକୁ ପଛାଇଲେ ନାହିଁ।

ଏହାପରେ ସାର୍ ଙ୍କ ବଦଳି କଟକ ଓ ଭୁବନେଶ୍ୱର ଆଦି ବିଭିନ୍ନ ଜାଗାକୁ ହୋଇଥିଲା। ସାର୍ ପୁରୀ ଭିଆଇପି ରୋଡ଼ରେ ଜାଗା ନେଇ ଏକ ସୁନ୍ଦର ଘର ତୋଳାଇ ସ୍ଥାୟୀ ଭାବରେ ସେଇଠି ରହିଗଲେ। ସେ ଯେଉଁଠି ଥିଲେ ବି ଆମକୁ ସବୁବେଳେ ଫୋନରେ କଥା ହେଉଥାଆନ୍ତି। ପୁରୀ ବୁଲି ଆସିବାକୁ କହନ୍ତି। ଦୈବ ଯୋଗକୁ ମୋର ମଧ୍ୟ ବିବାହ ସେହି ଗାଁରେ ତାଙ୍କର ଜଣେ ସମ୍ପର୍କୀୟ ଭଉଣୀ ସହିତ ହୋଇ ଯାଇଥାଏ। ମୋ ସ୍ତ୍ରୀଙ୍କ ଏକାନ୍ତ ଜିଦ୍ କୁ ଏଡ଼ାଇ ନ ପାରି ଆମେ ଏଇ କିଛି ବର୍ଷ ତଳେ ତାଙ୍କ ପାଖକୁ ଯାଇଥିଲୁ। ବାଟରେ ଠିକ ଅଠର ନଳା ଉପରେ ପାଦ ଥୋଇ ଦୂରରୁ ନୀଳ ଆକାଶର ନୀଳିମାକୁ ଜିଣି ଦିଶୁଥିବା ନୀଳଚକ୍ର ଏବଂ ଦଧି ନଉତିକୁ ଦେଖି

ମହାପ୍ରଭୁ ଜଗନ୍ନାଥଙ୍କ ଉଦ୍ଦେଶ୍ୟରେ ପ୍ରଣାମ ଜଣାଇଲୁ। ଘରୁ ବାହାରିବା ଆଗରୁ ଆମେ କଥା ହୋଇ ଆସିଥିଲୁ। ଆଗେ ଠାକୁର ଦର୍ଶନ, ତାପରେ ମହାପ୍ରସାଦ ସେବନ, ସମୁଦ୍ରକୂଳର ସୁବର୍ଣ୍ଣ ବେଳାଭୂମି ଦର୍ଶନ ପରେ ଆମେ ସାର୍ ଙ୍କ ଘରକୁ ଯିବା। ତାଙ୍କୁ ବିଶେଷ ଅସୁବିଧା ନ ଦେଇ ଆମେ ଶୀଘ୍ର ଭୁବନେଶ୍ୱର ଫେରି ଆସିବା।

ଆମ ପୂର୍ବ ନିର୍ଦ୍ଧାରିତ କାର୍ଯ୍ୟକ୍ରମ ଅନୁସାରେ ଆମେ ମନ୍ଦିର ଅଭିମୁଖେ ବାହାରିଲୁ। ଯୋଗ ବି ଭଲ ଥିଲା। ଜଣେ ପଣ୍ଡିତଙ୍କ ସହାୟତାରେ ମନ୍ଦିରର କୋଣ ଅନୁକୋଣରେ ଥିବା ବିଭିନ୍ନ ଠାକୁର, ରୋଷଘର ଓ ଆଳତୀ ଦର୍ଶନ ଆଦି ସମାପନ କରି ଆନନ୍ଦ ବଜାରରେ ମହାପ୍ରସାଦ ପାଇଲୁ। ମନ ଭିତରେ ନୀଳାଚଳର ନୀଳଚକ୍ର, ପତିତପାବନ ଏବଂ ମହାପ୍ରଭୁଙ୍କ ଅଧରରୁ ଝରି ପଡୁଥିବା ନାଲି ଟହଟହ ହସର ଅପୂର୍ବ ଆକର୍ଷଣରେ ମନ ଲାଖି ରହିଥିଲା। ସମୁଦ୍ର ବେଳାଭୂମିର ମନୋରମ ଦୃଶ୍ୟ କିଛି ସମୟ ଉପଭୋଗ କରି ସାରିବା ପରେ ଆମେ ସାର୍ ଙ୍କ ଘର ଖୋଜି ଖୋଜି ଗଲୁ। ଠିକ୍ ରାସ୍ତା କଡ଼ରେ ଘରଟି ପାଇବାକୁ ଆଦୌ ଅସୁବିଧା ହେଲାନି। ଯୋଗକୁ ଲିଲି ମଧ୍ୟ ଆସିଥାଏ। ସାର୍ ଙ୍କ ସ୍ତ୍ରୀ ଅର୍ଥାତ ମୋ ସହଧର୍ମିଣୀଙ୍କ ସମ୍ପର୍କୀୟା ଭାଉଜ ବେଶ୍ ମେଳାପୀ ଲୋକ। ଗପ ଆସର ଖୁବ୍ ଜମିଲା। ଫେରିବା ବେଳକୁ ନିଜେ ସାର୍ ପହଞ୍ଚି ଆଗରେ ଖମ୍ବଟି ପରି ଠିଆ ହୋଇ ଅଟକାଇଲେ। କଣ ବଣ ଜଙ୍ଗଲକୁ ଆସିଛ? ପୁରୀକୁ ଆସିଲେ କେହି ସଙ୍ଗେ ସଙ୍ଗେ ପଳାଇଲେ ଧର୍ମ ବେଶୀ ଅର୍ଜନ ହୁଏ ନାହିଁ। ଆଜି ତୁମକୁ ଏଇଠି ରହିବାକୁ ପଡ଼ିବ। ମୋ ପତ୍ନୀ ମନେ ମନେ ଭାରି ଖୁସି ହେଉଥିବା ମୁଁ ବୁଝି ପାରୁଥିଲି। ସେ ମୋ ଆଡ଼କୁ ଆଖି ତରାଟିକି ଅନାଇଲେ।

ମୁଁ ମନେ ମନେ ଭାବୁଥିଲି, ଆଜି ତ ବୋଧେ ମୋ ଜାତକରେ ଅପୂର୍ବ ଜୋକ ମହାଯୋଗ ଆସିଛି। ସେଦିନ ଅବିବାହିତ ଥିବା ବେଳେ ସିନା ଜୋକ କବଳରୁ ଦୈବାତ୍ ଖସି ଆସିଥିଲି, ଭାଗ୍ୟ ବଳକୁ ସେହି ଗାଁର ପଙ୍କ କାଦୁଅ ଭିତରୁ ମତେ ହିଁ ନୀଳ କଇଁର ସନ୍ଧାନ କରିବାକୁ ଥିଲା। କିନ୍ତୁ ଆଜି ଖସିବାର ଆଦୌ ସାର୍ ଅବକାଶ ହିଁ ଦେଉ ନାହାନ୍ତି। ଠିକ ଅଛି ନିଜକୁ ଆଜି ଜାକି ଜୁକି ଜୋକ ମନେକରି କାଟିଦେବା। ବହୁ ଦିନ ପରେ ସେ ଦିନର ଆତିଥେୟତା

ଓ ମହାପ୍ରଭୁଙ୍କ ଅପୂର୍ବ ଦର୍ଶନ କଥା ମନେ ପଡ଼ିଗଲେ ଏବେ ବି ମନ ଶିହରି ଉଠେ। ମନ ରୂପକ ଜୋକଟି ଏମିତି କାଳିଆ ସାଆନ୍ତଙ୍କ ଅଭୟ ପାଦପଦ୍ମ ତଳେ ଲାଖି ଯିବାକୁ ବ୍ୟାକୁଳିତ ହୋଇଉଠେ।

ନୀଳାଦ୍ରିନାଥ ଦାରୁବ୍ରହ୍ମ ସ୍ୱରୂପ ନୀଳପଦ୍ମ ସନ୍ଦର୍ଶନରେ ମୋ ନୀଳ କଇଁ ସନ୍ଧାନର ପୂର୍ଣ୍ଣତା ପ୍ରାପ୍ତି ହୋଇଯାଉ,ଏହି ଅଭିଳାଷାକୁ ଏବଂ ଜୀବନର ବ୍ରତ ଭାବେ ବରଣ କରିନେବାକୁ ମୁଁ ମନସ୍ଥ କରିନେଇଛି।

∎∎∎

ପ୍ରଳୟ ପୟୋଧି

ଅନେକ ଦିନ ତଳର କଥା, ସେତେବେଳକୁ ମୁଁ କଲେଜରେ ଆଇଏ ପଢୁଥାଏ। ଭାଉଜଙ୍କ ସାନଭାଇଙ୍କ ବିବାହକୁ ନୂଆ କୁଣିଆ ହୋଇ ଯାଇଥାଏ ତାଙ୍କ ଖରସୁଆ ନଈ କୂଳରେ ଥିବା ଗାଁ ଜହଳକୁ। ତାଙ୍କର ଗୋଟିଏ ବଡ଼ ପରିବାର। ସାତଟି ଭାଇଙ୍କ ମଧ୍ୟରେ ମୋ ଭାଉଜ ରାଣୀ କାଳେ ଗେହ୍ଲେଇ ଝିଅପୋଇ। ମୁହଁ ସଞ୍ଜ ବେଳକୁ ନଈଟି ପାରିହୋଇ ଠିକଣା ଯାଗାରେ ଯାଇ ପହଞ୍ଚିଗଲି। କିଏ ପାଣି ଆଣି ଦେଲା ତ କିଏ ଜଳଖିଆ। ନାହିଁ ନାହିଁ କଲେ ବି କେତେ ବାଧ ବାଧକତା। ଶଳା ଭାଉଜ ମାନଙ୍କ ଥଟ୍ଟା ମଜା ଭିତରେ ମୋର ସବୁତକ ଜଳଖିଆ କେମିତି ସରିଗଲା, ମୁଁ ନିଜେ ବି ଜାଣି ପାରିଲି ନାହିଁ।

ତା ପରେ ଚାହାର ପର୍ବ। ହାତକୁ ଚାହା କପଟି ବଢ଼ାଇ ଦେଉଥିବା ଅବିବାହିତା ଝିଅଟିର ମୁହଁକୁ ମୁଁ ସଳଖି ଚାହିଁ ପାରିଲିନି, କାରଣ ମୁଁ ପିଲାବେଳେ ଥିଲି ଅତ୍ୟଧିକ ଲାଜକୁଳା। ତାକୁ କେତକୀ ନାମ ଧରି ଭାଉଜମାନେ ସମ୍ବୋଧନ କରୁଥାଆନ୍ତି, ଅଳପ ଟିକିଏ ଟିକିଏ ହସି ମଧ୍ୟ ଦେଉ ଥାଆନ୍ତି। ମୋ ମନ ଭିତରେ ଅଚିହ୍ନା ଝିଅଟିର ଆତିଥେୟତା ଯୋଗୁ ଟିକିଏ ଅଧିକ ଶଙ୍କିତ ଉଦବିଗ୍ନ ହୋଇ ଉଠୁଥାଏ। ଚିଡ଼ିଆଖାନାର ଅଦ୍ଭୁତ ଜନ୍ତୁଟିକୁ ଦେଖିଲା ପରି ମୋ ଉପରେ ଏତେ ଗୁଡ଼ିଏ ଆଖି ଘୁରୁଥିବାରୁ ମୋ ଦେହର ହାଡ଼ ମାଂସ ଆଖୁ ଖଣ୍ଡଟି ପରି ପେଶି ହୋଇ ଯାଉଥାଏ, ଅବଶ୍ୟ ଗମ ଗମ ବହି ଯାଉଥିବା ଝାଳ ଦୋରୁଅ ପରି ମିଠା କି ଲୁଣି ମୁଁ କିଛି ଜାଣି ପାରୁ ନ ଥାଏ। ଏମିତି ଭକୁଆଟି ପରି କଣ ଚାହିଁଚ କୁଣିଆ, ଆମ ସାନ ଦାଦାଙ୍କ ବଡ଼ ଝିଅ କେତକୀ, ତୁମ ପାଇଁ ସ୍ପେଶାଲ ଚାହା ନିଜ ହାତରେ

ତିଆରି କରିଛି, ଢୋକେ ପିଇ କେମିତି ଲାଗୁଛି ଦେଖ ,ଭଲ କହିଲେ ସେ ଖୁସି ହେବ। ମୁଁ ତତ୍‌କ୍ଷଣାତ ସଂଜ୍ଞାନଯୁକ୍ତ ହୋଇ ଚାହାକପ୍ ରେ ମୁହଁ ଲଗାଇଲି। ଠିକ୍ ଅଛି, ଖୁବ ଭଲ ଲାଗୁଛି ବୋଲି କହିଲି। କିନ୍ତୁ, ସବୁଠୁ ବଡ଼ ଜଣେ ଭାଉଜଙ୍କୁ ମଧ୍ୟ ଏକ କପ୍ ସେଇ ଚାହାରୁ ଦିଆ ଯାଇଥିଲା। ସେ ଢୋକେ ପିଇ କହିଲେ, ଛି ,ଛି, ଏଥିରୁ ତ ପାଉଡର ବାସନା ବାହାରୁଛି। କଣ କେତକୀ ବାହାଘର ପାଇଁ ମୁହଁରେ ପାଉଡର ବୋଳିହେବା ବଦଳରେ ଚାହାରେ ବି ଢ଼ାଳି ଦେଲୁକି କିଛି। ତା ପରେ ମୋ ଆଡ଼କୁ କଟାକ୍ଷ।

ହେଉ, ଏବେ ଠୁ ଏତେ, ଆଗକୁ ଦେଖାଯିବ କେତେ। ନିଜ ଲୋକ ଯେତେବେଳେ ଦୋଷ ଗୁଡ଼ା ଘୋଡ଼େଇ ଦେଉଛନ୍ତି କୁଣିଆ। ମୁଁ କଥା ନଥାର ଏତେ ଗହନକୁ ନ ପଶି ପାରିଲେ ବି ଲାଜରେ ମୁହଁ ତଳକୁ ପୋତିଦେଲି।ବିଚାରି କେତକୀ ଦୌଡ଼ି ସେ ସ୍ଥାନରୁ ପଳାଇଲା।

ସେହି ରାତିରେ ମୁଁ ବରଯାତ୍ରୀ ଦଳରେ ମଧ୍ୟ ସାମିଲ ଥିଲି, ବାହାଘର ମଧ୍ୟ ସରିଗଲା। ମୁଁ ଘରକୁ ଫେରି ଆସିଲି। ତା କିଛି ଦିନ ପରେ କେତକୀର ବାପା, ମୋ ଭାଉଜଙ୍କ ସମ୍ପର୍କୀୟ ଦାଦା ଆମ ଘରକୁ ଆସିଥାନ୍ତି। ମୋ ସହିତ ତାଙ୍କର ନିକଟରେ ଭୋଜନ ଥାଳି ବଢ଼ା ଯାଇଥାଏ। ଭାଉଜଙ୍କ ବାଧ୍ୟ ବାଧକତା ଯୋଗୁଁ ମୁଁ ତାଙ୍କ ପାଖରେ ଖାଇ ବସିଲି। ସେ ବଲ ବଲ ହୋଇ ମୋ ମୁହଁକୁ ଖାଲି ଚାହୁଁ ଥାଆନ୍ତି। ପରେ ଏ ବିଷୟ ଭାଉଜଙ୍କୁ ପଚାରିବାରୁ ସେ ଟିକେ ହସି ଦେଇ କହିଲେ-ତୁମେ ବୁଝି ପାରିବନି, ସେ ତୁମକୁ ଜ୍ୱାଇଁ କରିବାକୁ ଚାହୁଁଛନ୍ତି ତ ସେଥିପାଇଁ ନିରିଖେଇକି ଦେଖୁଛନ୍ତି।

ମୁଁ ଏବେ କାହାକୁ ବାହା ଫାଆ ହୋଇପାରିବିନି, କହି ସେଠୁ ପଳାଇ ଆସିଲି। କିଛି ଦିନ ପରେ ପୁଣି ମତେ କିଛି କାମ ବାହାନାରେ ଭାଉଜ ପୁଣି ତାଙ୍କ ଘରକୁ ଯିବାକୁ କହିଲେ। ମନା କରିବାର ଅବକାଶ ହିଁ ନଥିଲା ।

ଏଥର ସ୍ଥାନ ଅଭାବରୁ ମୋର ବସା ଉଠା ଓ ରହଣୀ ପାଇଁ ସେହି କେତକୀଙ୍କ ଖଟ ଉପରେ ବ୍ୟବସ୍ଥା ହୋଇଥାଏ। କେତକୀ ଏଥର ଠିକ ଭାବେ ଭଲ ଚାହା କରି ଆଣି ଦେଇ ମୋ ସହିତ କଥାବାର୍ତ୍ତା ହେବାକୁ

ଉପକ୍ରମ କରୁ ଥାଆନ୍ତି। ଆଗକୁ କଣ ଘଟିବ କିଏ ଜାଣିଛି, ମୁଁ ମଧ୍ୟ ନିଜକୁ ଟିକିଏ ହାଲୁକା କରି ଅତି କମ କଥାରେ ଭାବ ପ୍ରକାଶ କରିବାକୁ ଚେଷ୍ଟା କରୁଥାଏ । ଖାଲି ବହିପାଠ ପଢ଼ି ଗଲେ କଣ ହେବ, ଜୀବନର କିଛି ନୂତନ ତଥ୍ୟ ଆବିଷ୍କାର କରିବାର ଯଦି ସୁଯୋଗ ମିଳୁଛି, ତାର ସଦୁପଯୋଗ କରିବା ଅବଶ୍ୟ ଦରକାର।

କେତକୀ ଠାରୁ ଶୁଣିଲି, ତାର ତଳ ଭଉଣୀ ନବମ ଶ୍ରେଣୀର ଛାତ୍ରୀ, ଶୁଭ ନାମ କଳାବତୀ। ସବା ସାନ ଭାଇଟି ସମସ୍ତଙ୍କ ଜୀବନ, ନାମ ସୁବାସ। ତାଙ୍କର ବହୁତ ଜମିବାଡ଼ି ଅଛି କିଛି ଅଭାବ ନାହିଁ। ସେ ଜଣେ ଚାକିରି କରିଥିବା ଓ ବେଶୀ ଦରମା ପାଉଥିବା ପିଲାକୁ ବିବାହ କରିବ। ସ୍ୱାମୀ ସ୍ତ୍ରୀ ଦୁହେଁ ବାହାରେ ରହିବେ, ତା ସ୍ୱାମୀ ତାକୁ ସବୁ ଭଲ ଭଲ ଶାଢ଼ୀ, ଫେସନ ଜିନିଷ କହିବା ମାତ୍ରେ ଆଣି ଯୋଗାଇ ଦେଉଥିବେ। ତାକୁ ଚାନ୍ଦଟିଏ ପରି ସବୁ ବେଳେ ଅନାଇ ରହିଥିବେ।

ତା ସାନ ଭଉଣୀଟି କାଳେ ଖୁବ୍ ଚତୁର। ଖୁବ୍ କମ ସମୟ ଭିତରେ ସେ ମିଠା ମିଠା କଥା କହି ପରକୁ ଆପଣାର କରିପାରେ। ତାକୁ ତାର ସାଙ୍ଗ ସାଥି ଓ ପଡ଼ୋଶୀ ଶୀଘ୍ର ଭରସି ଯାଆନ୍ତି। ତାକୁ କାହା ଘରେ କଣ ହେବା ଆଗରୁ ସବୁ କେମିତି ମହମହ ବାସିଉଠେ। ସମସ୍ତଙ୍କ ପାଖରେ ଥିବା ସବୁ ଭଲ ଖାଦ୍ୟ ପଦାର୍ଥ ଓ ଜିନିଷପତ୍ର ଉପରେ ତାର ପ୍ରଚ୍ଛନ୍ନ ଅଧିକାର ଥାଏ ବୋଲି ସେ ଭାବେ। ଅନାବଶ୍ୟକ ଭାବେ ବହୁତ ମିଛ କହିପାରେ, ଗାଳିଗୁଲଜ ବି ଦେଇପାରେ। ତାକୁ ଅନ୍ୟର ତ୍ରୁଟି କାଟି ଲଣ୍ଡା କରିଦେବାରେ ଭାରି ମଜା ମିଳେ।

ଏତେ ସବୁ ବିଚିତ୍ର ପ୍ରକୃତି ବିଷୟରେ ଅବଗତ ହେବାପରେ ମୋତେ ନିଜ ଛାଇକୁ ଦେଖିଲେ ବି ଡର ଡର ଲାଗିଲା। ଏ ମଧ୍ୟରେ ଘର ଠାରୁ ଦୂରରେ ମୋର ଚାକିରି ପାଇଁ ଅବସ୍ଥାନ ହୋଇଥାଏ। ଭାଉଜଙ୍କ ଠାରୁ ଶୁଣିଲି- ତାଙ୍କ ସେ ଦାଦାଝିଅ ଭଉଣୀଟିର ବିବାହ ସୁନ୍ଦରଗଡ଼ରେ ସରକାରୀ ଚାକିରି କରୁଥିବା ପିଲାଟିଏ ସହିତ ହୋଇ ଯାଇଛି। ଭଲ ଘର, ଗୋଟିଏ ବୋଲି ପୁଅ। ଦାଦା ଆଗ ପଛ ନ ଭାବି କୁଆଡ଼େ ପ୍ରସ୍ତାବଟି ହାତଛଡ଼ା ହୋଇଯିବ ଭାବି

ଲୋଭରେ କେତକୀର ବାହା ଶୀଘ୍ର କରିପକାଇଲେ। କେଇ ବର୍ଷ ପରେ। କଳାବତୀ ବି ବଡ଼ ହୋଇଗଲା। ଗାଁ ସ୍କୁଲରେ କମ୍ପୁଟର ମାଷ୍ଟର ଚାକିରି ମଧ୍ୟ ପାଇଗଲା। ତା ପଛରେ କୁଆଡ଼େ ଟୋକା ମାନଙ୍କର ସବୁବେଳେ ଲମ୍ବା ଧାଡ଼ି ଲାଗୁଛି ବୋଲି ଖବର ମିଳିଲା। କେତକୀ ତା ସ୍ୱାମୀଙ୍କ ସହିତ ସୁନ୍ଦରଗଡ଼ରେ ରହୁଛି। କିନ୍ତୁ ତାର ସ୍ୱାମୀ କାଳେ ପ୍ରକୃତରେ ରେଭେନ୍ୟୁ ବିଭାଗର ଜଣେ ଠିକା କର୍ମଚାରୀ। ସ୍ୱଳ୍ପ ବେତନ। ସରକାରୀ ଅନାବାଦୀ ଜମି ଉପରେ କିଛି ଉପୁରି ପଇସାରେ ସେ ସେଠି କୋଠାଘରଟିଏ ତୋଳି ରହୁଛନ୍ତି। ଏମିତି ଅଭାବ ନାହିଁ। ଭାଉଜଙ୍କ ଦାଦାଙ୍କୁ ପିଲାଙ୍କ ଘର ଲୋକେ ମିଛସତ କହି ବାହା କରେଇ ଦେଲେ ବୋଲି ସେ କୁଆଡ଼େ ଦିନକୁ ଦିନ ଭାଙ୍ଗି ପଡ଼ିଲେ। ଦାଦାଙ୍କ ଏକ ମାତ୍ର ପୁଅଟି ମଟର ଗାଡ଼ି ଦୁର୍ଘଟଣାରେ ପ୍ରାଣ ହରାଇଲା। ଦାଦା ଘର ଅଚଳ ହେବାରୁ ରୋଷେଇ ବାସ ପାଇଁ ନୟାଗଡ଼ରୁ କନ୍ୟାସୁନା ଦେଇ ଗୋଟିଏ ଉଠା କନିଆଁ ଆଣିଛନ୍ତି।

ବିନାଶ କାଳେ ବିପରୀତ ବୁଦ୍ଧି। ବିବାହ ପରେ ମାତ୍ର କେଇଟି ମାସ ପରେ ମାନସିକ ଚାପଗ୍ରସ୍ତ ହୋଇ ଦାଦା ମଧ୍ୟ ସବୁ ଦିନ ପାଇଁ ଆଖି ବୁଜିଦେଲେ। ସମୟର ସ୍ରୋତରେ ବର୍ଷ କିଛିଟା ମଧ୍ୟରେ ଶୁଣିବାକୁ ମିଳିଲା ଯେ ବିଚାରୀ କେତକୀକୁ ମଧ୍ୟ ଅକାଳରେ ବୈଧବ୍ୟ ଯନ୍ତ୍ରଣା ଭୋଗ କରିବାକୁ ହେଲା, କାରଣ ତାର ସ୍ୱାମୀଟି ଅତ୍ୟଧିକ ମଦ୍ୟ ପାନ କରୁଥିବାରୁ ତାର ଦୁଇଟି ଯାକ କିଡ଼ନୀ ନଷ୍ଟ ହୋଇଯାଇଥିଲା।

ବହୁ ସମୟରେ ପରସ୍ପର ବୁଝାମଣା ଓ ସଠିକ ନିଷ୍ପତ୍ତି ନେବାରେ ସାମାନ୍ୟ ଟିକିଏ ଭୁଲ ହୋଇଗଲେ, ଜୀବନ ସାରା ତାର କୁପରିଣାମ ଭୋଗ କରିବାକୁ ପଡ଼େ। କିଛି ତ୍ୟାଗ ଏବଂ କ୍ଷତି ମଧ୍ୟ ଉଜ୍ଜ୍ୱଳ ଭବିଷ୍ୟତ ପାଇଁ ବାଟ କଢ଼ାଇ ନେଇଥାଏ। ଏମିତି କିଛି ତ୍ରୁଟି ରହିଗଲା ଅବଶ୍ୟ ଭାଉଜଙ୍କ ଦାଦାଙ୍କ କ୍ଷେତ୍ରରେ ମନେହୁଏ। ଏତେ ସୁନ୍ଦର ମନପବନ ଘୋଡ଼ା ଉପରେ ବସି ଦ୍ରୁତ ଗତିରେ ଦୌଡ଼ୁଥିବା ଜୀବନ ଗୁଡ଼ିକ କୁଟାଖିଅକ ପରି ଖରସ୍ରୋତାର ପ୍ରଖର ପ୍ରଳୟ ପୟୋଧି ଜଳରେ ଉବୁଟୁବୁ ହେଉଥିବାର ଭୟାବହ ଦୃଶ୍ୟ ମନେ ପଡ଼ିଲେ, ମନ ବିଚଳିତ ହୋଇଉଠେ।

■■■

ଜହ୍ନରାତି

ସିଟ୍ ନମ୍ବର ୨୨, ନମିତା ମହାନ୍ତି। ଦୟାକରି ଆପଣଙ୍କ ଆଇଡି ପ୍ରୁଫ୍ ଦେଖାନ୍ତୁ। ହଠାତ୍ ସେଦିନ ଗାଡ଼ିରେ ଛାଇ ନିଦଟି ଭାଙ୍ଗିଗଲା ନମିତାର। ଭାନିଟି ବ୍ୟାଗରୁ ନିଜ ଆଧାର କାର୍ଡଟି ବାହାର କରି ଟିଟିଆଇଙ୍କୁ ବଢ଼ାଇ ଦେଲା ସେ। ଯାଜପୁର ରୋଡରୁ ଚଣ୍ଡିଗଡ଼କୁ ତାର ଟିକେଟ କନଫର୍ମ ହୋଇଥିବା ପ୍ରମାଣ ମଧ୍ୟ ମୋବାଇଲରୁ ଦେଖାଇଲା।

ଟିଟିଆଇ ଯିବାପରେ ଆଉ ସେ ଶୋଇ ପାରିଲା ନାହିଁ। ତାର ମୁଣ୍ଡ ଭିତରେ ଭାବନା ସବୁ ଅଛିଣ୍ଡା ଗଣିତ ପରି କିଛି ନିଶ୍ଚିତ ସମାଧାନ ସୂତ୍ରକୁ ଖୋଜି ପାଉ ନଥାଏ।

ଆଗକୁ କୁମାର ପୂର୍ଣ୍ଣିମୀ ଆଉ ମାତ୍ର ଦୁଇ ଦିନ ଅଛି। ସେ ମାମୁଁ ଘରକୁ ଯାଉଛି କହି ଘରୁ ତ ଆସିଗଲା, ହେଲେ ତା ଗନ୍ତବ୍ୟ ଯେ କୁଆଡ଼େ ସେ କଥା ସେ ତ ଠିକ ଭାବେ ଜାଣିନି। ତାର ଏମିତି ଜଣେ ଅଜଣା ଅଶୁଣା ଲୋକ କଥାରେ ଘରୁ ଗୋଡ଼ କାଢ଼ି ସୁଦୂର ସ୍ଥାନକୁ ଯିବା ଉଚିତ କି ଅନୁଚିତ ସେ କଥା ନିଜେ ଆଦୌ ଭାବି ପାରୁ ନଥିଲା ନମିତା। + ୩ ପାସ କରି ସାରିବା ପରେ ଘରେ ତାକୁ ଆଉ ଅଧିକ ପାଠ ପଢ଼ାଇବାକୁ ରାଜି ହେଲେନି। ସହଜରେ କରୋନା ଯୋଗୁଁ ସବୁଆଡ଼େ ମାନ୍ଦାବସ୍ଥା। ଚାକିରି ବାକିରି କିଛି ତ ମିଳିବା ଆଶା ବହୁତ କମ। ଘରେ ବାପାଙ୍କ ଅଳ୍ପ ମଜୁରୀ ଟଙ୍କାରେ ଏତେ ବଡ଼ ପରିବାରର ଗୁଜୁରାଣ ଚଳିବା ବଡ଼ କଷ୍ଟକର। ତା ତଳକୁ ତଳ ଆଉ ଦୁଇଟି ଭଉଣୀ ଓ ସବା ସାନ ଭାଇଟିଏ, ମାତ୍ର ଛଅ ବର୍ଷ ବୟସ। ଘରେ ବସି ବସି ଓ ମାଆଙ୍କ ଠାରୁ ଗାଳି ଶୁଣି ଶୁଣି ତାର ମୁଣ୍ଡରୁ ସବୁ ପାଠ ଶାଠ

ସେ ପାଶୋରି ପକାଇଲାଣି। ସେ ଏମିତି ଟିକେ ଫାଙ୍କା ସମୟ ପାଇଲେ ଅନଲାଇନରେ ଲୁଡୁ ଖେଳେ। ଏମିତି ହଠାତ୍ ତାର ନେଟ୍ ମାଧ୍ୟମରେ ହରିଆନାର ଯୋଗେନ୍ଦର ନାମକ ଜଣେ ଯୁବକଙ୍କ ସହିତ ହୁଏ ପରିଚୟ। ଧିରେ ଧିରେ ଫୋନ ନମ୍ବର ମାଗିନେଇ ଯୋଗେନ୍ଦର ନମିତାଙ୍କ ସହିତ କଥାବାର୍ତ୍ତା, ବେଶ ଥଟ୍ଟା ମଜା ଏଇ କିଛି ଦିନ ହେଲା କରି ଆସୁଥିଲେ। ନମିତା ମଧ୍ୟ ତାଙ୍କ ବଡି (buddy) ଅନୁରୋଧକୁ ଗ୍ରହଣ କରି ତାଙ୍କ ସହିତ ଲୁଡୁ ଖେଳି ହସଖୁସିରେ କିଛି ସମୟ ଅତିବାହିତ କରିଦେଉଥିଲା।

ଏ ମଧ୍ୟରେ ନମିତାଙ୍କ ଘରକୁ ମଧ୍ୟସ୍ଥି ମାନେ ଆସିବା ଆରମ୍ଭ କରିଦେଇଥାନ୍ତି। ତାଙ୍କ ଦାରିଦ୍ର୍ୟର ସୁଯୋଗ ନେଇ ତାର ମାଆ ବାପାଙ୍କୁ ପ୍ରଭାବିତ କରି ଯେମିତି ହେଉ ତା ବିବାହଟାକୁ କରିଦେବାକୁ ସେମାନେ ପ୍ରବର୍ତ୍ତାଉ ଥାଆନ୍ତି। ନମିତାର ମାଆକୁ ତାଙ୍କ ଗାଁର ଜଣେ ମଧ୍ୟସ୍ଥ କଣ ହେଙ୍ଗୁ ସୁଙ୍ଘାଇ ଦେଲା କେଜାଣି ସେ ଗୋଟିଏ ଦରବୁଢ଼ା ଦୋଳଗୋଇ ଲୋକକୁ ତାର ବିବାହ ଦେବାକୁ ଏକ ପ୍ରକାର ଅଡ଼ି ବସୁଛି। କଥାରେ କଥାରେ ଝିଅ ହେଉଛି ଘିଅ, ଆମେ ତାକୁ ବେଶି ଦିନ କାହିଁକି ଘରେ ରଖିବା, ତାକୁ ପର ଘରକୁ ଦେଇଦେଲେ ଆମ ମୁଣ୍ଡରୁ ଚିନ୍ତା ଯିବ, ଏମିତି ସେ ବାପାଙ୍କ କାନରେ ରୀତିମତ ସବୁବେଳେ ଫୋଡୁଛି। ବିଚରା ନମିତା କରିବ ବା କଣ। ଦିନକୁ ଦିନ ସେ ହତୋତ୍ସାହିତ ହୋଇପଡୁଛି।

ହଠାତ୍ କଥାବାର୍ତ୍ତା ବେଳେ ସେ ଯୋଗିନ୍ଦରଙ୍କଠୁ ଆଉ ସତକଥାଟି ଲୁଚାଇ ପାରିଲାନି । ଘରକଥା ଓ ନିଜର ଅସହାୟ ଅବସ୍ଥା କଥା ଜଣାଇଦେଲା।

ଯୋଗେନ୍ଦର ତାକୁ ଆଶ୍ୱାସନା ଦେଖାଇ ପ୍ରସ୍ତାବ ଦେଲେ ଯେ ସେ ତା ପାଖକୁ ପଳାଇ ଆସୁ। କିଛି ଅସୁବିଧା ହେବନାହିଁ। ତାକୁ ସ୍ତ୍ରୀ ରୂପେ ଗ୍ରହଣ କରି ଖୁସିରେ ରଖିବ।

ପଞ୍ଜାବ, ହରିଆନା କେଉଁଠି, କେଉଁଠି ପୁଣି ପଟିଆଲା ତାକୁ ତ ବାଟଘାଟ ଜଣାନାହିଁ, ତା ଛଡ଼ା ତା ପାଖରେ ତ କପର୍ଦ୍ଦକଟିଏ ବି ନାହିଁ। ଏକା ଏକା ଝିଅ ପିଲାଟିଏ ହୋଇ ସେ ଏତେ ଦୂରକୁ ଯିବ ବା କେମିତି? ତାକୁ ଆକାଶ

କଇଁଆ ଚିକିକା ମାଛ ଭଳି ଯୋଗେନ୍ଦରର କଥା ସବୁ ପ୍ରତୀୟମାନ ହେଲା। ସେ କଇଁ କଇଁହୋଇ କାନ୍ଦି ପକାଇଲା। ଫୋନରୁ ବିପଦରେ ପଡ଼ି ହନ୍ତସନ୍ତ ହେଉଥିବା ନିଜ ପ୍ରେମିକାଙ୍କ କାନ୍ଦଣା ଶୁଣି ଆଉ ନିମିଷେ ବି ବିଳମ୍ବ ନକରି ଏକ ଥ୍ରୀ ଟାୟାର ଏସି ବଗିରେ ଟିକେଟ ବୁକ କରିଦେଲେ ଯୋଗେନ୍ଦର। ନମିତାକୁ କହିଲେ - ଦେଖ ନମି! ମୁଁ ନିଜେ ବହୁତ ଜରୁରୀ କାମ ଥିବାରୁ ଯାଇ ପାରୁନି, ଟିକେଟ କରି ତୁମ ମୋବାଇଲକୁ ପଠାଇ ଦେଇଛି। ଯଦି ବିଶ୍ୱାସ ଅଛି ତ ସିଧା ପଳାଇ ଆସ। ମୁଁ ନିଜେ ଯାଇ ତୁମକୁ ଷ୍ଟେସନରୁ ନେଇଆସିବି । ଆଦୌ। କିଛି ଅସୁବିଧା ହେବନି।

କଥାରେ ଅଛି, ବୁଡ଼ି ଯାଉଥିବା ଲୋକକୁ କୁଟାଖିଏ ବି ସାହାରା ଦେଇଥାଏ। ଦହଗଞ୍ଜ ହୋଇ ନିଇତି ମରିବା ଅପେକ୍ଷା ତାକୁ କିଛି ଗୋଟେ ଚରମ ନିଷ୍ପତ୍ତି ହିଁ ନେବାକୁ ପଡ଼ିବ। ଏମିତି ଭାବ ବିହ୍ୱଳ ଅବସ୍ଥା ଭିତରେ ସେ ନିଜ ଅଜାଣତରେ ଯୋଗେନ୍ଦରଙ୍କ ଉପରେ ଭରସା କରି ବସିଲା। ଯୋଗେନ୍ଦର ତାକୁ ଜମା ଜଣେ ଅଜଣା ଅଶୁଣା ଲୋକ ପରି ଲାଗିଲାନି। ସେ କଥା ଅନୁସାରେ ଘରୁ ଗୋଡ଼ କାଢ଼ି ପଳାଇ ଆସିଲା, ଆଜି ଅଜଣା ପଥର ଯାତ୍ରୀ, ତା ପରି ଅସହାୟ ଅବଳାକୁ କେବଳ ମହାପ୍ରଭୁ ଜଗନ୍ନାଥ ହିଁ ଭରସା। ଜୀବନକୁ ପାଣି ଛଡାଇ ଦେଇ ସେ ଆଗକୁ ପାଦ ବଢ଼ାଇଛି। ତେଣିକି ଯାହା ତା ଭାଗ୍ୟରେ ଲେଖାଥିବ ତା ହିଁ ଘଟିବ।

ସେଦିନ କୁମାର ପୂର୍ଣ୍ଣିମା। ସନ୍ଧ୍ୟା ହୋଇ ସାରିଥାଏ। ଚଣ୍ଡିଗଡ଼ ଷ୍ଟେସନରେ ଓହ୍ଲାଇ ଏକ ତ୍ରସ୍ତା ହରିଣୀ ପରି ଚାରିଆଡ଼କୁ କନ କନ ହୋଇ ସେ ଚାହୁଁ ଥାଏ। ଫୋନ କଲେ ଯୋଗେନ୍ଦରଙ୍କୁ ଲାଗୁ ନଥାଏ। ପ୍ରାୟ ଏକଘଣ୍ଟା ବିତିଗଲାଣି। ତା ମନକୁ କେତେ କଣ ପାପ ଛୁଇଁଲା। ଏକାକୀ ଷ୍ଟେସନ ଭିତରେ ସାମାନ୍ୟ ଲଗେଜ ବ୍ୟାଗଟି ଧରି ବସି ଥାଆନ୍ତି ନମିତା। "ରାତିର ତୋଫା ଜହ୍ନକୁ ଚାହିଁ ତା ଭିତରେ ସେ ଖୋଜୁଥିଲା ତା ମନର ମଣିଷକୁ। ଆଖିରୁ ଥପ ଥପ ହୋଇ ଝରି ପଡୁଥିଲା ଶ୍ରାବଣୀର ଧାରା। ହଠାତ୍ କାନ୍ଧରେ କାହାର ସ୍ପର୍ଶ ଅନୁଭବ କରି ସେ ପଛକୁ ଚାହିଁଲା।" ଚମକି ପଡ଼ଲା ନମିତା। ଏ ସୁଦର୍ଶନ ଯୁବକ ଜଣକ ଆଉ କିଏ ନୁହନ୍ତି ତ ?

ନୀରବତା ଭାଙ୍ଗି ଯୋଗେନ୍ଦର ନିଜ ପରିଚୟ ଦେଲେ। ରାସ୍ତାରେ ଟ୍ରାଫିକ ଭିଡ଼ ଯୋଗୁ ତାଙ୍କ ଆସିବାରେ ବିଳମ୍ବ ହୋଇଗଲା ବୋଲି କ୍ଷମା ଯାଚନା କଲେ ।

ନମିତା ଆଉ କୋହ ସମ୍ଭାଳି ପାରି ନ ଥିଲେ। କାନ୍ଦି କାନ୍ଦି ଲୋଟି ପଡିଥିଲେ ଯୋଗେନ୍ଦରଙ୍କ କୋଳରେ।

କୁଆଁର ପୁନେଁଇ ର କଇଁ ଫୁଲିଆ ଜହ୍ନରାତିରେ ଖୁବ୍ ଉଜ୍ଜ୍ୱଳ ଦିଶୁଥିଲେ ଶାରଦୀୟ ଚନ୍ଦ୍ରମା। ବିଶ୍ୱାସ ର ଦୃଢ଼ ବନ୍ଧନରେ ଆବଦ୍ଧ ହୋଇ ଦୁଇଟି ହୃଦୟ ହୋଇଥିଲା ଏକାକାର, ନଈ ଓ ସାଗରର ମିଳନରେ ଗଢ଼ି ଉଠୁଥିଲା ଏକ ଦୁଗ୍ଧ ଫେନନିଭ ସୁନ୍ଦର ସ୍ୱପ୍ନ, ମହମହ ବାସି ଉଠୁଥିଲା ସବୁଜ ପ୍ରେମମୟ ତ୍ରିକୋଣ ବେଳାବୁକୁ, ଚିରନ୍ତନୀ ମଧୁମୟ ଜୀବନ ସଙ୍ଗୀତର ମଧୁର ମୂର୍ଚ୍ଛନାରେ ଝଙ୍କୃତ ହୋଇ ଉଠିଲା ଦଶଦିଶ।

■■■

ସମ୍ପର୍କର ସେତୁ

ଆମ ଗାଆଁ ଠାରୁ ଅଳ୍ପ କିଛି ବାଟ ପୁରୁଷୋତ୍ତମପୁର। ରଘୁନାଥବାବୁ ମୋର ଖୁବ ଜଣାଶୁଣା, ଆମେ ଦୁହେଁ ଷଷ୍ଠ ଶ୍ରେଣୀରୁ ଏକାଦଶ ଯାଏ ଏକା ହାଇସ୍କୁଲ ଏବଂ କଲେଜ ମଧ୍ୟ ପଢ଼ିଛୁ, ପିଲାଟି ଦିନରୁ ଭଲ ସାଙ୍ଗ। ଉଚ୍ଚଶିକ୍ଷା ପରେ ଚାକିରି ବାକିରି ପାଇଁ ବାହାରେ ଅବସ୍ଥାନ ଘର ସଂସାର, ଏ ମଧ୍ୟରେ ବିତିଯାଇଛି ଦୀର୍ଘ ଚାଳିଶ ବର୍ଷ। ଏଇ କିଛି ଦିନ ତଳେ ହଠାତ ହରିପୁର ବଜାରରେ ଭେଟ ହେଲା ରଘୁନାଥଙ୍କ ସହିତ। ଖୁବ ଖୁସି ଲାଗିଲା, ବହୁ ସମୟ ପର୍ଯ୍ୟନ୍ତ ଗପ ହେଲା। ପ୍ରାୟ ଫୋନ ଯୋଗେ ଆମ ଦୁହେଁ କଥାବାର୍ତ୍ତା ହେଉ,ଓ ସନ୍ଧ୍ୟାବେଳେ ଚାଲି ଚାଲି ଖରସ୍ରୋତା ନଦୀ କୂଳ ଆଡ଼େ ବୁଲିଯାଉ।

ଏଇ କିଛି ବର୍ଷ ତଳେ ନିର୍ମିତ ହୋଇଥିବା ପୋଲଟିକୁ ଦେଖି ଆମ କଲେଜ ଯିବା ସମୟର କଥା ମନେ ପଡ଼ିଯାଏ। ସେତେବେଳେ ପୋଲ ତ ନଥିଲା, ପଟୁଆ ଡଙ୍ଗାରେ ଉଭୟ ଖରସ୍ରୋତା ଏବଂ ବୁଢ଼ା ନଈ ପାର ହୋଇ ଯିବାକୁ ପଡୁଥିଲା। କଥାରେ ଅଛି ଏକା ନଈ ଷାଠିଏ କୋଷ। କୋମଳ ମତି କୈଶୋର ଅବସ୍ଥାରେ ନିଜ ନିଜ ସାଇକେଲକୁ ନଈ ବାଲିରେ ଠେଲି ଠେଲି ଡ଼ଙ୍ଗା ଉପରେ ଚଢ଼ା ଉତରା ଭାରି କଷ୍ଟ ଲାଗେ। ବର୍ଷା ପବନ ହେଲେ ତ କଥା ଆହୁରି ବଳିପଡ଼େ । ନାଉରୀ ଡ଼ଙ୍ଗା ଫିଟାନ୍ତି ନାହିଁ। ଆମକୁ ଗୋଟାପଣେ ତିନ୍ତି ଭିଜି ଅସହାୟ ଅବସ୍ଥାରେ ନଈକୂଳ ଆମ୍ବଗଛଟି ମୂଳେ ଆଶ୍ରୟ ନେବାକୁ ପଡ଼େ। ପାଗ ଟିକିଏ ଫର୍ଚ୍ଚା ହେଲେ ବିଚରା ନାଉରୀ ଫୁସି ଓ ଗନ୍ଧର୍ବ ଭାଇ ଆସିଯାଆନ୍ତି ପାର୍ କରି ଦେବାକୁ। ପିଲାଟି ମାନେ କେତେ କଷ୍ଟ ପାଇଲେଣି ବୋଲି ହାଇପି ସାଇପି ହୋଇ ପଡ଼ନ୍ତି। ତାଙ୍କ କେଇପଦ କଥାରେ ଆମ ପ୍ରାଣରେ ଜୀବନ ସଞ୍ଚାର ହୁଏ। ଉଭୟ ରଘୁନାଥ ଏବଂ ମୁଁ

ଉଭୟ ଏବେ ସେବା ନିବୃତ୍ତ, ଗାଆଁ ଛାଡ଼ି ସହରକୁ ଯିବା ଏବଂ ସହର ଛାଡ଼ି ଗାଆଁରେ ରହିବାକୁ ପରିସ୍ଥିତି ଦୃଷ୍ଟିରୁ ଏକ ପ୍ରକାର ବାଧ୍ୟ ହୋଇଛୁ। ସମୟ ସହିତ ବହୁତ ବଦଳି ଯାଇଛି ସମାଜର ଚିତ୍ର। ରଘୁନାଥ କିଛି କଥା ଗୋପନ ରଖନ୍ତିନି। ମନ ଖୋଲି କହନ୍ତି ତାଙ୍କ ପୁଅ ଝିଅଙ୍କ ବିଷୟରେ। ତାଙ୍କ ସରକାରୀ ଚାକିରୀର ସ୍ୱଳ୍ପ ଦରମାରେ ସେ ବହୁ କଷ୍ଟରେ ପିଲାମାନଙ୍କୁ ଉଚ୍ଚ ଶିକ୍ଷା ଦୀକ୍ଷା ବି ଦେଲେ। ପିତାମାତାଙ୍କ ଅକ୍ଳାନ୍ତ ପରିଶ୍ରମ, ତ୍ୟାଗ ଓ ତପସ୍ୟା ଫଳରେ ଉଭୟ ଭଲ ପଦ ପଦବୀରେ ପ୍ରତିଷ୍ଠିତ ମଧ୍ୟ ହୋଇ ପାରିଛନ୍ତି, ଭଲ ରୋଜଗାର କରୁଛନ୍ତି।

ସେମାନଙ୍କର ବିବାହ ଆଦି ସମ୍ପାଦନ କରି ସାରିବା ପରେ ହଠାତ୍ କିନ୍ତୁ ତାଙ୍କୁ ଆଉ ସହରରେ ରହିବାକୁ ଭଲ ଲାଗିଲାନି। ଏବେକା ସମୟରେ ପରିବାରର ଆକାର ଖୁବ କ୍ଷୁଦ୍ର ରହିବା ପିଲାଏ ବେଶୀ ପସନ୍ଦ କରୁଛନ୍ତି। ସେମାନେ ବୟସ୍କ ମାତାପିତାଙ୍କ ଦାୟିତ୍ୱକୁ ବୋଝ ମନେକରିବା ପୂର୍ବରୁ ନିଜେ ସ୍ୱଚ୍ଛନ୍ଦତାର ସହିତ ନିଜ ଜନ୍ମମାଟିରେ ଅବଶିଷ୍ଟ ଜୀବନ ଅତିବାହିତ କରିବା ସବୁ ଦୃଷ୍ଟିରୁ ଭଲ, ନିଜ ପ୍ରିୟ ସନ୍ତାନମାନଙ୍କ ପାଇଁ ବି ମଙ୍ଗଳକର ବୋଲି ତାଙ୍କର ବିଶ୍ୱାସ।

ରଘୁନାଥ କହି ଚାଲନ୍ତି, କିପରି ତାଙ୍କ ଛୋଟ ଗାଆଁଟିରେ ବାର ମାସରେ ତେର ପର୍ବ ଖୁବ ଧୁମ୍‌ଧାମ୍ ରେ ପାଳିତ ହୁଏ। ତାଙ୍କ ପୂର୍ବ ପୁରୁଷରୁ ରହିଥିବା ଇଷ୍ଟଦେବ ଶ୍ରୀ ରାଧା ଗୋପୀନାଥଙ୍କ ମଠ, ଭିନ୍ନ ଭିନ୍ନ ଦେବାଦେବୀଙ୍କ ମନ୍ଦିରରେ ପୂଜାପାଠ, ଭଜନ କୀର୍ତ୍ତନ, ଶାରଦୀୟ ଦୁର୍ଗାପୂଜାର ଆୟୋଜନ, ଦଶହରା ଭସାଣି, ଦୋଳ ମେଲଣ ମନରୁ ସବୁ ଦୁଃଖ ଶୋକ ଭୁଲାଇ ଦେଉଛି। ଏଇ କିଛି ଦିନ ହେଲାତ ନିୟମିତ ସନ୍ଧ୍ୟାରେ ଭାଗବତ ଟୁଙ୍ଗୀକୁ ଯାଇ ସେ ଭାଗବତ ବି ପଢୁଛନ୍ତି, ଶୁଣୁଛନ୍ତି। ଭାଗବତ ଟୁଙ୍ଗୀର ପୁନରୁଦ୍ଧାର ଏବଂ ଦିନକୁ ଦିନ ଗ୍ରାମର ବହୁ ପୁରାତନ ଐତିହ୍ୟ ବହନ କରୁଥିବା ମେଲଣ ଏବଂ ପଡ଼ିଆର ଉନ୍ନତି ପାଇଁ ସେ ସକ୍ରିୟ ସହଯୋଗ ମଧ୍ୟ କରୁଛନ୍ତି। କୃଷି ଉତ୍ପାଦନ, ପ୍ରକ୍ରିୟାକରଣ ଓ ବିପଣନର ବିଭିନ୍ନ ପ୍ରକଳ୍ପ ମାଧ୍ୟମରେ କିପରି ପ୍ରକୃତରେ ଗୋଷ୍ଠୀ ଉନ୍ନୟନ ତ୍ୱରାନ୍ୱିତ ହୋଇପାରିବ, ସମାଜରେ ଗରିବୀ ସୀମାରେଖା ତଳେ ରହିଥିବା ଲୋକମାନଙ୍କର ଅର୍ଥନୈତିକ ଉନ୍ନତି

ହୋଇପାରିବ, ସେମାନେ ସ୍ୱାବଲମ୍ବୀ ହେବେ ଏ ପ୍ରକଳ୍ପ ସାକାର କରିବାର ଉପାୟ ସମ୍ବନ୍ଧରେ ଉଦ୍ୟମ ଚଳାଇଛନ୍ତି। ସବୁ ଠିକଠାକ୍ ଚାଲିଛି, ଶାନ୍ତି ମିଳିପାରୁଛି।

ସେ ମନେ ମନେ ଭାବିଥିଲେ, ବୟସ ତ ବଢ଼ିବାରେ ଲାଗିଛି, ବିଭିନ୍ନ ରୋଗ ମହାମାରୀ ଯେମିତି ଘାରୁଛି, ସେ ଆଉ କେବେ ବି ସହରକୁ ଯିବେ ନାହିଁ। କିନ୍ତୁ ହଠାତ କିଛି ଦିନ ତଳେ ଖୁବ୍ ଅସୁସ୍ଥ ହୋଇ ପଡ଼ିଲେ ସେ। ମଧୁମେହ ଯୋଗୁ ରକ୍ତରେ ଶର୍କରା ପରିମାଣ ଅଧିକ ହୋଇଗଲା, ତା ସହିତ ପ୍ରବଳ ଭାଇରାଲ ଜ୍ୱର। ମୋଟେ ଛାଡ଼ିଲା ନାହିଁ। ରଘୁନାଥଙ୍କ ଧର୍ମପତ୍ନୀ ସୁଚେତା ଦେବୀ ଚିନ୍ତିତ ହୋଇପଡ଼ିଲେ। ଘରେ ଖିଆ ପିଆ ରୋଷେଇବାସ ବନ୍ଦ ହୋଇଗଲା। ପୁଅର କର୍ମ ବ୍ୟସ୍ତତା ଅଧିକ ଏବଂ ତାକୁ ଖବର ଜଣାଇବାକୁ ଚାହୁଁନଥିଲେ ସେ। କିନ୍ତୁ ଦୂର ସହରରେ ଥିବା ପୁଅର ମନ ହଠାତ ବିଚଳିତ ହୋଇ ଉଠିଲା। ଫୋନ କରି ତା ମାଆଠୁ ଯେତେବେଳେ ବାପାଙ୍କ ଅସୁସ୍ଥତା କଥା ଶୁଣିଲା, ଭୋ ଭୋ ହୋଇ କାନ୍ଦି ପକାଇଲା। ଟିକିଏ ବିଳମ୍ବ ନ କରି ଏକାକୀ ପାଞ୍ଚଶହ କିମି ରାସ୍ତା ଗାଡି ଚଳାଇ ଆସି ପହଞ୍ଚିଗଲା ଗାଆଁରେ। ସାଙ୍ଗରେ ବାପାଙ୍କୁ ନେଇ ଆବଶ୍ୟକୀୟ ପରୀକ୍ଷା ନିରୀକ୍ଷା କରିବା ସହିତ ଔଷଧ ପତ୍ର ଫଳମୂଳ କିଣି ଆଣିଲା। ସଙ୍ଗରେ ବାପା ମାଆଙ୍କୁ ନିଜ ପାଖକୁ ଧରିଆଣି ଉତ୍ତମ ଚିକିତ୍ସା ପାଇଁ ବ୍ୟବସ୍ଥା କଲା।

ବନ୍ଧୁ ରଘୁନାଥଙ୍କ ଅଳ୍ପ କିଛି କଥା ଓ ଅନେକ ଅକୁହା ବ୍ୟଥା ଶୁଣି ମୋ ଆଖି ଛଳଛଳ ହୋଇ ଉଠିଲା। ସନ୍ଧ୍ୟା ସମୟ ଗଡ଼ି ଯିବାରୁ ନଦୀ ଉପରେ କଂକ୍ରିଟ ସେତୁଟି ଝାପ୍ସା ଝାପ୍ସା ଦିଶୁଥିଲା। ମନେ ମନେ ଭାବୁଥିଲି ଆଧୁନିକ ଶିକ୍ଷା ସହିତ ଆମ ପୂର୍ବ ସଂସ୍କାର ସଂସ୍କୃତି ଓ ସମ୍ପର୍କର ସେତୁ ଯଦି ଅକ୍ଷୁର୍ଣ୍ଣ ରହି ପାରନ୍ତା, ଏ ସୃଷ୍ଟି ସତରେ ସ୍ୱର୍ଗ ସମାନ ହୋଇପାରନ୍ତା।

■■■

ସ୍ମୃତି ଏକ ରୂପା ଜହ୍ନ

ଉଣେଇଶ ପଞ୍ଚସ୍ତରୀ ଛଅସ୍ତରୀ ମସିହା କଥା। ଆମେ ଯାଜପୁରର ପ୍ରସିଦ୍ଧ ସେତେବେଳର ବଡ଼ ସରକାରୀ ମହାବିଦ୍ୟାଳୟରେ ନୂଆକରି ନାମ ଲେଖାଇ କଲେଜ ମାଟି ମାଡ଼ିଥାଉ। ସେତେବେଳେ ଆଜିକା ପରି ଭଲ ସଡ଼କ କି ନଦୀ ଉପରେ ପୋଲ ତିଆରି ହୋଇନଥାଏ। ଆମେ ବରୁଆଁ ପଟରୁ ଗଲେ ଖରସ୍ରୋତା ଏବଂ ବୁଢ଼ା ନଈ ପାର ହୋଇ ଯିବାକୁ ପଡ଼େ। ଦୁଇ ନଈ ମଝିରେ ଥିବା ପ୍ରାୟ ଚାରି କିମି ରାସ୍ତା ବର୍ଷାରେ କାଦୁଅ ହୋଇଯାଏ। ନଈ ବାଲି ଉପରେ ଓ ବେଳେ ବେଳେ ଏହି ଦୀର୍ଘ ରାସ୍ତାରେ ସାଇକେଲଟିକୁ କାନ୍ଧେଇ ନେବାକୁ ହୁଏ। କୁଆଖିଆ,ମଧୁବନ,ମୁଗୁପାଳ,ହରିପୁର, ବରୁଆଁ,ସୁଜନପୁର ଆଦି ଅଞ୍ଚଳରୁ ଯାଉଥିବା ସବୁ ସାଙ୍ଗ ପ୍ରାୟ ନଈ ଘାଟରେ ଭେଟ ହେଉ। କଲେଜରେ ପହଞ୍ଚିବା ବେଳକୁ ସମସ୍ତେ ହାଲିଆ ହୋଇପଡୁ। ଆମ ନୂଆ ନୂଆ ପିନ୍ଧୁଥିବା ଫୁଲ ପ୍ୟାଣ୍ଟ ଗୁଡ଼ିକ କଦର୍ଯ୍ୟ ହୋଇଯାଏ। ମୋ ପରି ବପୁ ଏବଂ ଉଚ୍ଚତା କମ୍ ଥିବା ମଫସଲର ଛାତ୍ରଟିକୁ କଲେଜ ପଢ଼ା ବଡ଼ ଉର୍ଦ୍ଧ୍ୱ ଶ୍ୱାସରେ ସମ୍ପାଦନ କରିବାକୁ ପଡୁଥିଲା ।

ପ୍ରାୟତଃ ଜେନେରାଲ କ୍ଲାସ ଗୁଡ଼ିକରେ ଟିକେ ବିଳମ୍ବରେ ପହଞ୍ଚୁଥିଲୁ।ପୁଣି ଅପରାହ୍ନ ସମୟରେ ହେଉଥିବା ଟିଉଟରିଆଲ କ୍ଲାସ ଗୁଡ଼ିକୁ ବାଆଁରେଇ ଯୋଗ ନ ଦେବାକୁ ସୁଯୋଗ ଉଣ୍ଡୁଥିଲୁ କାରଣ ବିଳମ୍ବ ହେଲେ ନଈ ଘାଟରେ ଡଙ୍ଗା ସହଜରେ ମିଳିବ ନାହିଁ।

ଦିନକର କଥା। ଆମର ଇଂରାଜୀ ଟିଉଟରିଆଲ କ୍ଲାସଟି ଶ୍ରୀଯୁକ୍ତ ରବୀନ୍ଦ୍ର କୁମାର ସେନାପତି ସାର୍ ନେବାର ଥାଏ। ସେ ସମସ୍ତଙ୍କୁ ସେଦିନ କ୍ଲାସରେ

ଉପସ୍ଥିତ ରହିବାକୁ ଆଗରୁ ତାଗିଦ୍ କରିଥାନ୍ତି। ଆମେ ଅନନ୍ୟୋପାୟ ହୋଇ ସେଦିନ କ୍ଲାସରେ ମୁହଁକୁ ତଳକୁ ପୋତି ବସିଥାଉ। ସାରଙ୍କ ଗୋଲଗାଲ ମୁହଁକୁ ସୁନ୍ଦର ନିଶ ଏବଂ କୁଞ୍ଚକୁଞ୍ଚିଆ କେଶ ପରିପାଟି ବେଶ୍ ମାନୁଥାଏ।ଆମ୍ଭ କେତେଜଣ ନୂତନଛାତ୍ରଙ୍କ ଉପରେ ନଜର ବୁଲାଇ ନେଇ ସମସ୍ତଙ୍କୁ ଗୁଡ୍ ଆଫ୍ଟରନୁନ ଡିଅର ଷ୍ଟୁଡେଣ୍ଟସ କହି ସୁନ୍ଦର ଭାବେ ସମ୍ଭାଷଣ ଜଣାଇଲେ ଏବଂ ସମସ୍ତେ ନିଜ ନିଜର ନୋଟ ଖାତା ଖୋଲ ବୋଲି ନିର୍ଦ୍ଦେଶ ଦେଲେ।

କଳାପଟାରେ Morning shows the day ଲେଖି କହିଲେ କୋଡ଼ିଏ ମିନିଟ୍ ମଧ୍ୟରେ ୧୦୦ ଶବ୍ଦର ଏକ ପାରାଗ୍ରାଫ ଲେଖି ମୋତେ ଦିଅ। ଆମେ ଥଅ ମଅ ହେଲୁ। ସତ କହିବାକୁ ଗଲେ ଏ ସବୁ ଇଂରାଜୀ ଆପ୍ତବାକ୍ୟ ଗୁଡ଼ିକୁ ଆମେ ସେତେ ଭଲ ଭାବେ ବୁଝି ନଥିଲୁ। କଣ ବା ଆଉ ଚାରା ଅଛି। ସାରଙ୍କ ରକ୍ତିମ ଚକ୍ଷୁକୁ ଦେଖିଲେ ଭାରି ଡର ଲାଗୁଥିଲା। ମୁଁ ଟିକେ ନିଜସ୍ୱ ବୁଦ୍ଧି ଖଟାଇ ଇଂରାଜୀ ଶବ୍ଦ ଗୁଡ଼ିକର ଏମିତି ସହଜ ଅର୍ଥ ବୁଝିଲି- ସକାଳରୁ ଦିନର ସୂଚନା ମିଳେ। ତାପରେ ତାକୁ ଜୀବନ ସହ ମିଳାଇ ମହାପୁରୁଷ ମାନଙ୍କ ଛୋଟ ବେଳର କଥାରୁ ସେମାନେ ଭବିଷ୍ୟତରେ କିପରି ବଡ଼ ହେବେ ଜଣା ପଡ଼ିଯାଉଥିଲା, ସେ ବିଷୟରେ କିଛି ଭୁଲ ତ୍ରୁଟି ସହ ଲେଖି ପକାଇଲି।

ଠିକ୍ ସମୟରେ ସାର୍ ଖାତା ମାଗିନେଲେ। ମାତ୍ର ୧୦ ମିନିଟ ମଧ୍ୟରେ ଖାତା ଦେଖି ନମ୍ବର ମଧ୍ୟ ଜଣାଇଲେ। ମୋ ଖାତାଟି ଶେଷକୁ ଥାଏ। ଛାତି ଧଡ଼ପଡ଼ ହେଉଥାଏ। ମୋତେ ସର୍ବାଧିକ ୧୦ରୁ ୮ ଅଙ୍କ ମିଳିଥିଲା। ସାର୍ ମୋତେ ତାଙ୍କ ଆସନ ପାଖକୁ ଡାକି ବେଶ୍ କିଛି ପ୍ରଶଂସା କଲେ। ଭିତରେ ଭିତରେ ମୁଁ କୁଲୁରି ଉଠିବା ପରି ଲାଗୁଥିଲା। ମୋ ମୁହଁଟି ଉତ୍ସାହ ଆନନ୍ଦରେ ଭାରି ଉଜ୍ଜ୍ୱଳ ଲାଗୁଥିଲା। ମୁଁ ଟିକେ ଅନ୍ୟମନସ୍କ ହୋଇପଡ଼ିଥାଏ। ମୋ ଟେବୁଲ୍ ଉପରେ ଖାତାଟିଏ ରଖି ସିଟରେ ବସି ପୁଣି ଟେବୁଲକୁ ଚାହିଁ ଦେଖେ ତ ମୋ ଖାତାଟି ସେଠାରୁ ଉଭାନ୍। ସାର୍ କ୍ଲାସରୁ ପଳାଇ ଥାଆନ୍ତି, ଆମର ବି ଡଙ୍ଗା ବେଳ ଡେରି ହୋଇଯାଉଥାଏ। ଗୋଖନା ପାଖର ଜଣେ ତାଗଡ଼ା ସାଙ୍ଗ ଖାଲି ଏତିକି ସୂଚନା ଦେଲେ ଯେ ସାନବଜାର ଅଞ୍ଚଳରୁ ଆସୁଥିବା ଆମ ଗ୍ରୁପର ଏକ ମାତ୍ର ଝିଅ ସାଙ୍ଗ ମିସ୍ ନୀତା ଦାସ (ଛଦ୍ମନାମ)

ମାଗି ଖାତାଟିକୁ ଦେଖିବାକୁ ନେଇଛନ୍ତି। ସେ କାଳେ ହିସାବରେ ତାର ଭଉଣୀ ଲାଗିବ। ଗୋଲଗାଲ ଚେହେରା ସାଙ୍ଗଙ୍କୁ ବେଶ ସମ୍ଭ୍ରାନ୍ତ ଶ୍ରେଣୀର ବେଶ ପରିପାଟୀ ତାଙ୍କର। ଆଉ କ୍ଲାସକୁ ଆଣି ଫେରାଇ ଦେବେ। କିନ୍ତୁ ମୁଁ କେତେଥର ସାଙ୍ଗଙ୍କ ମାଧ୍ୟମରେ ଏବଂ ନିଜେ ତାଙ୍କୁ ଖାତା ଟି ମାଗିଛି, କିନ୍ତୁ ଫେରି ପାଇଲି ନାହିଁ ।

ମୁଁ ନିଜେ ଆଖି ପୂରାଇ ସାରଙ୍କ ନାଲି କଲମରେ ମୋତେ ମିଳିଥିବା ନମ୍ବରକୁ ଦେଖି ପାରି ନଥିବାରୁ ମନ ଭିତରେ ଟିକେ ଅବଶୋଷ ରହିଗଲା ଅବଶ୍ୟ। କିନ୍ତୁ ବହୁତ୍ ଥର ଟାଉନ ଭିତର ଦେଇ ଓ ମେଡିକାଲ ବାଟ ଦେଇ ଗଲା ଆସିବା ବେଳେ କଲେଜର ସେଇ ନୋଟ ଖାତା, ପ୍ରିୟ ସହପାଠିନୀ ନୀତାଙ୍କର ହସହସ ମୁହଁର ସ୍ମୃତି ରୂପାଜହ୍ନଟି ପରି ମୋ ମନରେ ଉଙ୍କି ମାରି ଉଠି ଥାଏ।

ଜୀବନର ଦୀର୍ଘ ଚାରି ଦଶନ୍ଧିରୁ ଊର୍ଦ୍ଧ୍ୱ ସମୟ ବିତିଗଲା ପରେ ଦାସ ଫାଶ କେତେ କେତେ ବର୍ଗ ଲୋକଙ୍କ ପରିଚୟରେ ଆସିବାକୁ ପଡ଼ିଛି।କିଛି କିଛି ଲୋକଙ୍କ ସହିତ ସମ୍ବନ୍ଧ ସମ୍ପର୍କ ମଧ୍ୟ ଗଢ଼ି ଉଠୁଛି। କାହା ପାଇଁ କେତେବେଳେ ମୁହଁରେ ଚେନାଏ ହସ ଝରି ପଡ଼ିଛି ତ କାହାର କପଟ ଆଚରଣରେ କେତେବେଳେ ପାଦତଳୁ ମାଟି ଖସି ଗଲା ପରି ବୋଧ ହୋଇଛି, ଆଉ କେତେକ ତ ହୃଦୟ ଭିତରୁ ପ୍ରାଣଟାକୁ ଓଟାରି ନେଲେ ବି ଝୁଣିବା ବନ୍ଦ କରି ନାହାନ୍ତି। ଏବେ ବି ଏତେ ଉଜ୍ଜ୍ୱଳ ଆଲୋକମାଳା, ସୁପ୍ରଶସ୍ତ ରାସ୍ତାଘାଟ ଏବଂ ଅପରୂପା କୁସୁମାର ଶୋଭା ଭଣ୍ଡାରକୁ ଦେଖିଲେ ମଧ୍ୟ ସେ ଦିନର ରୂପେଲି କିମିଆ ଏବେ ବି ମନକୁ ଆଚ୍ଛାଦିତ କରି ପକାଏ।

■■■

ଭେଦ-ଅଭେଦ

ଗୋଚରରେ ହେଉ କି ଅଗୋଚରରେ ଶନିଦେବଙ୍କ କୋପଦୃଷ୍ଟିରୁ ରକ୍ଷା ପାଇବାକୁ ହେଲେ ଭଲରୂପେ ଗୋଡ଼ହାତ ଧୋଇନେବାକୁ ପିଲାଟି ବେଳେ ବାର ବାର ବୁଝାଇ କହୁଥିଲା ବୋଉ, ଯିଏ ପଚିଶି ବରଷ ହେଲାଣି ସ୍ୱର୍ଗବାସରେ। ଏଇ ଚନ୍ଦନ ପୁନେଇଁ ବାସୀରେ ପଡ଼ିବ ତା ବାର୍ଷିକୀ ଶ୍ରାଦ୍ଧ।

ଅବିନାଶଙ୍କ ବୃଷଭ ରାଶି। ଅବଧାନ (ଜ୍ୟୋତିଷ)କହୁଥିଲେ ଶନି ଏବେ ତାର ନବମରେ। ମୋଟେ ଭୁଲି ନାହାଁନ୍ତି ସେ ତାଙ୍କ ସ୍ୱର୍ଗବାସୀ ବୋଉର କଥା। ପ୍ରତି ଶନିବାର ସଂଧ୍ୟା ଘଡ଼ିକୁ ମାଟି ଦୀପଟିଏରେ ରାଶି ତେଲ ଭରି ଅବିନାଶ ଜପ କରୁଥିଲେ - ଓମ୍ ଶମ୍ ଶନିଶ୍ଚରାୟ ନମଃ।

ଶନି ଏକ ବଳୟ ଯୁକ୍ତ, ସର୍ବଗ୍ରାସୀ ଏବଂ ମହାଶକ୍ତିଶାଳୀ ଛାୟାଗ୍ରହ। ଏହାର ପ୍ରଭାବ ଦୀର୍ଘ ସ୍ଥାୟୀ, ଅଦୃଶ୍ୟ, ସୁତୀକ୍ଷ୍ଣ, ସର୍ବବ୍ୟାପୀ, ଅତ୍ୟନ୍ତ କଠୋର ଏବଂ ପୀଡ଼ା ପ୍ରଦାୟକ ଅଟେ । ଏହା ମଧ୍ୟ ରାବଣ ସଦୃଶ ଅହଂ ପ୍ରପଞ୍ଚ ପରାୟଣ ଏବଂ ପରମାର୍ଥ ସୁଖ ସ୍ୱାଚ୍ଛନ୍ଦ ହରଣକାରୀ ଅଟେ।

ମାୟା ମିରିଗକୁ ଶର ସନ୍ଧାନ କରିବା ପରେ ସତ୍ୟସନ୍ଧ ପ୍ରଭୁ ଶ୍ରୀ ରାମଙ୍କ ସେଇ ଛଦ୍ମବେଶୀ ମରୀଚ ଠାରୁ ଲଙ୍କା ପତି ରାବଣର ସନ୍ଧାନ, ଅପହୃତା ସତୀ ସୀତା ଦେବୀଙ୍କ ଠାବ, ଲଙ୍କା ଦହନ, ସେତୁ ବନ୍ଧ ନିର୍ମାଣ,ପ୍ରଭୁ ଶ୍ରୀ ରାମ ଏବଂ ରାବଣ ମଧ୍ୟରେ ମହାସଂଗ୍ରାମ ରାମାୟଣ ମହାକାବ୍ୟର ଛାୟାଚିତ୍ରର ପରିଦୃଶ୍ୟ ସବୁ କେଡ଼େ ଚମତ୍କାର ଓ ଚିରନ୍ତନ ସତେ!

ଅତୀତ ପୁରାଣ କାଳରେ ହେଉ କି ଅବା ଛୋଟବଡ଼ ପରଦା ଉପରେ

ଅବା ବାସ୍ତବ ଜୀବନରେ ଏହା ଅବିରତ ଭାବେ ଘଟି ଚାଲି ଅଛି ବୋଲି ପ୍ରତୀୟମାନ ହେଉଥିଲା। ଏତ ମହାରୋଗ ନୁହେଁ, ଏକ ଦୁରାଗ୍ରହ ମହାବିକଟାଳ ସ୍ଥିତି।

ଅବିନାଶ ଲୁହାକଣ୍ଟାଟିରେ ଦୀପ ଭିତରେ ଦିକି ଦିକି ହୋଇ ଜଳୁଥିବା ସଳିତାକୁ ଟିକେ ତେଜି ଦେଇ ମହାଗ୍ରହ ଶାନ୍ତି ନିମିତ୍ତ ଦଶରଥ ପ୍ରୋକ୍ତ ଶନିଶ୍ଚର ସ୍ତୋତ୍ର ପାଠରେ ନିବିଷ୍ଟ ହେଉଥିଲେ ଏବଂ ଜନନୀ, ଜନ୍ମ ଭୂମି ଏବଂ ଶରୀରପ୍ରାଣ ରୂପୀ ଅଯୋଧ୍ୟାପୁରୀର ସୁରକ୍ଷା କଥା ଚିନ୍ତା କରୁଥିଲେ।

ଅବିନାଶ ଜଣେ ଅତି ବିଶିଷ୍ଟ ବା ଆଗ ଧାଡ଼ିରେ ଯୋଦ୍ଧା ଭାବେ ଗଣା ନ ହୋଇ ପାରନ୍ତି, ମାତ୍ର ନିଶ୍ଚିତ ଭାବେ ଜଣେ ଖୁବ୍ ସଫଳ ସଚେତନଧର୍ମୀ ସାଧାରଣ ମଣିଷ। ସେ ଜୀବନରେ ଅନେକ ଦୁଃଖ ଦୁର୍ଦ୍ଦଶା, ଘାତ ପ୍ରତିଘାତକୁ ସମ୍ମୁଖୀନ ହୋଇ ବିଶେଷ ଅଭିଜ୍ଞତା ହାସଲ କରିଛନ୍ତି ,ଏପରିକି ମହାମାରୀ କରୋନା ସମୟରେ ବି ନିଜର ସୃଜନଶୀଳତା ଏବଂ ଅନନ୍ୟ ସାରସ୍ୱତ ପ୍ରତିଭାର ବିକାଶ ଧାରାକୁ ବଜାୟ ରଖି ସୁନ୍ଦର କାବ୍ୟ କବିତା ରଚନା କରି ଚାଲୁଛନ୍ତି। ତାଙ୍କର ପ୍ରଗାଢ଼ ଦେଶଭକ୍ତି, ଉଦବୋଧନ ଏବଂ ପ୍ରେରଣାପ୍ରଦ ଲେଖା ଗୁଡିକ ନିରବଚ୍ଛିନ୍ନ ଭାବରେ ପାଠକ ମହଲରେ ବେଶ୍ ଗ୍ରହଣୀୟ ହେଉଛି।

ଆଗକାଳରେ କଥା ଥିଲା ଅଲଗା। ବିଶିଷ୍ଟ ଜ୍ଞାନୀ ଗୁଣୀ କବି ମାନଙ୍କ କୃତିରୁ ହିଁ ବାରି ହୁଏ ସେ କାଳର ରାଜା ମହାରାଜଙ୍କ ବୀରତ୍ୱର, ଯଶ ଓ କୀର୍ତ୍ତିର ଇତିହାସ। କିନ୍ତୁ ଆଜି ସାହିତ୍ୟ ଏବଂ ସାହିତ୍ୟିକଙ୍କ ସ୍ଥିତି ଅବହେଳିତ ଓ ସଙ୍କଟାପନ୍ନ ।

ତାକୁ ତାର ଉପଯୁକ୍ତ ମର୍ଯ୍ୟାଦା ହାସଲ କରିବାକୁ ହେଲେ ବାସ୍ତବ ସତ୍ୟ ଉପରେ ଅଧିକ ମନନଶୀଳ ହେବାକୁ ପଡ଼ିବ ଓ ସୃଜନଶୀଳତାକୁ ଅଧିକ ସୂକ୍ଷ୍ମ, ଶାଣିତ ଓ ଜୀବନୋପଯୋଗୀ ଶବ୍ଦରେ ଅଭିମନ୍ତ୍ରିତ କରିବାକୁ ହେବ।

ଆଜିକାର ପରିସ୍ଥିତିରେ ଯେତେବେଳେ କି ଜୀବନ ଯନ୍ତ୍ରଣା ଜର୍ଜରିତ, ମଣିଷର ଅସ୍ତିତ୍ୱ, ଧର୍ମର ସଂଜ୍ଞା ସନ୍ଦୀହାନ, ସେତେବେଳେ ଅବିନାଶ କାହିଁକି

କେଜାଣି ପବିତ୍ର ଗୀତାରୁ ଅଧ୍ୟାୟଟିଏ ପାଠ କରିଦେଲେ ଆତ୍ମଶାନ୍ତି ଲାଭ କରୁଛନ୍ତି।

ବୋଧହୁଏ ଏହି ଅବିନାଶଙ୍କ ପରି ହାତ ଗଣତି କିଛି ଲୋକ ହିଁ ପରିବର୍ତ୍ତନର ରାହା ଖୋଜି ପାଇବାରେ ବଡ଼ ଭୂମିକା ନେଇପାରିବେ, ଜଣେ ପ୍ରକୃତ ସାରସ୍ୱତ ସେନାପତି ହିଁ ଉଜ୍ଜ୍ୱଳ ଜ୍ୟୋତିଷ୍କ ଭାବେ ସମାଜକୁ ଧ୍ୱଂସ ବା ପତନ ମୁଖରୁ ଉଦ୍ଧାର କରିବା ପାଇଁ ଉଚିତ୍ ଦିଗଦର୍ଶନ ଦେଇପାରିବେ।

ଅବିନାଶଙ୍କ ଆତ୍ମବିଶ୍ୱାସ ଅତୁଟ ରହୁ, ସେ ପ୍ରଭୁ ଶ୍ରୀ କୃଷ୍ଣଙ୍କ ମୁଖ ନିଃସୃତ ପବିତ୍ର ଗୀତୋପନିଷଦ ଏମିତି ପାଠ କରୁଥାନ୍ତୁ ଏବଂ ଜାତି ନନ୍ଦିଘୋଷ ନ ଅଟକି ଆଗକୁ ଆଗକୁ ଚଳୁ।

ସମସ୍ତଙ୍କ ଶୁଭକାମନାରେ ଏ ସୁନ୍ଦର ସୃଷ୍ଟି ନିଶ୍ଚୟ ଚଳଚଞ୍ଚଳ ହୋଇ ଉଠିବ।

■■■

ସହି ସହି ଏ ଛାତି ପଥର

ଏଇ କିଛି ବର୍ଷ ତଳର କଥା। ବୈଶାଖ ମାସିଆ ଖରାଦିନ। ପିଲାଙ୍କ ସ୍କୁଲ କଲେଜ ବନ୍ଦ ହେବାରୁ ମୁଁ ଗାଆଁକୁ ସପରିବାର ଛୁଟି କଟାଇବାକୁ ଆସିଥାଏ। ମଧ୍ୟାହ୍ନ ଭୋଜନ ସାରିବା ପରେ ମୁଁ ଟିକେ ଆମ ଗାଆଁ ମେଲଣ ପଡ଼ିଆକୁ ଲାଗିଥିବା ମଙ୍ଗଳା ମନ୍ଦିର ଆଡ଼େ ଘେରାଏ ବୁଲି ଆସିବାକୁ ବାହାରିଲି। ଅସ୍ୱାଭାବିକ ଲାଗୁଥିଲେ ବି ଏଇଟି ହେଉଛି ମୋର ପିଲାଦିନର ଅଭ୍ୟାସ। ବୋଉ ଯେତେ ଗାଳି କଲେ ବି ପିଲାଦିନେ ଉଦୁଉଦିଆ ଖରାବେଳେ ମୋ ଆଖିକୁ ମୋଟେ ନିଦ ଆସେନା। ପାଠପଢ଼ା ବାହାନାରେ ବହିଖାତା ଖଣ୍ଡେ ଧରି ଆମ୍ବତୋଟା ନହେଲେ ମଙ୍ଗଳା ମନ୍ଦିରରେ ବେଶ୍ କଟିଯାଉଥିଲା ସମୟ। ନାଁ ଏବେ ଅଛି ସେ ଆମ୍ବତୋଟା କି ସେ ସବୁଜ ଶୀତଳ ଛାୟା, ନାଁ ଶୁଭୁଚି ସୁଲୁସୁଲିଆ ପବନରେ ଆଉ ସୁନ୍ଦର ମହକଭରା କୋଇଲିର ମିଠା ମିଠା କୁହୁ କୁହୁ ସ୍ୱନ।

ଏମିତି ପିଲାଦିନର ସୁମଧୁର ସ୍ମୃତି ଚାରଣ କରୁ କରୁ ଯାଇ ପହଞ୍ଚି ଯାଇଥିଲି ମାଆ ମଙ୍ଗଳା ମନ୍ଦିର ନିକଟରେ। ନୂଆ କରି ସୁଦୃଶ୍ୟ ଭାବେ ଏଇ କିଛି ବର୍ଷ ହେଲା ଦେଉଳ ଓ ତାର ବେଢ଼ା ତିଆରି ହୋଇ ଗ୍ରିଲ ଏବଂ ବିଦ୍ୟୁତ୍ ପଙ୍ଖା ଲାଗି ଗଲାଣି। ପିଲାମାନଙ୍କ ଗହଳି ଏବେ ବି ଆଗପରି ରହିଛି। ଜଣେ ୨୪/୨୫ବର୍ଷ ପିଲାକୁ ଘେରି ଗୁଡ଼ିଏ ପିଲା ବସି ହସଖୁସିରେ ମାତି ଥିବା ଦେଖିଲି। ପଚାରି ବୁଝିଲି ତା ନାଆଁ ନରେନ୍ଦ୍ର, ଶ୍ରଦ୍ଧାରେ ତାକୁ ନରି, ନରିଆ ବୋଲି ଡାକନ୍ତି। ସେ କୁଆଡ଼େ ନୟାଗଡ଼ ଅଞ୍ଚଳରୁ ଆସିଥାଏ। ପ୍ରତି ମାସେ ଦୁଇ ମାସରେ ଥରେ ଏମିତି ଗାଆଁକୁ ଆସି କିଛିଦିନ ରହିଥାଏ। ସିଏ ସମସ୍ତଙ୍କୁ ନିଜେ କହେ ଯେ ସେ କୁଆଡେ ଜନ୍ମାନ୍ଧ। ତାର ଦରଦଭରା କଣ୍ଠରେ

ସୁନ୍ଦର ଭଜନ ଜଣାଣ ଶୁଣିଲେ ଯେ କେହି ବି ବିମୋହିତ ହୋଇପଡ଼ିବ। ସେ ବାଡ଼ିଟିଏ ଠୁକୁ ଠୁକୁ କରି ଗାଆଁରେ ଆସି ପହଞ୍ଚିଗଲେ, ସମସ୍ତଙ୍କ ମନ ଆନନ୍ଦରେ ନାଚି ଉଠେ। ସଂନ୍ଧ୍ୟା ବେଳୁ ମନ୍ଦିର ପ୍ରାଙ୍ଗଣରେ ଗହଳି ଲାଗିଯାଏ। ପିଲାମାନେ ନିଜ ନିଜ ଘରୁ ଭଲଭଲ ଖାଇବା ପିଇବା ଜିନିଷ ଆଣି ନରିଆକୁ ଦେଇଥାନ୍ତି।

ପିଲାମାନଙ୍କ ଠାରୁ ନରିଆ ବିଷୟରେ ଏତେ ସବୁ ଜାଣିବାପରେ ମୋ ମନରେ ବି ଅହେତୁକ ଆଗ୍ରହ ସୃଷ୍ଟି ହେଲା। ମୁଁ ତା ନିକଟକୁ ଯାଇ ବସିଲି,ତାକୁ ତନ୍ନ ତନ୍ନ କରି ନିରୀକ୍ଷଣ କଲି। ତାକୁ ପଚାରିଲି- ନରେନ୍ଦ୍ର,ଆମ ଗାଆଁ ତୁମକୁ କେମିତି ଲାଗୁଛି?

ସେ ହସି ହସି କହିଲା- ଆଜ୍ଞା, ମୋତେ ଏଠି ବହୁତ ଭଲ ଲାଗେ। ମୁଁ ମଧ୍ୟ ଏଇ ଗାଆଁର, ଆପଣଙ୍କ ନିଜ ପୁଅଟିଏ ପରି।

ତା କଥା ମୋର ହୃଦୟ ସ୍ପର୍ଶ କଲା। ମୁଁ ପୁଣି ପଚାରିଲି-ତୁମର ବାପା ମାଆ ଅଛନ୍ତି?

ସେ ମାଆ ମଙ୍ଗଳାଙ୍କ ଉଦ୍ଦେଶ୍ୟରେ ପ୍ରଣାମ ଜଣାଇ କହିଲା-ଦେଖୁନାହାନ୍ତି, ମୋ ମାଆ କେମିତି ମଥାରେ ସିନ୍ଦୂର ବୋଳିହୋଇ ହସି ହସି ମୋତେ ଚାହିଁ ରହିଛି।

ପିଲାଟିର ଭାବାବେଗ ଏବଂ ଅର୍ନ୍ତଦୃଷ୍ଟି ଯେ ଖୁବ୍ ତୀବ୍ର ତାହା ମୋତେ ଯେତିକି ଆଶ୍ଚର୍ଯ୍ୟ ଚକିତ କଲା, ତା ବିଷୟରେ ଅଧିକରୁ ଅଧିକ ଜାଣିବାକୁ କୌତୂହଳ ଜାଗ୍ରତ ହେଲା।

ମୁଁ ତାକୁ ପଚାରିଲି- ତୁମେ ଘର ଛାଡ଼ି ଏକୁଟିଆ ଏତେ ଆଡ଼େ ବୁଲାବୁଲି କରୁଛ, ତୁମକୁ ଡର ଭୟ ଲାଗୁନି। ତୁମେ ଏତେ ସାହସୀ କେମିତି ହୋଇପାରିଲ?

ସେ କହିଲା- ଶୁଣନ୍ତୁ ଆଜ୍ଞା,ମୋତେ ୫/୭ବର୍ଷ ହୋଇଥାଏ,ଏମିତି ଦିନେ

ଖରାବେଳେ ମୋ ମାଆଙ୍କ କୋଳରେ ମୁଁ ବସିଥାଏ। ମାଆଙ୍କୁ ପଚାରିଲି- ମାଆ, କି ପ୍ରଚଣ୍ଡ ଗରମ ହେଉଛି, ପ୍ରବଳ ଗ୍ରୀଷମ ତାତି *ଆଉ କେତେ ଦିନ ଏମିତି କଷ୍ଟ ଦେବ ? ସହି ସହି ଅସହ୍ୟ ଲାଗିଲାଣି!**

ଶୁଣିବେ ଆଜ୍ଞା, ମୋ ମାଆ କଣ ମୋତେ କହିଥିଲେ।

ହଁ- ହଁ- କୁହ ନରେନ୍ଦ୍ର, ମୁଁ ତୁମ କଥା ଶୁଣୁଛି।

ମୋ ମାଆ ମୋର ମୁଣ୍ଡକୁ ଧିରେ ଆଉଁସି ଦେଇ ମୋତେ କହିଲେ- ଧନ, ମୁଁ ସବୁବେଳେ ତୋର ପାଖେ ପାଖେ ହିଁ ଅଛି, ତୁ ମୋତେ ଯେଉଁଠି ଯେତେବେଳେ ଡାକିବୁ ମୁଁ ନିଶ୍ଚୟ ଓ ବୋଲି କହି ଜବାବ ଦେବି। ତୋ ଶ୍ରମ ଝାଳକୁ ମୋ ପଣତକାନିରେ ପୋଛିଦେବି। ତୋ ଦୁଃଖ କଷ୍ଟକୁ ନିଶ୍ଚୟ ନିବାରଣ କରିବି ଏତ ଟିକିଏ ଖାଲି ଖରାର କଥା, ମୋ ଧନଟା ଛାତିକୁ ତାର ପଥର ପରି ଟାଣ କରି ଶିଖିବ, ଜୀବନରେ କେଡ଼େ କେଡ଼େ କଷ୍ଟକୁ ବି ହସି ହସି ସହିବ।

ତାକୁ ପଚାରିଲି- କାହିଁ, ତୁମ ମାଆଙ୍କୁ ସଙ୍ଗରେ ଧରି ଆସିଲନି?

ନରେନ୍ଦ୍ର ମୁହଁରେ ଟିକେ ସ୍ମିତ ହସ ଖେଳାଇ କହିଲା-ମାଆ ମୋର ଏବେ ସର୍ବ ଘଟେ ବିଦ୍ୟମାନ-ମାଆ ମୋର ସର୍ବମଙ୍ଗଳା-ଶୂନ୍ୟଦେହୀ।

ସ୍ୱତଃସ୍ଫୂର୍ତ୍ତ ଭାବେ ତା କଣ୍ଠରୁ ନିସ୍ରବି ଉଠିଲା ସୁମଧୁର ଭକ୍ତି ସଙ୍ଗୀତ-

ମାଆ ମୋର ସର୍ବମଙ୍ଗଳା

ହାତରେ ପିନ୍ଧିଛି ନାଲି ଶଙ୍ଖାଚୂଡ଼ି

ପିନ୍ଧିଛି ପାଟ ଶାଢ଼ୀ ସେ କଳା ।

ମାଆ ମୋର ସର୍ବମଙ୍ଗଳା ।

ମୋର କଣ୍ଠ ବାଷ୍ପରୁଦ୍ଧ ହୋଇଗଲା। ତାର ଦୃଢ଼ ଆତ୍ମବିଶ୍ୱାସ, ଦିବ୍ୟ ଅର୍ନ୍ତଦୃଷ୍ଟି ଏବଂ ସୁନ୍ଦର ସଚେତନତା ମୋତେ ବିମୁଗ୍ଧ କରିଦେଲା।

ସେ ଦିବ୍ୟାଙ୍ଗ ଏବଂ ପ୍ରକୃତରେ ଭାଗ୍ୟବାନ। ମୁଁ ସ୍ନେହରେ ତା ମୁଣ୍ଡଟିକୁ ଆଉଁସି ଦେଲି ଏବଂ ଜଗଜ୍ଜନନୀ ମାଆ ସର୍ବମଙ୍ଗଳାଙ୍କ ଉଦ୍ଦେଶ୍ୟରେ ପ୍ରଣିପାତ କଲି। ମନେ ମନେ ଭାବୁଥିଲି- କୃପାମୟୀ ମାଆ ସଂସାରରେ ଚକ୍ଷୁଷ୍ମାନ ଲୋକମାନଙ୍କୁ ନରେନ୍ଦ୍ର ପରି ଧୈର୍ଯ୍ୟ ଟିକିଏ ଦେଇଥିଲେ, ଦୁଃଖ କଷ୍ଟ ବୋଲି କିଛି ଯନ୍ତ୍ରଣା ନଥାନ୍ତା, ଏ ପୃଥିବୀ ସ୍ୱର୍ଗ ଠାରୁ ବି ଅଧିକ ସୁନ୍ଦର ହୋଇଥାନ୍ତା ।

■■■

ସପନପୁରର
ଗୋପନ କଥା

ହଁ ସାଙ୍ଗ,କହୁଛ ଯଦି ମନ ଦେଇ ଶୁଣ କହୁଛି ଗପଟିଏ। ସପନପୁରର ଗୋପନ କଥା। ଖାଲି ଏହା ତୁମକୁ ମିଛ ମୋତେ ସତ ନୁହେଁ, ବରଂ ନିଛକ ଅଙ୍ଗେ ନିଭା କଥା।

ଅଳ୍ପ କିଛି ବର୍ଷ ତଳର କଥା। ଆମ୍ଭେ ସେତେବେଳେ ସ୍ୱପ୍ନେଶ୍ୱରପୁର ପ୍ରାଥମିକ ବିଦ୍ୟାଳୟରେ ପଞ୍ଚମ ଶ୍ରେଣୀରେ ପଢୁଥାଉ। ପ୍ରତ୍ୟେକ ଶନିବାର ଆମ୍ଭଙ୍କୁ ଚିତ୍ରାଙ୍କନ ଏବଂ ହସ୍ତକଳା ଶିକ୍ଷା ଦିଆଯାଇଥାଏ। ଏହି ବିଷୟ ଆମର ବଡ଼ସାରଙ୍କ ସ୍ୱତନ୍ତ୍ର ତତ୍ତ୍ୱାବଧାନରେ ପରିଚାଳିତ ହୁଏ ଏବଂ ଏଥିରେ ଅନ୍ୟ ଶିକ୍ଷକ ଶିକ୍ଷୟିତ୍ରୀମାନଙ୍କର ମଧ୍ୟ ପୂର୍ଣ୍ଣ ସହଯୋଗ ରହିଥାଏ।

ଆଗେ ରଫ୍ ଖାତା, ପେନସିଲରେ ଅଶ୍ୱତ୍ଥ ବରପତ୍ର, ଆଳୁ ଭେଣ୍ଡି, ବୋଇତାଳୁ ଆଦି ପନିପରିବାର ଚିତ୍ର ଏବଂ ସବୁଠୁ ମଜାଦାର ପତ୍ର ଡେଙ୍ଗ ଲଗା ଆମ୍ବର ଚିତ୍ର। ତାପରେ ଟିକେ ମୋଟା କାଗଜ ଓ ଲମ୍ବା ଥିବା ସ୍ୱତନ୍ତ୍ର ଚିତ୍ରାଙ୍କନ ଖାତାରେ ସୁନ୍ଦର ଅଙ୍କନ ଏବଂ ରଙ୍ଗ ଭରିବାର କାମ। ପୁଣି ଆସେ ହସ୍ତକଳା ପ୍ରଦର୍ଶନର ବେଳ। ମାଟି ଚକଟି ତିଆରିବାକୁ ପଡ଼େ, ଆମ୍ବର ବାସ୍ତବ ପ୍ରତିକୃତି। ତାହାକୁ ବରାଦ ମୁତାବକ ଶିକ୍ଷକଙ୍କ ନିକଟରେ ଦେବାକୁ ପଡ଼େ। ତାପରେ ହୁଏ କ୍ଷେତ୍ର ପରିଦର୍ଶନ। ଶିକ୍ଷକ ଶିକ୍ଷୟିତ୍ରୀଙ୍କ ସହିତ ନିକଟସ୍ଥ ଆମ୍ରବାଟିକା ବୁଲି ତାର ସୁଶୀତଳ ଛାୟା ଉପଭୋଗ, ବଉଳ କଷିର ବାସ୍ନା, କୋଇଲିର ମନ ମତାଣିଆ କୁହୁତାନ; ଏସବୁ କଥା ମନେ

ପଢ଼ିଗଲେ ଏବେ ବି ପ୍ରାଣ ପୁଲକିତ ହୋଇଉଠେ।

ଶେଷରେ ଉପସ୍ଥାପିତ ହସ୍ତକଳା ଉପରେ ସମ୍ୟକ ଆଲୋଚନା ହୁଏ। ଆମ ବଡ଼ ସାର୍ ସ୍ୱର୍ଗତଃ ଭୁବନାନନ୍ଦ ମହାନ୍ତି ଆମକୁ ଉପଦେଶ ଛଳରେ କହୁଥିଲେ- ଶୁଣ ପିଲାମାନେ! ଗୁରୁ ଶୁକ୍ରାଚାର୍ଯ୍ୟଙ୍କ ମତରେ ବିଦ୍ୟା ହେଉଛି ବତିଶି ପ୍ରକାର, ଯାହାକୁ ଆମେ ପଢି ଲେଖି ଶିଖିପାରିବା। ଯାହାକୁ ଜଣେ ମୁକ ବି ମଧ୍ୟ କରି ପାରିବ ତାହା ହେଉଛି କଳା। ଏହା ଚଉଷଠି ପ୍ରକାରର ରହିଛି। ଜୀବନ ଜୀବିକା ପାଇଁ ଜୀବିକାର୍ଜନ କଳାରେ ପାରଙ୍ଗମ ହେବା ଅତ୍ୟନ୍ତ ଆବଶ୍ୟକ ଏବଂ ଏହା ହିଁ ଶିକ୍ଷାର ପ୍ରକୃତ ଲକ୍ଷ୍ୟ।

ବିଷୟଗତ ଶିକ୍ଷା ସହିତ ଛୋଟ ଛୋଟ ପଟାଳି ଗୁଡ଼ିକରେ ନିହିତ କୃଷି ଏବଂ ବାଗ ବଗିଚା କର୍ମ କେଡ଼େ ବାସ୍ତବାଭିମୁଖୀ ଥିଲା ସତେ! ସମସ୍ତଙ୍କ ମୁହଁରେ ଫୁଟି ଉଠୁଥିଲା ସଫଳତା ଏବଂ ସାର୍ଥକତାର ସୁମଧୁର ହସ। ସେହି ମଧୁର ଅନୁଭବର ସ୍ପର୍ଶ ଆଜି ମଧ୍ୟ ଜୀବନର ପ୍ରତ୍ୟେକଟି ସୋପାନ ଅତିକ୍ରମ କରିବା ବେଳେ କାମରେ ଆସେ।

ଆଜି ବି ଚଳ ଚଞ୍ଚଳ ପ୍ରତିଷ୍ଠିତ ବାବା ସ୍ୱପ୍ନେଶ୍ୱର ମହାଦେବଙ୍କ ମନ୍ଦିର, ପ୍ରାଚୀନ ଶାସନୀ ବ୍ରାହ୍ମଣ ଗ୍ରାମ ଏବଂ ଏକ ସୁଦୃଶ୍ୟ ବିଦ୍ୟାଳୟ। କିନ୍ତୁ ବଦଳି ଯାଇଛି ସମୟ। ଆମ ନୁଆଁଣିଆ ଚାଳ ଛପର ଉପରେ ଆଉ ମାଡୁନି ପୋଇ କି ଶିମ୍ବ ଲଟା, ଫଳୁନି ଶ୍ରୀ ଫଳ ପାଣି କଖାରୁ କି ଗୋଲ ଗୋଲ ପୃଥିବୀ ସଦୃଶ ବୋଇତାଳୁ। ଉଚ୍ଚ ତାଳଗଛରୁ ବାଆ ବତାସକୁ ତିଳେ ହେଲେ ଖାତିର ନକରି ଆଉ ମୋଟେ ଦୋହଲୁନି ବାଇ ଚଢ଼େଇମାନଙ୍କ ବସା।

ବୁଝି ହୁଏନା କାହିଁକି ଆମେ ଉଚ୍ଚ ଶିକ୍ଷିତ ହୋଇ ମଧ୍ୟ ଦିନକୁ ଦିନ ଏତେ ପରିଶ୍ରମକାତର ହୋଇ ପଡୁଛନ୍ତି, କାଳିଆ ଘୋଡ଼ା ଚଢ଼ିବା ନିଶାରେ ଏତେ ପାଗଳ ହେଉଛନ୍ତି, ନିଜ ଗାଆଁ ଗଣ୍ଡା ଛାଡ଼ି ଅଳ୍ପ ଦରମାରେ ଚାକିରି ଖଣ୍ଟେ କରିବା ପାଇଁ ଅନ୍ୟ ରାଜ୍ୟ ଏବଂ ବିଦେଶକୁ ପଳାଉଛନ୍ତି। କଣ ଆମ୍ଭେ ଆମ ଜନ୍ମସ୍ଥାନରେ ସ୍ୱାବଲମ୍ବୀ ହୋଇପାରିବାନି?

ଟିକି ଟିକି ଈଶ୍ୱରମାନଙ୍କର ସ୍ୱପ୍ନ ସବୁ ସେକାଳ,ଆଜି ଏବଂ ସବୁବେଳେ

କ'ଣ ଏମିତି ଆହ୍ୱାନ ହୋଇ ରହିଥିବ??

ବିଗତ ଦିନର ଅଙ୍ଗେ ନିଭା କଥା ସବୁ ଆମ ପ୍ରତ୍ୟେକଙ୍କ ଜୀବନରେ ପ୍ରଥମ ରଙ୍ଗୀନ କଥାଚିତ୍ର ଗପ ହେଲେବି ସତ ନିଶ୍ଚୟ । ପୁଣି ହୁଁ କହିଲେ କହେ..ଶୀର୍ଷକ ଗୀତଟି କେତେ ବାସ୍ତବ ଏବଂ ହୃଦୟସ୍ପର୍ଶୀ ସତେ!

∎∎∎

ସଂସ୍କାର

ଏଇ ଅଳ୍ପ କିଛି ବର୍ଷ ତଳର କଥା। ଟି.ଏନ୍. ଶେଷାନ ସେତେବେଳେ ଭାରତର ମୁଖ୍ୟ ନିର୍ବାଚନ ଆୟୁକ୍ତ ଭାବେ କାର୍ଯ୍ୟରତ ଥାଆନ୍ତି। ତାଙ୍କ ପରିବାର ସହିତ ଛୁଟି କାଟିବାକୁ ସେ ମସୁରି ଯାଉଥାନ୍ତି । ଉତ୍ତର ପ୍ରଦେଶସ୍ଥିତ ତାଙ୍କ ବାସଭବନରୁ ଯାତ୍ରା ଆରମ୍ଭ କରି ସେ ଯାଉଥିବା ବେଳେ ବାଟରେ ଗଛରେ ବାଇଚଢ଼େଇର ବସା ଦୋହଲୁଥିବା ଦେଖିଲେ। ତାଙ୍କ ପତ୍ନୀଙ୍କୁ ଏହି ବସାଗୁଡ଼ିକ ଭାରି ଭଲ ଲାଗିଲା। ସେଥିରୁ ଦୁଇଟି ବସା ସାଙ୍ଗରେ ନେଇ ନିଜ ଘରେ ସୁନ୍ଦର କରି ସଜାଇବା ପାଇଁ ସେ ଚାହୁଁଥିଲେ। ତାଙ୍କ ଇଚ୍ଛା କଥା ସେ ସ୍ୱାମୀ ଶେଷାନ ମହାଶୟଙ୍କ ନିକଟରେ ପ୍ରକାଶ କଲେ।

ସଙ୍ଗେ ସଙ୍ଗେ ତାଙ୍କ ସହିତ ଯାଉଥିବା ସୁରକ୍ଷାକର୍ମୀମାନେ ପାଖରେ ମଇଁଷି ଚଳାଉଥିବା ଏକ ଛୋଟ ବାଳକକୁ ପାଖକୁ ଡାକିଲେ। ତାକୁ ଗଛ ଡ଼ାଳ ଭାଙ୍ଗି ଦୁଇଟି ସୁନ୍ଦର ବସା ଆଣି ଦେବାକୁ କହିଲେ। ତାହା ଶୁଣି ପିଲାଟି ତାର ମୁଣ୍ଡ ହଲାଇ ନିଜ ଅସମ୍ମତି ଜଣାଇଲା। ଶେଷାନ ମହାଶୟ ନିଜେ ପିଲାଟିକୁ ଏହି କାମ ନିମନ୍ତେ ଦଶ ଟଙ୍କା ପୁରସ୍କାର ଦେବାକୁ କହିଲେ, ତଥାପି ବାଳକଟି ରାଜି ହେଲାନାହିଁ। ତାପରେ ଶେଷାନ ତାକୁ ପଚାଶ ଟଙ୍କା ଦେବାର ଲୋଭ ଦେଖାଇଲେ। ତଥାପି ବି ବାଳକଟି ହଁ ଭରିଲା ନାହିଁ।

ସୁରକ୍ଷା କର୍ମୀମାନେ ବାଳକଟିକୁ ଭୟ ଦେଖାଇ କହିଲେ- ସାହେବ ଉଚ୍ଚ ପଦରେ ଥିବା ଜଣେ ବଡ଼ ଜଜ୍ ଅଟନ୍ତି । ତାଙ୍କ କଥା ନ ମାନିଲେ ସେ ତାକୁ ବାନ୍ଧି ଜେଲକୁ ପଠେଇ ଦେଇ ପାରିବେ। ସେ ଯଦି କ୍ରୋଧ ପ୍ରକାଶ କରନ୍ତି ତାର ଗମ୍ଭୀର ପରିଣାମ ତାକୁ ଭୋଗ କରିବାକୁ ପଡ଼ିବ।

ତାହା ଶୁଣିବା ପରେ ପିଲାଟି ଶ୍ରୀମତୀ ଏବଂ ଶ୍ରୀ ଶେଷାନଙ୍କ ନିକଟକୁ ଯାଇ କହିଲା- ସାହେବ, ମୁଁ ଏହି କାମ ଆଦୌ କରି ପାରିବି ନାହିଁ। କାରଣ ସେହି ବସାଗୁଡ଼ିକରେ ପକ୍ଷୀ ଶାବକମାନେ ଅଛନ୍ତି। ବସା ଭାଙ୍ଗି ଦେଲେ ଖାଦ୍ୟ ଅନୁସରଣରେ ଯାଇଥିବା ତାଙ୍କ ମାଆ ଚଢ଼େଇମାନେ ଆସି ସେମାନଙ୍କୁ ଖୋଜିବେ, ଛୁଆମାନଙ୍କୁ ନପାଇ ମନ ଦୁଃଖରେ ବିଳାପ କରିବେ। ଏଣୁ ଏପରି ମହାପାପ ସେ ଯେତେ ଟଙ୍କା ମିଳିଲେ ବି କରି ପାରିବ ନାହିଁ।

ଏହା ଶୁଣି ଶେଷାନ ସ୍ତବ୍ଧ ହୋଇଗଲେ। ତାଙ୍କ ଶିକ୍ଷା ଦୀକ୍ଷା, ଆଇ.ଏ.ଏସ ଡିଗ୍ରୀ ଏବଂ ଉଚ୍ଚ ପଦରେ ଅହଙ୍କାର ନିମିଷେ ପାଣି ଫାଟିଗଲା। ସାମାନ୍ୟ ମୂର୍ଖ ଗାଉଁଲି ମଇଁଷି ଚଳାଉଥିବା ଏକ ଛୋଟ ବାଳକର ସମ୍ବେଦନଶୀଳ ମନୋଭାବ ନିକଟରେ ତାଙ୍କୁ ହାର ମାନିବାକୁ ପଡ଼ିଥିଲା। ଘରକୁ ଫେରି ଆସିବା ପରେ ତାଙ୍କ ମନକୁ ଏହି କଥା ବିଷାଦଗ୍ରସ୍ତ କଲା। ନିଜ ପତ୍ନୀଙ୍କ ବସାଗୁଡିକୁ ଆଣିବା ପାଇଁ ଇଚ୍ଛା ଏବଂ ତାଙ୍କ ଭାବନା ପାଇଁ ସେ ମନେ ମନେ ଖୁବ୍ ଲଜ୍ଜିତ ହେଲେ ଏବଂ ନିଜକୁ ଅପରାଧୀ ବୋଧ କଲେ।

କେବଳ ବ୍ୟୟବହୁଳ ସ୍କୁଲ କଲେଜରେ ପାଠ ପଢ଼ିଦେଲେ କିମ୍ବା ଦାମୀ କପଡ଼ା ପରିଧାନ କଲେ ମାନବତାର ଶିକ୍ଷା ପ୍ରାପ୍ତ ହୋଇଯାଏ ନାହିଁ। ଦୟା, କ୍ଷମା, କରୁଣା, ଅନ୍ୟ ପ୍ରତି ଛଳ କପଟ ନକରିବାର ସମ୍ବେଦନଶୀଳ ମନୋଭାବ ପରିବାରର ବୟସ୍କ ଲୋକମାନଙ୍କ ଠାରୁ ଆହରଣ କରିହୁଏ। ଏଣୁ ଶିକ୍ଷା ସହିତ ପିଲାମାନଙ୍କ ମାନସିକ ସଂସ୍କାର ଏବଂ ଗୁଣାତ୍ମକ ମୂଲ୍ୟବୋଧର ସୁବିକାଶ ପାଇଁ ପ୍ରଯତ୍ନ କରିବା ସବୁ ସ୍ତରରେ ଏକାନ୍ତ ବାଞ୍ଛନୀୟ।

■■■

ଲଣ୍ଠନ

ଛବିଟି ଦେଖି ପିଲିଦିନର କଥା ହଠାତ୍ ମନେ ପଡ଼ିଗଲା ଅଜୁର ।

ନିତି ସଞ୍ଜ ବୁଡିବା ପରେ ସେ ପାଠ ପଢ଼ିବାକୁ ଯାଏ ପଡ଼ିଶା ଘର ସମ୍ପର୍କୀୟ ବଡ଼ଭାଇଙ୍କର ଘରକୁ। ସେତେବେଳେ ନଥିଲା ଏତେ ବିଦ୍ୟୁତ୍ ଆଲୋକର ରୋଷଣୀ। ଗାଁ ଗଣ୍ଡାରେ ବିଜୁଳିବତୀ ଥିଲା ସାତ ସପନ। ପ୍ରଥମେ ତ ସିଏ ଗୋଟିଏ ଡିବିରି ଧରି ପଢ଼ିବାକୁ ଯାଉଥିଲା। ଟିକିଏ ପବନ ହେଲେ ବତୀ ଲିଭିଯାଏ। ଅଜୁ ବିଚରା ଥରେ ଶ୍ରୁତଲିଖନ ଲେଖୁଥିବା ବେଳେ ବତୀ ଲିଭିଗଲା। ଅନ୍ଧାରରେ ମହାତ୍ମା ଗାନ୍ଧି ଶବ୍ଦଟି ଲେଖିଲାବେଳେ ତ ତଳେ ମ ଫଳା ଦେବାକୁ ଭୁଲିଗଲା। ସେଥିପାଇଁ ତାକୁ ବହୁତ ଗାଳି ଏବଂ ଚଟକଣା ମାଡ଼ ଖାଇବାକୁ ପଡ଼ିଥିଲା।

ବଡ଼ ଭାଇ ତାକୁ ଲଣ୍ଠନ ଧରିକି ପଢି ଆସିବାକୁ ତାଗିଦ୍ କଲେ। ବୋଉକୁ ଅଜୁ କାନ୍ଦି କାନ୍ଦି କହିବାରୁ ବାପା ପାଖ ହରିପୁର ହାଟରୁ ଗୋଟିଏ ସୂର୍ଯ୍ୟ ମାର୍କା ଲଣ୍ଠନ କିଣି ଆଣି ଦେଲେ। ତାକୁ ଦେଖି ଅଜୁର ଖୁସି କହିଲେ ନ ସରେ।

ବୋଉ ପାଉଁଶ ପକାଇ ଲଣ୍ଠନର କାଚକୁ ଚକଚକ୍ କରି ସଫା କରି ଲଗାଇ ଦିଏ। ଅଜୁ ପାଖରେ ଅନ୍ୟ ପିଲାଏ ବସିବାକୁ ରୀତିମତ ପ୍ରତିଯୋଗିତା କରନ୍ତି। କାରଣ ଅଜୁ ଲଣ୍ଠନର ଉଜାଲାରେ ପାଠ ଅଧିକ ପରିଷ୍କାର ଦିଶେ। ଅଜୁ କାହାକୁ ବା ହଁ ନାହିଁ କରିବ? ଧିରେ ଧିରେ ଅଜୁ ପାଖରେ ପିଲାଏ ବେଶୀ ଭିଡ଼ ଓ ପାଟି ତୁଣ୍ଡ କରିବାରୁ ଭାଇ ସାର୍ ଅଜୁକୁ ରାଗିକି କହିଲେ,

ଦୁଷ୍ଟ ବେଶୀ ହାରିକିନି ଦେଖାନା। ତୁ ଏଣିକି ଅଲଗା ବସିବୁ। ଅଜୁକୁ କଥା ବହୁତ ବାଧିଥିଲା। ତା ଲଣ୍ଠନଟି ମଧ୍ୟ କିଛି ଦିନ ପରେ ତାର ସୁନାମ ଏବଂ ଉଜ୍ଜ୍ୱଳତା ହରାଇଲା। ଲଣ୍ଠନ ରଖାଯିବା ଜାଗାରେ କିରୋସିନି ଝରିବାକୁ ଲାଗିଲା। ଲଣ୍ଠନଟି ଅଜୁର ପାଠ ପଢ଼ା ବ୍ୟତୀତ ଘରର ଅନ୍ୟ ବହୁତ କାମରେ ଲାଗୁଥିଲା। ରାତିରେ ଗୋରୁ ଗୁହାଳ ଏବଂ ପୋଖରୀ ପାଣି ଗଲେ ଏଇ ଲଣ୍ଠନଟିକୁ ଧରି ସମସ୍ତେ ଯାଆନ୍ତି। ଏଣୁ ବହୁଳ ବ୍ୟବହାର ଯୋଗୁ ତାର କେଉଁଠି ଛିଦ୍ର ହୋଇଯାଇଥାଇପାରେ।

ଅଜୁ ବୋଉ ଠାରୁ ଟଙ୍କା ନେଇ ଲଣ୍ଠନଟି ଧରି ସିଧା ଚାଲିଲା ହରିପୁର ହାଟ। ହାଟ ମଝିରେ ଥିବା ବଡ଼ ଓସ୍ତଗଛ ତଳେ ବୁଢାଲୋକଟିଏ ଲଣ୍ଠନ ମରାମତି କରେ। ଅଜୁ ବୁଢାକୁ ଲଣ୍ଠନ ଦେଖାଇ ଶୀଘ୍ର ଝଳେଇଦିଅ ବୋଲି କହିଲା। ବୁଢ଼ା କହିଲା ଆରେ ପୁଅ ତରବର ହେଲେ କଣ ଚଳିବ। ଦୁଇଟଙ୍କା ପଡ଼ିବ। ପଇସା ଆଣିଛୁ। ଅଜୁ ସଙ୍ଗେ ସଙ୍ଗେ ପଇସା କାଢ଼ି ବୁଢ଼ାକୁ ଦେଇଦେଲା। ବୁଢ଼ା ଅଜୁକୁ କହିଲା, ପୁଅ ତୁମର ଏ ସୂର୍ଯ୍ୟ ମାର୍କା ହାରିକିନି ବହୁତ ଭଲ। ଏବେ ଏହାର ଦାମ୍ ଅଧିକ ହୋଇ ଗଲାଣି। ତୁମେ ତ ପାଠ ପଢୁଆ ପିଲା ପରି ଦିଶୁଛ, ମୁଁ ତୁମ କାମ ନ କରୁଣୁ କାହିଁକି ମୋତେ ଟଙ୍କା ଦେଇଦେଲ? ଅଜୁ କହିଲା,ମଉସା ତୁମେ ତ ଫି ହାଟ ପାଳି ଏଠି ବସୁଛ, ତୁମେ କଣ ଅଚିହ୍ନା ଲୋକ କି ତୁମକୁ ମୁଁ ବିଶ୍ୱାସ କରିବିନି। ମୋ ଲଣ୍ଠନ ଶୀଘ୍ର ସଜାଇ ଦିଅ, ନହେଲେ ମୋ ପଢ଼ାବେଳ ଡେରି ହୋଇଯିବ। ଲୋକଟି ଖୁସିରେ ଗଦଗଦ୍ ହୋଇ ଲଣ୍ଠନ ଜଳାଇ କରି ଅଜୁକୁ ବଢ଼ାଇଦେଲା। ପୁଅ ପାଠ ପଢ଼ି ଭଲ ମଣିଷ ହେବୁ, ସୂର୍ଯ୍ୟ ପରି ଜଗତକୁ ଆଲୋକ ଦେଉଥିବୁ। ଈଶ୍ୱର ତୋର ମନ କାମନା ପୂରଣ କରନ୍ତୁ।

ମହାତ୍ମାଗାନ୍ଧୀ ଏବଂ ହାଟବାଟର ସେହି ବୃଦ୍ଧ ମଉସାଙ୍କ ଆର୍ଶୀବାଦ ଏବେ ବି ଆଲୋକ ସ୍ତମ୍ଭଟି ପରି ବିଦ୍ୟମାନ ହୋଇ ରହିଛି ଅଜୁଙ୍କ ମନରେ।

ଅଜୁର ଘରେ ଏବେ ବି ସାଇତା ହୋଇ ରହିଛି ଏହି ଲଣ୍ଠନଟି, ତାର ଚଲାପଥକୁ ଉଜ୍ଜ୍ୱଳ ଆଲୋକମୟ କରିଥିବା ଏହି ଲଣ୍ଠନର ଅଭୁଲା ସ୍ମୃତି ଏବେ ବି ତାକୁ ପୁଲକିତ କରେ।

■■■

ଫୁଲରାଣୀ

ବୁଢ଼ୀମା କଥାଟି ସତେ ଯେମିତି ଅସରନ୍ତି କୁହୁକ ଭରା ଭାନୁମତୀର ପେଡ଼ି। ସେ ଗପ ଶୁଣୁଶୁଣୁ ଖାଲି ରୋମ ମୂଳ ଟାଙ୍କୁରି ଉଠୁନଥିଲା, ଗପ ଶେଷ ହେଲାପରେ ଅବୁଝା ମନଟା ଆପଣା ଛାଏଁ ଶାନ୍ତ ହୋଇଯାଉଥିଲା, ବୁଢ଼ୀମା ବତାଉଥିବା କାମଟିମାନଙ୍କୁ ଯନ୍ତ୍ରବତ ସମ୍ପାଦନ କରିଦେବା ପରେ ମନରେ ସତେ ଯେମିତି ଏକ ଭଲ ଏବଂ ସବୁଜ ସୁନ୍ଦର ନୀଡ଼ ଆପଣାଛାଏଁ ଗଢ଼ି ହୋଇଯାଉଥିଲା।

ରାଜକୁମାର, କୁମାରୀଙ୍କ ବ୍ୟତୀତ ପଶୁପକ୍ଷୀ, ଗଛଲତା ଏପରିକି ନିର୍ଜୀବ ଜଡ଼ ପ୍ରକୃତି ବି ବୁଢ଼ୀମା କଥାରେ ଜୀବନ୍ତ ହୋଇଉଠନ୍ତି । ପ୍ରତିଦିନ ସକାଳୁ ସକାଳୁ ଉଠି ଫୁଲ ତୋଳିବାକୁ ପିଲାଦିନେ ନାତିନାତୁଣୀଙ୍କୁ ଗେହ୍ଲେଇ କହନ୍ତି ବୁଢ଼ୀମା। ଆଉ ସନ୍ଧ୍ୟା ବେଳେ କହନ୍ତି ଫୁଲରାଣୀଙ୍କ କଥା।

ଏହି କ୍ରମରେ ତା ଠୁଁ ଶୁଣିଥିବା ଫୁଲରାଣୀ ଶେଫାଳି କଥା ଖୁବ୍ ମନଛୁଆଁ। ଏମିତି ତ ଭିନ୍ନ ଭିନ୍ନ ରଙ୍ଗ, ରୂପ,ରସ,ଗନ୍ଧ ଏବଂ ଅଲୌକିକ ଦିବ୍ୟ ଗୁଣ ପରିପୂର୍ଣ୍ଣ ପ୍ରତିଟି ପୁଷ୍ପ ଦେବାଦେବୀଙ୍କ ଅତି ପ୍ରିୟ। ତାଙ୍କ ଦିବ୍ୟ ସାନ୍ନିଧ ଲାଭ କରି ତାର ଜୀବନ ଧନ୍ୟ।

ଫୁଲରାଣୀ ଶେଫାଳି କିନ୍ତୁ ଖୁବ୍ ନିଆରା। ଶୀତଦିନିଆ ରାତି ଟି ବଡ଼। ପାହାନ୍ତି ପହରୁ ଶେଫାଳି ଫୁଲର ଭୁରୁ ଭୁରୁ ବାସ୍ନା ପବନରେ ଭାସି ଆସେ। ମନ କେମିତି ଏକ ଦିବ୍ୟ ଆନନ୍ଦରେ ପୁଲକିତ ହୋଇଉଠେ। ସକାଳୁ ସକାଳୁ ଗଛ ମୂଳରେ ଏହି ଧଳା ପାଖୁଡ଼ାଯୁକ୍ତ ଫୁଲ ଗୁଡ଼ିକ ଆପଣା ଛାଏଁ ତଳେ

ଝରି ପଡ଼ିବା ଦେଖାଯାଏ। ତା ଉପରେ ଲାଗିଥିବା ବିନ୍ଦୁ ବିନ୍ଦୁ କାକର ଟୋପା ମୁକ୍ତାପରି ଚିକ୍ ଚିକ୍ କରନ୍ତି ।

ବୁଢ଼ୀମା କହନ୍ତି ଶେଫାଳି ହେଉଛି ସ୍ୱର୍ଗପୁର ନନ୍ଦନବନର ପାରିଜାତ, ସତ୍ୟ, ଶାନ୍ତି, ତପ, ତ୍ୟାଗ ଏବଂ ସୁମନର ପ୍ରତୀକ। ପବିତ୍ରତା ହେଉଛି ଏହି ପୁଷ୍ପର ବିରଳ ସ୍ୱଭାବ। ଶୀତୁଆ ଦୀର୍ଘ ରାତ୍ରୀରେ ଏହାର ଏକାନ୍ତ ସାଧନା। ଧଳା ରଙ୍ଗ ପାଖୁଡ଼ା ସହିତ ଗୈରିକ ବୃନ୍ତ ଖୁବ୍ ନୈସର୍ଗିକ। ପୁଣି ସକାଳୁ ସକାଳୁ ଝରି ପଡ଼ିବା ହେତୁ ଏହା କୀଟ ପତଙ୍ଗଙ୍କ ସମ୍ପର୍କ ରେ ଆସି ନ ଥାଏ, ଏଣୁ ସମସ୍ତ ଦେବାଦେବୀଙ୍କ ଏହି ଫୁଲ ଖୁବ୍ ପ୍ରିୟ।

ସେବା, ତ୍ୟାଗ, ତପସ୍ୟାର ମହିୟସୀ ମହିମାକୁ ଉଜ୍ଜୀବିତ କରି ରଖିବା ପାଇଁ ପ୍ରକୃତିର ଏହା ଚମତ୍କାର ଉପହାର ଅଟେ। ଏହାର ସ୍ପର୍ଶ, ଦର୍ଶନ ଏବଂ ସୁଗନ୍ଧ ସମ୍ପର୍କରେ ଆସିଲେ ଆମର ଜୀବନରେ ଆତ୍ମିକ ଏବଂ ଆଧ୍ୟାତ୍ମିକ ଉନ୍ନତି ଅବଶ୍ୟ ହୋଇଥାଏ।

ଦେବୀ ପାର୍ବତୀ, ସୀତା, ସାବିତ୍ରୀଙ୍କ ପରି ମନସ୍ୱିନୀ, ତପସ୍ୱିନୀଙ୍କ ତପସାଧନାର ସୁଫଳ ସ୍ୱରୂପ ହେଉଛି ଫୁଲରାଣୀ- ଗଙ୍ଗ ଶୀଉଳି, ଶେଫାଳି, ମର୍ତ୍ତ୍ୟଲୋକର ପାରିଜାତ ବା ସାଧାରଣ ଗାଉଁଲି ଭାଷାରେ କୁହାଯାଉଥିବା ଫୁଲ ସିଙ୍ଗଡ଼ାହାର ଯାହାର ପତ୍ର ଫୁଲ ଏବଂ ମୂଳ ନାନାଦି ଔଷଧୀୟ ଗୁଣରେ ପରିପୂର୍ଣ୍ଣ ଅଟେ।

ବୁଢ଼ୀମା ଠୁ ଗପ ଶୁଣିବା ପରେ ଆମ ଭିତରେ ଚାଲେ ରୀତିମତ ପ୍ରତିଯୋଗିତା। କିଏ ବଢ଼ି ସକାଳୁ ଉଠି ଶୀଘ୍ର ଗଛ ମୂଳରୁ ବେଶୀ ଫୁଲ ସଂଗ୍ରହ କରି ପାରିବ।

ଫୁଲ ରାଣୀ ଗପ ସରିଲା, ଟାଙ୍ଗୁଡ଼ି ଭିତରୁ ଶେଫାଳି କୁ ବାଛି ବୁଢ଼ୀ ମା' ମାଳ ଗୁନ୍ଥିଲା।

କୁନା ତାଳି ମାରି ହସିଲା।

■■■

ବିକାଶ

ତୁମେ ବିକାଶକୁ ଚିହ୍ନିଚ ?

ହଁ, ମୁଁ ଆମ ଗାଁ ବିକାଶ କଥା କହୁଛି। ସୁନ୍ଦର, ଖୁବ୍ ଡଉଲଡାଉଲ ଚେହେରା। ଟିକିଏ ଲାଜକୁଳା ପ୍ରକୃତି ତାର। ଆଗରୁ ସ୍କୁଲକୁ ପଢ଼ି ଯାଉଥିଲା ବେଳେ ନିତି ଦେଖା ହେଉଥିଲା। ଏବେ ତ ମହାମାରୀ ବ୍ୟାପିଛି। ତାକୁ ବହୁତ ଦିନ ହେଲାଣି ଆଉ ବାହାରେ ଦେଖିବାକୁ ମିଳୁନି। କଣ ନେଟରେ ବୋଧେ ତାର କ୍ଲାସ ଚାଲୁଛି। ତେଣୁ ଗଣ୍ଡେ କଣ ଖାଇ ପାଠରେ ମନ ଦେଉଥିବ ବୋଧେ।

ହଁ, ଆମ ଗାଁ ପିଲା ହେଲେ ବି ବିକାଶର ସାଙ୍ଗିଆ ମୁଁ ଠିକଭାବେ ଜାଣିନି। କାରଣ ତା ବାପା ଅନ୍ୟ ଗାଁ ରୁ ଏଠାକୁ ପୁଅ ହୋଇ ଆସିଥିଲେ। ତାଙ୍କ ପୁରୁଣା ଏବଂ ନୂଆ ସାଙ୍ଗିଆ ବହୁ ସମୟରେ ମୁଣ୍ଡକୁ ଅଯଥା ଗୋଳମାଳ କରିପକାଏ। ଏଣୁ କେବଳ ବିକାଶ ନାମ କହିଦେଲେ ହିଁ ଠିକ୍ ବିକାଶକୁ ଚିହ୍ନିବାରେ ଅସୁବିଧା ନଥାଏ।

ବିକାଶର ଚିନ୍ତା ପୁରାପୂରି ନିଆରା। ସେ ପାଠଶାଠ ପଢ଼ି ସାରିଲେ ନିଜ ଗାଁ ପାଇଁ କିଛି ଭଲ କାମ କରିବ ବୋଲି ଲକ୍ଷ୍ୟ ରଖିଛି। ତା ସହିତ କଥା ହେଲେ, କେମିତି ମନ ଭିତରେ ନୂଆ ଆଶାର ଆଲୋକଟିଏ ସୃଷ୍ଟି ହୁଏ। ମନେମନେ ମୁଁ ଈଶ୍ୱରଙ୍କୁ ଡାକେ, ପ୍ରଭୁ ଏଇ ପରି ସବୁ ପିଲାମାନଙ୍କୁ ସୁନ୍ଦର ମନଦେଇ ଗଢ଼ି ଦେଇଥିଲେ, ଖୁବ୍ ଭଲ ହୋଇଥାଆନ୍ତା।

ଗାଁ ଗଣ୍ଡା ଏବେ ଆଉ ଆଗ ପରି ନାହିଁ। ଘର ପରିବାର ମଧ୍ୟରେ

ସହଯୋଗ ସହାନୁଭୂତିର ଘୋର ଅଭାବ। ଭାଇ ଭାଇ ମଧ୍ୟରେ ଅହିନକୁଳର ସମ୍ପର୍କ। ବୃଦ୍ଧ ମାତାପିତାଙ୍କୁ ଅବହେଳା। ଯେନତେନ ପ୍ରକାରେ ଆଗକୁ ବଢ଼ିଯିବାର ପ୍ରଖର ନିଶା। ବିନା ପରିଶ୍ରମରେ ଶୀଘ୍ର ଅଧିକ ଅର୍ଥ ରୋଜଗାର ପାଇଁ ଲାଳସା। ଏସବୁ ମଣିଷକୁ ଆଉ ମଣିଷ ହୋଇ ରହିବାକୁ ସୁଯୋଗ ଦେଉନାହିଁ। ଅତ୍ୟାଧୁନିକ ପାଶ୍ଚାତ୍ୟ ଜୀବନ ଶୈଳୀ ପ୍ରତି ଆକୃଷ୍ଟ ହୋଇ ତାର ଅବସ୍ଥା ଆଜି ନିଆଁରେ ଜଳିପୋଡ଼ି ହୋଇ ମରୁଥିବା ପତଙ୍ଗଟିଏ ପରି। ସେ ପ୍ରକୃତ ପକ୍ଷେ ସୁଖ ଶାନ୍ତି ଠାରୁ ନିଜ ଅଜାଣତରେ ଦୂରେଇ ଯାଉଛି। ଜୀବନ ଦିନକୁ ଦିନ ବଡ଼ ଅସହାୟ ବୋଧ ହେଉଛି। ସମସ୍ତଙ୍କ ମୁଣ୍ଡରେ ଯେମିତି ତେନ୍ତୁଳିଆ ବିଛାର ଦଂଶନ, କିନ୍ତୁ ଏପରି ବିଚିତ୍ର ପରିସ୍ଥିତିରୁ ମୁକୁଳିଯିବାକୁ କାହାର କୌଣସି ଯୁ ନାହିଁ।

ବିକାଶ କିନ୍ତୁ ଅବିଚଳ। ସେ କହେ ସବୁ ସମସ୍ୟାର ସମାଧାନ ଅଛି। ଏକତା ଓ ସହଯୋଗ ହିଁ ହେଉଛି ସଫଳତାର ମୂଳ ଭିତ୍ତି। ଗାଁ ରେ ସାହି ବସ୍ତି ମାନଙ୍କରେ ପୂର୍ବରୁ ଚଳି ଆସୁଥିବା କୌଳିକ ପେଶା ବା ବୃତ୍ତି କୁ ନୂତନ ଜ୍ଞାନ କୌଶଳରେ ଉନ୍ନତ ସ୍ତରକୁ ଆଣି ଲୋକମାନଙ୍କୁ ସ୍ୱାବଲମ୍ବୀ କରାଯାଇ ପାରିବ। ମହିଳାମାନଙ୍କୁ ବିଭିନ୍ନ ପ୍ରକାରର କୁଟୀର ଉଦ୍ୟମ ସହାୟତାରେ ଅଧିକ ଉପାର୍ଜନକ୍ଷମ କାର୍ଯ୍ୟରେ ନିୟୋଜନ କରାଯାଇ ପାରିବ।

ଗାଁର ସୁସ୍ଥ ପରିବେଶ ସମସ୍ତଙ୍କ ପାଇଁ ନିହାତି ଆବଶ୍ୟକ। ଏଣୁ ବୃକ୍ଷ ରୋପଣ ଏବଂ ପରିମଳ ବ୍ୟବସ୍ଥା ପ୍ରତି ସ୍ୱତନ୍ତ୍ର ଧ୍ୟାନ ରଖି ପ୍ରୋତ୍ସାହନ ଯୋଗାଇ ଦିଆଯିବା ଉଚିତ୍। ଗାଁରେ କୃଷି ଉତ୍ପାଦନ ଏବଂ ଖାଦ୍ୟ ପ୍ରକ୍ରିୟାକରଣ କାର୍ଯ୍ୟକ୍ରମ ପାଇଁ ଯଥେଷ୍ଟ ଅନୁକୂଳ ବାତାବରଣ ରହିଛି। ବିକାଶ କହେ, ସେ ଚାହିଁଲେ ପ୍ରତି ଗାଁରେ ଏତେ ନିଯୁକ୍ତି ସୁବିଧା ସୃଷ୍ଟି ହୋଇପାରିବ ଯେ ଲୋକେ କାମ ଖୋଜି ଗାଁ ଛାଡ଼ି ଆଉ ବିଦେଶ ଯିବାକୁ ପଡ଼ିବ ନାହିଁ ।

ଗାଁ ଲୋକେ ସଚେତନ ହେଲେ ଗାଁ ରେ ପରସ୍ପର ମଧ୍ୟରେ ମିଳିମିଶି ଚଳିବେ। ଆପୋଷ ଆଲୋଚନା ଓ ସଦ୍ଭାବ ରକ୍ଷା କରି ନିଜ ମଧ୍ୟରେ ଥିବା ଛୋଟମୋଟ ବିବାଦ ତୁଟାଇ ପାରିବେ। ମାଲିମକଦ୍ଦମାରେ ସର୍ବସ୍ୱାନ୍ତ

ହେବେ ନାହିଁ। ଅନ୍ୟ କେହି ବାହାର ବ୍ୟକ୍ତି ବିଶେଷଙ୍କ ମିଥ୍ୟା ଏବଂ ଅର୍ଥ ପ୍ରଲୋଭନରେ ନପଡ଼ି ବିବେକାନୁମୋଦିତ ଭାବେ ନିଜର ଗଣତାନ୍ତ୍ରିକ ଅଧିକାରକୁ ସାବ୍ୟସ୍ତ କରି ସାଧୁ, ଯୋଗ୍ୟ ଏବଂ ଉତ୍ତମ ଜନପ୍ରତିନିଧି ନିର୍ବାଚିତ କରିବେ। ନିଶା ସେବନ ଭଳି କ୍ଷତିକାରକ ଅଭ୍ୟାସ ଠାରୁ ଦୂରରେ ରହିବେ। ଗ୍ରାମର କୋମଳମତି ବାଳକ ବାଳିକାମାନଙ୍କ ଉତ୍ତମ ପ୍ରାଥମିକ ଏବଂ ମାଧ୍ୟମିକ ଶିକ୍ଷାର ସୁବ୍ୟବସ୍ଥା ପାଇଁ ଅକୁଣ୍ଠ ସହଯୋଗ ଦେବେ।

ଜନସଚେତନତା ଏବଂ ସହଯୋଗ ଦ୍ୱାରା ହିଁ ବିକାଶର ସ୍ୱପ୍ନ ସାକାର ହୋଇପାରିବ। ଆମ ଗାଁ ହସିଲେ ଆମ ମୂଲକ ଏବଂ ଦେଶ ହସି ଉଠିବ।

ରାତି ପାହି ଆସୁଥିଲା। ବିକାଶକୁ ଟିକେ ଦୁଇ ଆଖି ପୂରାଇ ଭଲକରି ନିରେଖି ଦେଖିବାକୁ ମନ ଆଉଟି ପାଉଟି ହେଉଥିଲା। ସକାଳର ସୁନେଲି ସୂର୍ଯ୍ୟ କିରଣ ପଡ଼ି ଫୁଲ ଗଛ ଗୁଡ଼ିକରେ ବିଭିନ୍ନ ରଙ୍ଗର ଫୁଲସବୁ ପାଖୁଡ଼ା ମେଲିବାକୁ ଯାଉଥିଲେ। ଶୀତଳ, ସୁନ୍ଦର, ସ୍ନିଗ୍ଧ ସୁରଭିରେ ଚଉଦିଗ ମହକି ଉଠୁଥିଲା। ମୁଁ ବିକାଶ ର ସ୍ପର୍ଶ ପାଇବାକୁ ଉତ୍କଣ୍ଠିତ ହୋଇ ନିଜକୁ ସମ୍ପୂର୍ଣ୍ଣ ଭାବେ ପ୍ରସ୍ତୁତ କରୁଥିଲି।

ବିକାଶର ସ୍ୱାଗତ ପାଇଁ ଏକା ମୁଁ ନୁହେଁ ସାରା ଜଗତ ଯେମିତି ଚାତକ ପରି ସତୃଷ୍ଣ ନୟନରେ ଶୂନ୍ୟାକାଶକୁ ଚାହିଁ ରହିଛନ୍ତି।

∎∎∎

କେତକୀ କିଆ

ଆମ ଗାଆଁ ତଳକୁ ପଣସ ଗଡ଼ିଆ। ତାର ଠିକ ଉତ୍ତର ଦିଗକୁ ଲାଗି ଲାଗି ରହିଛି ବରୁଆଁ ପାଟ, ପଶ୍ଚିମ ପଟକୁ କୁଶୁନପୁର ପାଟ। ଜୋରକୂଳ ଆଡ଼କୁ ଥିବା ଚାଷ ଚକଡ଼ାକୁ କହନ୍ତି ପାଟବର। ଗାଆଁକୁ ଲାଗି ଯାଇଥିବା ବରୀ ସଡ଼କ ଦେଇ ଗୋବିନ୍ଦ ମଠ ଗଲାବେଳେ ଠିକ୍ ପାଟବର ପରେ ପରେ ସଡକ କଡ଼ରେ କିଛି ବର୍ଷ ପୂର୍ବେ ଥିଲା ଖାଲି କିଆ ବଣ। ବାଟରେ ଯିବା ଆସିବା କରୁଥିବା ଲୋକଙ୍କୁ କିଆଫୁଲର ବାସ୍ନା ମହମହ ହୋଇ ଖଣ୍ଡେ ଦୂର ପର୍ଯ୍ୟନ୍ତ ବାସି ଉଠୁଥିଲା। ସେହି କେତକୀ କିଆ ଦେଇ ବିଲ ରାସ୍ତାରେ ଗଲେ ପଡ଼େ ମା କୁଞ୍ଜନାହାକାଣୀଙ୍କ ଏକ ଛୋଟିଆ ମନ୍ଦିର। ସେହି ବିଲ ବାଟେ ମୋ ମାମୁଁ ଓ ମାଉସୀ ଘର ଭୁବନପୁର ଓ ରିଷିପୁରକୁ ବାଟ ଖୁବ୍ କମ ଜଣାପଡ଼େ।

ରଜ ଓ କାର୍ତ୍ତିକ ପୂର୍ଣ୍ଣିମାକୁ ପାଖ ଆଖ ଅଞ୍ଚଳର ପ୍ରାୟ ସମସ୍ତେ ଗୋବିନ୍ଦ ମଠକୁ ଠାକୁରଙ୍କୁ ଦର୍ଶନ କରିବାକୁ ଯାଆନ୍ତି। ମୋ ମାମୁଁଙ୍କ ଝିଅ ଶୈଳ ଓ କେତକୀ କିଆ ପାଖରେ ରହୁଥିବା ବାସନ୍ତୀ ଦୁହେଁ ଏକା ସଙ୍ଗେ ପଢ଼ନ୍ତି ଓ ଖୁବ୍ ଭଲ ସାଙ୍ଗ। ଆମେ ଗୋବିନ୍ଦ ମଠକୁ ଗଲେ ପ୍ରାୟ ତାଙ୍କ ଘରକୁ ଯାଉ।

କେତକୀ କିଆର ବାସନ୍ତୀ ପାଖରେ ଅସରନ୍ତି ଗପର ପେଡ଼ି। ତାକୁ ପାଖ ପଡ଼ିଶା ଲୋକେ ଫୁଲଝରି ବି ସ୍ନେହରେ ଡାକିଥାନ୍ତି। ଥରେ ବାସନ୍ତୀ କଥା ଆରମ୍ଭ କରି ଦେଲେ ଖାଲି କିଆ କେତକୀ କାହିଁକି ଯେମିତି ପାଖ ଆଖର ଅଞ୍ଚଳଟିରେ ରଙ୍ଗ ରଙ୍ଗ ଫୁଲ ଫୁଟିଉଠେ। ମୁଁ ଅନେକ ଥର ମୁଗ୍ଧ ଚକିତ ହୋଇ ବାସନ୍ତୀର ଅନର୍ଗଳ ଗପ ଶୁଣିବାର ସୁଯୋଗ ଅବଶ୍ୟ ପାଇଛି। ସେ

କହେ ଠିକ୍ ସନ୍ଧ୍ୟା ପରେ ପରେ କେତକୀ କିଆ ରାସ୍ତାରେ ଲୋକେ ଯିବାକୁ ଭୟ କରନ୍ତି, ବହୁତ ସମୟରେ ଛିନା ଛପଟ କାମ ବି ଚୋର ତସ୍କର ଲୋକ କରିଥାନ୍ତି। ବିଲୁଆମାନଙ୍କ ହୁକେ ହୋ ସ୍ୱରରେ ଚାରିଆଡ଼ କମ୍ପିଉଠେ। ତାକୁ କିନ୍ତୁ ଆଦୌ ଡର ଲାଗେ ନାହିଁ। ସେ ଛୋଟ ଥିଲା ବେଳେ ଏଇ କିଆ ବୁଦା ଭିତରେ ଥିବା ନିର୍ଜନ ସ୍ଥାନରେ ଦୁଇ ଦିନ ଏକା ଏକା ରହିଛି। ତାଙ୍କର ଜଣେ ପଡ଼ିଶା ଦିନେ ରାସ୍ତାରେ ଯାଉଥିବା ଲୋକ ଠାରୁ କିଛି ଜିନିଷ ଚୋରାଇ ନେଇ ଦୌଡ଼ି ପଳାଉ ଥିବା ବେଳେ ସେ ଦେଖି ଜୋରରେ ହୁରି ପକାଇଲା। ଲୋକମାନଙ୍କୁ କହିଦେଲା। ସେ ନାଲି ନାଲି ଆଖି ଦେଖାଇ ବାସନ୍ତୀକୁ ଜୀବନରୁ ମାରି ପକାଇବ କହି ଧମକାଇଲା। ଏଣୁ ତା ଡରରେ ସେ କାହାକୁ କିଛି ନ କହି କିଆ ବଣ ଭିତରକୁ ଲୁଚିବାକୁ ପଳାଇଗଲା।

ସେଇଠି ତା ଆଖି ଲାଗି ଯାଇଥାଏ ତା ମୁଣ୍ଡଟିକୁ କିଏ ଆଉଁସି ଦେଉଥିବାର ଅନୁଭବ କରି ଦେଖେ ତ ଜଣେ ବୁଢୀ ମାତାଜୀ। ସେ ଅଭୟ ଦେଇ ତାକୁ କହିଲେ, ଡରନି ମାଆ। ମୁଁ ଏଇ ଗୋବିନ୍ଦଙ୍କ ଆଶ୍ରିତା। ତୁମ ଘରକୁ ବହୁ ସମୟରେ ଯାଏ। ତତେ ଛୁଆଟି ଦିନରୁ ଦେଖି ଆସୁଛି। ମୁଁ ଏଇଠି ନିରୋଳାରେ ପ୍ରତିଦିନ ଧ୍ୟାନ କରିବାକୁ ଆସେ। ମୋର ଛୋଟ କୁଡିଆଟିଏ ବି ଅଛି। ବାସନ୍ତୀକୁ ତାଙ୍କ ସହିତ କୁଡ଼ିଆ ଭିତରକୁ ନେଇ ସୁନ୍ଦର ସ୍ୱାଦିଷ୍ଟ ପୋଡ଼ପିଠା କିଛି ଖାଇବାକୁ ଦେଲେ।

ମାତା କହିଲେ ମାଆ ମନରୁ ଡର କଥା ପାଶୋରି ଦେ। ସବୁବେଳେ କଣ ଗୋଟିଏ କଥାକୁ ଘାରି ହେବା ଓ ଡର ଭୟ ଯୋଗୁ ହଠାତ ବୁଦ୍ଧିଶୁଦ୍ଧି ହରାଇ କିଛି କରି ବସିବା ଠିକ୍ କଥା। ଦେଖ ଝିଅ, ଆଜି ଆମେ ଏଇ ଯେଉଁ ଜାଗାଟିରେ ବସିଛନ୍ତି, ଦିନ ଆସିବ ଗୋବିନ୍ଦଙ୍କ ଦୟାରୁ ଏଇ ଜାଗାଟିର ରୂପ ବି ବଦଳି ଯିବା।ଦିନେ ଏଇଠି ବି ଗୋବିନ୍ଦ ମଦନମୋହନ ରୂପରେ ବିରାଜମାନ କରିବେ। ଆମ ଗାଆଁର ଦୁଧେଇ ନଈ କୂଳରେ ତ ବଡ଼ ମେଲଣଟିଏ ହୁଏ। ପ୍ରାୟ ବାଉନ ଖଣ୍ଡ ଗାଆଁ ରୁ ଠାକୁର ମାନେ ଦୋଳ ବିମାନରେ ଆସି ତାଙ୍କ ପିଣ୍ଡି ଉପରେ ବସନ୍ତି। ଚାନ୍ଦିନୀ ଉପରେ ଭୋଗ ଲାଗେ। ଲୋକମାନେ ମୁଣ୍ଡରେ ରଙ୍ଗ ବୋଳି ହୋଇ ଭକ୍ତି ବିହ୍ୱଳ ହୋଇ ଉଠନ୍ତି। ଭଜନ କୀର୍ତ୍ତନ ହରିବୋଲ ହୁଳହୁଳିରେ ସ୍ଥାନଟି ଆନନ୍ଦରେ ଉଛୁଳି

ଉଠେ। ମାଆ ତୁ କେଡେ ସଂସ୍କାରି ଘରର ଝିଅ। ତୁ ଭଗବାନ ଗୋବିନ୍ଦଙ୍କ ଅଶେଷ ଲୀଳା କଣ ବୁଝି ପାରିବୁ। ଦେଖ ମାଆ ତାଙ୍କରି ଦୟାରୁ ଏଇ ଆମ ଗାଆଁ ବରୁଆଁ ପାଟରେ ବରୁଆଁ, କୁଶୁନପୁରରେ କୁଶ ଓ ଏଇ ପାଖରେ ଦିଶୁଥିବା ରତନଗିରି ପାହାଡ଼ରେ କେବଳ ଶାଗୁଆନ ଗଛ ହିଁ ଆପଣା ଛାଏଁ ଗଜୁରି ଉଠୁଛି। ମୋ କଥା ମାନି ଏବେ ତୁ ଘରକୁ ଫେରି ଯାଆ। ସେ ଦୁଷ୍ଟ ଚୋରକୁ ପୁଲିସ ଆସି ବାନ୍ଧି ନେଇ ଗଲାଣି। ତୁ ଭଲ ପାଠ ପଢ଼ି ନିଶ୍ଚୟ ବଡ଼ ମଣିଷ ହେବୁ। ସୁଖ ସଂସାରଟିଏ କରିବୁ।

ମାତାଜୀଙ୍କ ସହିତ କଥାବାର୍ତ୍ତାରେ କମିତି ଦୁଇଦିନ ଦୁଇ ରାତି କଟିଗଲା ସେ ଆଦୌ ଜାଣି ପାରିଲାନି। ମାତା ତାର ହାତ ଧରି ଆଣି ରାସ୍ତା ପାଖରେ ଛାଡି ଦେଇଗଲେ। ସେ ଘରକୁ ଆସି ବାପା ମାଆଙ୍କୁ ସବୁକଥା କହିଲା। ଧୀରେଧୀରେ ଏ କଥା କାନକୁ କାନ ପ୍ରଘଟ ହେଲା।

କିଆ ବଣ ସଫା ହେବାରୁ ଗାଆଁ ଲୋକେ ସେଇଠି ପ୍ରଥମେ ଏକ କଣ୍ଢେଇ ମେଲଣ କରୁଥିଲେ। ଏବେ ଏକ ସୁନ୍ଦର ମନ୍ଦିର ଫୁଲ ବଗିଚା ହୋଇ ଜାଗାଟି ଏକ ମନୋରମ ସ୍ଥାନ ପାଲଟି ଗଲାଣି।

ଦୀର୍ଘ ଚାଳିଶ ବର୍ଷ ପରେ ମୁଁ ମୋ ନିଜ ଗାଆଁକୁ ଫେରି ଆସିଛି । ଅବଶ୍ୟ ଏ ଭିତରେ ମୁଁ ଆଉ ବାସନ୍ତୀର କିଛି ଖବର ରଖି ନାହିଁ। ସୁଖରେ ଥିବ ନିଶ୍ଚୟ। ସବୁ କିଛି ନୂଆ ନୂଆ ଲାଗୁଛି। ଏଇ କାର୍ତ୍ତିକ ପୂର୍ଣ୍ଣିମାକୁ ମୁଁ ନିଶ୍ଚୟ ଗୋବିନ୍ଦଙ୍କୁ ଯାଇ ଦର୍ଶନ କରିବି। ମାତାଜୀ ଓ ବାସନ୍ତୀଙ୍କ ସ୍ମୃତିକୁ ଉଜ୍ଜୀବିତ କରି ରଖିବା ପାଇଁ ନିର୍ମିତ ହୋଇଥିବା ମଦନ ମୋହନଙ୍କ ନିକଟରେ କିଆକେତକୀ ଫୁଲ ଚଢ଼ାଇ ନିଜକୁ ଅପାର ଭାଗ୍ୟଶାଳୀ ମନେକରିବି।

■■■

ଭସାମେଘ

ଘରୁ ଆସିବା ଏକମାସ ହେଲାଣି, କେବେ କେମିତି ଖୁବ୍ କମ ଲୋକଙ୍କ ପାଖରୁ ଫୋନ ଆସେ। ନାତୁଣୀ ଆର୍ଯ୍ୟାର ସ୍କୁଲ ପୂଜା ପାଇଁ ଗତକାଲି ଠାରୁ ଛୁଟି ହୋଇ ଯାଇଛି। ଆଜି ଘରେ ସମସ୍ତେ ଟିକେ ଡେରି ଯାଏ ଶୋଇଛନ୍ତି, ବିଛଣାରୁ ଉଠି ନାହାନ୍ତି। ଏମିତି ତ ବାଙ୍ଗାଲୋର ସହରର ଜଳବାୟୁରେ ଏବେଠାରୁ ବି ସକାଳ ଆଠଟା ଯାଏ ଟିକେ ଟିକେ ଶୀତୁଆ ଲାଗି ବସିଲାଣି ।

ହଠାତ ଫୋନ ରିଂ ହେଲା। ସି ବ୍ଲକରୁ ସେଠିବାବୁ ପଚାରୁଥିଲେ- କଣ ବିଶ୍ୱାଳବାବୁ କହୁଛନ୍ତି। ବାଙ୍ଗାଲୋରରେ ଅଛନ୍ତି କି ଗାଆଁକୁ ଗଲେଣି?

ଜଣେ ପୂର୍ବ ପରିଚିତ ବନ୍ଧୁଙ୍କ ସହିତ ବହୁଦିନ ପରେ ଆଳାପ ପାଇଁ ସୁଯୋଗ ମିଳିଥିବାରୁ ଖୁସି ଲାଗିଲା। ଉତ୍ତର ଦେଲି- ନା ଭାଇ ଗାଁ ଯିବା ଆହୁରି ଦୁଇମାସ ଡେରି ହୋଇପାରେ। ଝିଅର ଦେହ ସମ୍ପୂର୍ଣ୍ଣ ଆରୋଗ୍ୟ ହୋଇ ନାହିଁ।

"ଘରେ ବସି କଣ କରୁଛନ୍ତି, ତଳ ଆଡ଼େ ଆସନ୍ତୁ, ଟିକେ ବୁଲାବୁଲି କଲେ ଭଲ ଲାଗିବ।"

ସେଠିବାବୁଙ୍କ ଅନୁରୋଧ ଏଡ଼ାଇ ନ ପାରି ମୁଁ ଶୀଘ୍ର ଶୀଘ୍ର ଚା ଟିକେ ପିଇ ବାହାରି ପଡ଼ିଲି। ନ' ମହଲା ଆପାର୍ଟମେଣ୍ଟିର ପଛ ଆଡକୁ ଭଲ ସକାଳର କଅଁଳିଆ ଖରା ପଡୁଥାଏ। ଖଣ୍ଡ ଖଣ୍ଡ ଧଳା ମେଘ ମଝିରେ

ମଝିରେ ସୂର୍ଯ୍ୟଙ୍କୁ ଢାଙ୍କି ପକାଇଲେ ଛାଇ ହେଉଥାଏ ତ ଟିକେ ପରେ ଖରା। ଦୁଇ ବନ୍ଧୁ ଖରାଛାଇରେ କିଛି ସମୟ ପଦଚାଳନା କରି ସୁଖଦୁଃଖ ହେଲାପରେ ହାଲିଆ ଲାଗିଲା। ଉଭୟଙ୍କର ବୟସ ପଞ୍ଚଷଠି ଡେଇଁ ଗଲାଣି, ମଧୁମେହ ରୋଗ ଯୋଗୁ ଶରୀର ଦୁର୍ବଳ।

ତା ସହିତ ସେଠିବାବୁ ଏଇ କିଛିଦିନ ତଳେ ଡେଙ୍ଗୁରେ ମଧ୍ୟ ଆକ୍ରାନ୍ତ ହୋଇଥିଲେ ଦେହରୁ ରକ୍ତକଣିକା କମିଯିବା କାରଣରୁ ସେ ଶୀଘ୍ର କ୍ଲାନ୍ତ ହୋଇ ପଡୁଥାନ୍ତି। ଫେରିବା ବେଳକୁ ସେ ଖୁବ୍ ବାଧ୍ୟ କଲେ। କହିଲେ-ଝିଅ ଡଲି ବାର ବାର ମୋତେ କହିଛି, ଆସିବା ବେଳେ ଅଙ୍କଲଙ୍କୁ ଆମ ଘରକୁ ଡାକି ଆଣିବ।

ମୁଁ ଡଲିର ନାଆଁ ଶୁଣି ଆଉ ମନା କରି ପାରିଲିନି। ଖୁବ୍ ସୁନ୍ଦର ସ୍ୱଭାବର ଝିଅଟି ଡଲି। ଗୋଟିଏ ବଡ଼ ଏମଏନସିରେ ଏବେ ମ୍ୟାନେଜର ଅଛି। ଭଲ ରୋଜଗାର ଅଛି। ଏଠି ନିଜର ଫ୍ଲାଟ ସହିତ ଗାଡ଼ି ବି ରଖିଛି,କୌଣସି କଥାରେ ଅଭାବ ନାହିଁ। ବିବାହ ବୟସ ଅତିକ୍ରାନ୍ତ ହୋଇଗଲାଣି। ଅବିବାହିତ ରହିବା ନିଷ୍ପତ୍ତି ନେଇ ପ୍ରାୟ ଚାରି ବର୍ଷ ତଳେ ଗୋଟିଏ ଶିଶୁକନ୍ୟାକୁ ପୋଷ୍ୟା ସନ୍ତତି ଭାବେ ଗ୍ରହଣ କରିଛି। ଗଲା ଆସିବା ବେଳେ ଯେବେ ଦେଖାହେଲେ ବି ନମସ୍କାର ଜଣାଇ ଅତି ଅମାୟିକ ଭାବେ ଦୁଇପଦ କଥା ହୋଇଥାଏ।

ମନେପଡ଼େ। ଦୁଇବର୍ଷ ତଳେ ତାଙ୍କ ଘରେ ଏକ ସୁନ୍ଦର ଭଜନ ସନ୍ଧ୍ୟାକୁ ଆମେ ଯାଇଥିଲୁ। ତାଙ୍କ ସପରିବାର ବାବା ଅନୁକୂଳ ଚନ୍ଦ୍ରଙ୍କ ଅନୁଗାମୀ। ଖୁବ୍ ଯତ୍ନର ସହିତ ନିମନ୍ତ୍ରିତ ଅତିଥି ମାନଙ୍କୁ ଖୁଆଇ ଭଲଭାବେ ଆପ୍ୟାୟିତ କରିଥିଲେ ଡଲି ଏବଂ ତା ବାପା ମାଆ। ସମସ୍ତଙ୍କୁ ଆପଣାର କରିନେବା ଭଳି ଗଭୀର ଆତ୍ମିକ ଭାବନା ଫୁଟିଉଠେ ତାଙ୍କ ମୁଖ ମଣ୍ଡଳରେ।

ଏମିତି ଘରେ ଦେଖିବା କ୍ଷଣି ଡଲି ପଚାରିଲା-ମଉସା ଆପଣ ତ ବିନା ଚିନି ଚାହା ପିଉଥିବେ। ବାପାଙ୍କ ପରି ସୁଗାର ଫ୍ରି ସହିତ ଚା ଚଳିବ କି?

ନା, ଝିଅ। ମୋର ଆଦୌ ଚାହା ଦରକାର ନାହିଁ। ମୁଁ ଏବେ ହିଁ ଘରୁ ଚାହା ପିଇ ଆସିଛି।

ମନା କଲେ ବି ଥାଳିରେ ଚାହା ବିସ୍କୁଟ ଧରି ଡଲି ବହୁତ ବାଧ୍ୟ କଲାରୁ ଆଉ ନାହିଁ କରିହେଲା ନାହିଁ। କଥା ପ୍ରସଙ୍ଗରେ ସେଠିବାବୁ କହୁଥିଲେ-ରାଉରକେଲା କୋଏଲ ନଗରରେ ଥିବା ତାଙ୍କ ଘରେ ଥିଲେ ସେ ଅପେକ୍ଷାକୃତ ଭାବେ ଅଧିକ ସ୍ୱଚ୍ଛନ୍ଦ ଅନୁଭବ କରନ୍ତି। ଛକରେ ଥିବା ହନୁମାନ ମନ୍ଦିର ପ୍ରାଙ୍ଗଣରେ ତାଙ୍କର କିଛି ବୟସ୍କ ବନ୍ଧୁଙ୍କ ସହିତ ନିଇତି ଭେଟଘାଟ ହୁଏ।

ସୁଖଦୁଃଖ ଆଲୋଚନା ଭିତରେ କେମିତି ସମୟ କଟିଯାଏ ଜଣା ପଡ଼େନା।

ରଥବାବୁ ଓ ପତିବାବୁ ଦୁଇଜଣଙ୍କ ମଧ୍ୟରେ ଖୁବ୍ ଘନିଷ୍ଠତା। ରଥବାବୁ ତାଙ୍କ ଘରୁ ବାହାରି କିଛିବାଟ ଆସିଲେ ପଡ଼େ ପତିବାବୁଙ୍କ ଘର। ଦୁହେଁ ସବୁଦିନ ଯୋଡ଼ି ହୋଇ ହସଖୁସିରେ ଆସୁଥିବା ଦେଖିଲେ ସମସ୍ତଙ୍କୁ ଭାରି ଖୁସି ଲାଗେ।

ସେଠିବାବୁ କହୁଥିଲେ-ଦିନେ ରଥବାବୁ ମନଟି ଝାଉଁଳାଇ ଏକା ଏକା ଆସିବା ଦେଖି ବନ୍ଧୁମାନେ କଥା କଣ ବୋଲି ପଚାରିଲେ। ରଥବାବୁ ନାହିଁ- ମୋତେ କହିବେନି ବୋଲି ଜିଦି କରୁଥାନ୍ତି। ସମସ୍ତେ ବୁଝାସୁଝା କରିବାରୁ ସେ କହିଲେ-ଆଜି ପତିବାବୁଙ୍କ ଗେଟ ଖୋଲି ଭିତରକୁ ପଶିବାକୁ ଯାଉଛନ୍ତି ତ ଘର ଭିତରୁ ତାଙ୍କ ବୋହୂ ବଡ଼ ପାଟିରେ କହୁଥିବା ଶୁଣାଗଲା- ବୁଢ଼ାମାନଙ୍କର ଆଉ ତ କାମ କିଛି ନାହିଁ, ବସି ବସି ଗପି ଗପି ସମୟ କଟୁଛି। ତା ସାଙ୍ଗକୁ ପୁଣି ସାଙ୍ଗ ଦୋସ୍ତିଙ୍କ ପାଇଁ ଚାହା ବନେଇ ବନେଇ ମଣିଷ ହାଲିଆ ।କାମ ସରିଲେ ତ ଜଳଖିଆ ବନାଯିବ।

ଏଇ କେଇପଦ କାନରେ ପଡ଼ିବା କ୍ଷଣି ସେ ଆଉ ଭିତରକୁ ନ ପଶି ବାହାରୁ ବାହାରୁ ପଳାଇ ଆସିଲେ-ରଥବାବୁ ଏକ ନିଶ୍ୱାସରେ କହିଗଲେ। ତା ପରେ ସମସ୍ତଙ୍କୁ ବାରବାର କରି କହିଲେ-ଏକଥା ପତିବାବୁଙ୍କ କାନରେ ଯେମିତି ନ ପଡ଼େ।

କାରଣ ପଚାରିବାରୁ କହିଲେ-ସେ ବିଚରା ଘରେ ଏକୁଟିଆ। ତାଙ୍କର ସ୍ତ୍ରୀ

ଆରପାରିକୁ ଗଲେଣି। ଏ କଥା ଶୁଣି ତାଙ୍କ ବୋହୂକୁ କିଛି ପଚରା ଉଚରା କଲେ ବିଚରା ବୁଢ଼ା ମଣିଷଟି ଅଧିକ ହଇରାଣ ହରକତ ହେବ। ମୋର ତ ହେଲେ ଘରେ ସ୍ତ୍ରୀ ବଞ୍ଚିଛନ୍ତି। ମୁଁ ତାଙ୍କ ଘରେ ଚାହା ନ ପିଇଲେ କଣ ମରିଯିବି?

ଏଇ ଘଟଣା ପରେ ଦୁଇ ବନ୍ଧୁଙ୍କ ଭିତରେ ଆଦୌ କଥାବାର୍ତ୍ତା ବି ହେବା ଦେଖା ଗଲାନି। ମୁହଁକୁ ଫୁଲେଇ ଦୁଇ ଜଣ ଦୁଇ ହାତ ଛଡ଼ାରେ ବସିଥିବେ।

ଦିନେ ଆଉ କେହି ବନ୍ଧୁ ଆସି ପହଞ୍ଚି ନ ଥାନ୍ତି। ନିଜେ ସେଠିବାବୁ ଏକା ଥିଲେ। କିଛି ସମୟ ପରେ ପତିବାବୁ ଆସି ପହଞ୍ଚିଲେ। କଥା ପ୍ରସଙ୍ଗରେ ରଥବାବୁ କଥାଟି ପଚାରି ଦେବାରୁ ପତିବାବୁ କହିଲେ-ଭାଇ,ରଥବାବୁ ଭାରି ସୁବିଧାବାଦୀ। ଆଗ ବନ୍ଧୁ ମାନଙ୍କ ପ୍ରତି ତାଙ୍କର ମନରେ ଯେଉଁ ସରାଗ ଥିଲା, ଏବେ ଆଉ ନାହିଁ। ତାଙ୍କର ପୁଅ ଝିଅ ଭଲ ଚାକିରି କଲେ, ଆଉ ପଚାରିବେ ବା କାହିଁକି?

ମୁଁ ତାଙ୍କୁ ଏମିତି ଭାବିବାର କଣ କାରଣ ପଚାରିବାରୁ ସେ କହିଲେ- ଭାଇ ମୋର ପୁଅ ଓ ବୋହୂ ଉଭୟ ଏ କଥା ଲକ୍ଷ୍ୟ କରି ମୋତେ ଦିନେ କହିଲେ। ମୁଁ ମଧ ପରୀକ୍ଷା କରି ଦେଖିଲି ପ୍ରକୃତ ସତ କଥା।

ସେଠିବାବୁ କହୁଥିଲେ-ପତିବାବୁଙ୍କ ଏ କଥାଶୁଣି ତାଙ୍କ ଧୈର୍ଯ୍ୟ ରହି ନଥିଲା। ସେ ସବୁ କଥା ଖୋଲି କହିଦେଲେ। ଅନ୍ୟ ବନ୍ଧୁମାନେ ବି ପହଞ୍ଚି ସାରିଥିଲେ। ତାଙ୍କ ଠାରୁ ବି ପତିବାବୁ ଶୁଣି ସତ୍ୟ କଣ ବୁଝିଗଲେ।

ରଥବାବୁ ଆସିଗଲାରୁ ପତିବାବୁ ତାଙ୍କୁ କୁଣ୍ଢାଇ ପକାଇ ଭୋ ଭୋ ହୋଇ କାନ୍ଦି ପକାଇଥିଲେ। ସମସ୍ତଙ୍କ ଆଖିକୋଣରେ ଲୁହ ଜକାଇ ଆସିଥିଲା। ସନ୍ଦେହର ଭସାବାଦଲ ଅପସରି ଯିବାପରେ ଦୁଇ ବନ୍ଧୁଙ୍କ ମୁହଁ ଆଲୋକରେ ପୁଣି ଉଜ୍ଜଳ ଦିଶୁଥିଲା। କୃଷ୍ଣ ଆଉ ସୁଦାମାଙ୍କ ଭିତରେ ଥିବା ବନ୍ଧୁତ୍ୱ ନିବିଡ଼ତାକୁ ଆମ ଆଖି ତ ଦେଖି ନଥିଲା, ମାତ୍ର ସେଦିନ ଦୁଇ ବନ୍ଧୁଙ୍କ ଅନ୍ତରଙ୍ଗତା ଦେଖି ମନ ଦ୍ରବୀଭୂତ ହୋଇ ଯାଇଥିଲା।

ପ୍ରିୟବନ୍ଧୁ ଭାଗବତ ସେଠିଙ୍କ ଅଙ୍ଗେ ନିଭା ଏହି ନିଛକ ଜୀବନ କାହାଣୀଟି ଶୁଣି ମୁଁ ଖୁବ୍ ପ୍ରଭାବିତ ।

ମୋର ଆଉ କିଛିଦିନ ରହଣୀ ଭିତରେ ହୁଏତ ଶୀତ ଅନୁଭୂତ ହୋଇ ଆସିଥିବା ସକାଳର ଖରାଛାଇ ମଧ୍ୟରେ ବୁଲୁବୁଲୁ ଏମିତି କିଛି ନୂତନତ୍ୱର ସନ୍ଧାନ ନିଶ୍ଚୟ ମିଳି ପାରିବ ବୋଲି ମୁଁ ଗଭୀର ଆଶାବାଦୀ ।

■■■

ବାଜୁଛି ବାଇଦ

"ଏ ଆକାଶ! ସତରେ ତୁମେ ଏମିତି ବଦଳିଯିବ ବୋଲି ମୁଁ କେବେବି ଆଶା କରି ନ ଥିଲି। ମୋ ଗର୍ଭରେ ପରା ବଢୁଛି ଆମ ସନ୍ତାନ। ତୁମେ ଧୋକାବାଜ ସାଜି, କେମିତି ଫାଙ୍କି ଦେଉଛ ଏସବୁ। ତୁମେ ସେଦିନ କହିଥିଲ ନା, ଆମ ଏ ସମ୍ପର୍କ ଦିନକର ମାସକର ନୁହଁ,ବରଂ ଯୁଗ ଯୁଗର।" ହେଲେ.....। ହଠାତ୍ ବର୍ଷାର ନିଦ ଭାଙ୍ଗିଗଲା।

ତା ଦେହ ଗୋଟାପଣେ ବରଡ଼ାପତ୍ର ପରି ଥରୁଥାଏ।

ଆକାଶ ସତକୁ ସତ ଏବେ ଖାପଛଡ଼ା ଦେଇ ଆଦୌ ଦେଖା ଦର୍ଶନ ଦେଉନାହାନ୍ତି। କଲିକତାରେ ବାପାଙ୍କ ଦେହ ଖରାପ ଅଛି କହି ଗଲେ ଯେ ଦୁଇମାସ ହେଲାଣି ଆସିବା ନା ଧରୁନାହାନ୍ତି। ଫୋନ କଲେ ବି ପଦେ ଅଧେ ୟାଡୁ ସିଆଡୁ କହି କାଟି ଦଉଛନ୍ତି।

ବର୍ଷା ଏବେ କରିବ କଣ? ତାର ଏ ଅସୁବିଧା କଥା କହିବ ବା କାହାକୁ?

ତା ବାପା ଭାରି କଡ଼ା ଲୋକ। ମୁଣ୍ଡ କଟିଯିବ ପଛେ ତଳକୁ କରିବେନି। ବଡ଼ବାପା କକେଇ ମିଶି ଚାରିଜଣ, ସମସ୍ତେ ଏକକୁ ଆରେକ। ସାହି ପଡ଼ିଶା ଲୋକଙ୍କ ମୁହଁରେ ନିନ୍ଦାବାଜଣା ଶୁଣି ତା ବାପା କଣ ଧୈର୍ଯ୍ୟ ଧରି ରହିପାରିବେ।

ଏମିତି କେତେସବୁ ଚିନ୍ତା ବର୍ଷାର ମୁଣ୍ଡରେ ଶହଶହ ବିଛା କାମୁଡ଼ିବାର ଯନ୍ତ୍ରଣାରେ ଅତିଷ୍ଠ କରି ପକାଉଥାନ୍ତି।

ବର୍ଷାକୁ ଏବେ ମାତ୍ର ଅଠର ବର୍ଷ ବୟସ। ଏମିତି ଆକାଶ ସହିତ ଏହି ଦୁଇବର୍ଷ ହେଲା ପରିଚୟ। ବାପାଙ୍କୁ ଲୁଚି ଆକାଶ ବର୍ଷାଙ୍କ ମଫସଲକୁ ମଝିରେ ମଝିରେ ପଳାଇ ଆସୁଥିଲେ। ବର୍ଷାର ବୋଉ ଟିକେ ଶ୍ରଦ୍ଧାଳୁ ପ୍ରକୃତିର। ଆକାଶକୁ ଘରେ ଭଲମନ୍ଦ ହେଲେ ଡାକି ଖାଇବାକୁ ଦିଅନ୍ତି। ଏମିତି କେତେବେଳେ ଆକାଶ ସହିତ ବର୍ଷାର ବଢ଼ିଗଲା ସମ୍ପର୍କ ସେ ଆଦୌ ଜାଣିପାରିଲା ନାହିଁ।

କଲିକତାରୁ ଆସିବାବେଳେ ଆକାଶ ବର୍ଷା ପାଇଁ ଭଲଭଲ ମନୋହରୀ ଜିନିଷ ସବୁ ଆଣି ଦେଉଥିଲେ, ବର୍ଷା ସହିତ ଏକାଠି ମିଶି ହସଖୁସିରେ ବସାଉଠା କରୁଥିଲେ।

ଦିନେ ବର୍ଷାର ବାପା ମାଆ କିଛି ଦୂରରେ ଥିବା ତା ମାମୁଁଙ୍କ ଘରକୁ ଯାଇଥିଲେ। ବର୍ଷା ଏକୁଟିଆ ଘରେ ଥାଏ। ଆକାଶ ବଜାରରୁ କିଛି ମିଠା ଧରି ଆସି ପହଞ୍ଚିଗଲେ। ବର୍ଷା ବି ଅତି ଘନିଷ୍ଠ ସମ୍ପର୍କ ଦୃଷ୍ଟିରୁ ମନାକରି ପାରିଲାନି।

ଦୁହେଁ ମିଶି ଖାଇ ଖଟ ଉପରେ ବସି ଲୁଡୁ ଖେଳରେ ମାତିଯାଇଥାନ୍ତି।

ହଠାତ ହସକୌତୁକ ଭିତରେ ଯାହାସବୁ ତା ସହିତ ଘଟିଗଲା, ତାର ଆଗତ ଭବିଷ୍ୟ ଯେ ଏତେ ଦୁଃଖ ଦାୟକ ହେବ ତା ସେ କେବେ କଳ୍ପନା କରି ନଥିଲା।

ପାପ ତ କେବେ ଲୁଚି ରହେନା। ଦିନ ଗଡ଼ିଲାରୁ ବର୍ଷା ଆଉ ତା ମା' ପାଖରେ କଥାକୁ ଲୁଚାଇ ପାରିଲାନି। ତା ମାଆ ଏ କଥା ଶୁଣି ମୁଣ୍ଡରେ ହାତ ଦେଇ ବସିଲା।

କଣ କରିବ କିଛି ଭାବି ପାରୁ ନଥାଏ। ଦିନେ କାମରୁ ଆସିବା ପରେ ବର୍ଷାର ମା' ତା ବାପାଙ୍କୁ ଏ କଥା ଅତି ସନ୍ତର୍ପଣରେ କହି କିଛି ଉପାୟ କରିବାକୁ ମୁହଁ ଖୋଲି କହିଲା।

କିନ୍ତୁ ଘଟଣା ଆହୁରି ଜଟିଳ ହୋଇଗଲା। କଥାଟି ଶୁଣି ବର୍ଷାର ବାପା ପାଗଳ ପରି ଜୋରରେ ଚିଲାଇ ବର୍ଷାକୁ ଜୀବନରେ ମାରି ପକାଇବାକୁ ଗୋଡ଼ାଇଲେ। ତାର ବଡ଼ବାପା,ଦାଦା ଖୁଡ଼ି ଜମା ହୋଇଗଲେ। କଥା ପ୍ରଘଟ ହୋଇ ଦାଣ୍ଡରେ ଘାଟରେ ଗଡ଼ଗଡ଼ ହେଲା। ଯିଏ ଶୁଣିଲା ଛି ଛାକର କଲା। ଘରେ ଚୂଲି ଜଳିଲା ନାହିଁ। କାନ୍ଦ ବୋବାଳି ପଡ଼ିଗଲା।

ବର୍ଷାର ମା ଗାଁ ଗହଳ ସ୍ତ୍ରୀ ଲୋକଟିଏ ହେଲେ ବି ସାହସ ହରାଇଲେ ନାହିଁ। ଝିଅକୁ ଧରି ସିଧା ତାଙ୍କ ନିଜ ଗାଁ କୁ ପଳାଇଲେ। ସେଠି କାହାକୁ କିଛି ନକହି ଆକାଶକୁ ଫୋନ କରି ଡକାଇଲେ। ଗାଁ ଠାରୁ କିଛି ଦୂରରେ ଥିବା ଓଳାଭର ବଜାରରେ ସେତେବେଳେ ପ୍ରସିଦ୍ଧ କାଳୀପୂଜା ଚାଲିଥାଏ। ସେଇଠାରେ ଆକାଶକୁ ଅପେକ୍ଷା କରିବାକୁ କହି ଝିଅ ବର୍ଷାକୁ ନେଇ ପହଞ୍ଚିଗଲେ। ସିଧା ଦୁଇଜଣଙ୍କୁ ନେଇ ମାଆ କାଳୀଙ୍କ ଆଗରେ ଫୁଲମାଳ ବଦଳ କରାଇ ବାହା କରାଇଦେଲେ। ଫୋନରେ ଆକାଶର ବାପା ମାଆକୁ ସବୁକଥା କାନ୍ଦିବୋବାଇ କହି ଦୁଇ ଜଣଙ୍କୁ ସେହି ଠାରୁ କଲିକତା ପଠାଇଦେଲେ ।

ବର୍ଷାର ବାପା ପରିବାର ଲୋକେ କଥା ଜାଣିଲାରୁ ବର୍ଷାର ମାଆକୁ ବି ଜୀବନରେ ମାରି ଦେବାକୁ ଜଗି ରହିଥିଲେ। ବର୍ଷାର ମା ବହୁ ନିନ୍ଦା ସହି ବାପଘର ଗାଁରେ ଅତି ଅସହାୟ ଅବସ୍ଥାରେ ଚଳୁ ଥାଆନ୍ତି। ବାହାର ଲୋକଙ୍କ କଥା ଛାଡ଼, ତାଙ୍କ ନିଜର ଭାଉଜ ମଧ୍ୟ ତାଙ୍କୁ ବହୁତ ଗଞ୍ଜଣା ଦେଉ ଥାଆନ୍ତି। ବିଚରା ଭାଗ୍ୟକୁ ଆଦରି ଦେହକୁ ପଥର କରି ସେ ପଡ଼ି ରହିଥାନ୍ତି।

ଏମିତି ଚାରିମାସ କଟିଗଲା । ବର୍ଷା ଓ ଆକାଶ ଖୁବ୍ ଭଲରେ ରହିଥିବା ଶୁଣି ବର୍ଷାର ବାପାଙ୍କ ମନ ବି ଧୀରେ ଧୀରେ ପରିବର୍ତ୍ତନ ହେଲା। ସେ ଆସି ବର୍ଷାର ମା କୁ ଘରକୁ ଡାକି ନେଲେ। କଥାରେ ଅଛି-ସଂସାର ଭିତରେ ଘର କରିଥିଲେ ପଥର ପଡ଼ିଲେ ସହି। କାନ୍ଧରେ ପଡ଼ିଲେ ଲୋକ ବଜେଇ ଶିଖେ। ଭୁଲ ଭଟକାକୁ ସୁଧାରି ଆଗକୁ ବଢ଼ିବାର ନାମ ହିଁ ଜୀବନ। କ୍ଷଣିକ ଉତ୍ତେଜନାର ବଶବର୍ତ୍ତୀ ହୋଇ କିଛି ଚରମ ନିଷ୍ପତ୍ତି ନେଲେ ନିଜର ଧନ ଜୀବନ ସିନା ବିପନ୍ନ ହୁଏ, ହେଲେ କାହାର କିଛି ମଙ୍ଗଳ ହୁଏ ନାହିଁ। ବର୍ଷା

ବୋଉର ଏହି ଅସାଧାରଣ ଧୈର୍ଯ୍ୟ ଶକ୍ତି ଯୋଗୁ ଏବେ ଲୋକ ମୁଖରେ ତାଙ୍କର ବହୁତ ଚର୍ଚ୍ଚା।

ଗତ ପଞ୍ଚାୟତ ସମିତି ନିର୍ବାଚନ ଜିଣି ସେ ପଞ୍ଚାୟତ ସମିତି ସଦସ୍ୟ ହୋଇଥିବା ଶୁଣି ମୋତେ ବହୁତ ଖୁସି ଲାଗିଲା, ମୁଁ ସେ ନିର୍ବାଚନ ଜିଣିବା ଦିନ ସବୁ ବିଷୟ ଶୁଣି ନିଜକୁ ନିୟନ୍ତ୍ରଣ କରି ପାରି ନଥିଲି। ଢୋଲ ନିଶାନର ବାଇଦ ବାଜୁଥାଏ। ମୋଟା ଗେଣ୍ଡୁଫୁଲର ଗଜରା ବେକରେ ପକାଇ ବର୍ଷାବୋଉ ହସିହସି ରାସ୍ତା ଦୁଇ ପଟରେ ଭିଡ ଜମାଇଥିବା ଲୋକମାନଙ୍କୁ ଅଭିବାଦନ ଜଣାଉଥାଆନ୍ତି।

ମୁଁ ଏ ଦୃଶ୍ୟକୁ ନିଜ ଆଖିରେ ଦେଖି ଅପୂର୍ବ ରୋମାଞ୍ଚରେ ପୁଲକିତ ହୋଇ ଅତି ନିକଟରୁ ତାଙ୍କୁ ବଧାଇ ଜଣାଇ ଏବେ ଏବେ ଫେରୁଛି।

■■■

ସଫଳତାର ଚାବିକାଠି

ଆମ ଦେଶ ଭାରତର କର୍ଣ୍ଣାଟକ ପ୍ରଦେଶରେ ସେଠ ଧନପାଳଙ୍କୁ ଯେତେ ଲୋକ ନ ଜାଣନ୍ତି ତାଙ୍କ ବ୍ୟବସାୟ ପ୍ରତିଷ୍ଠାନ "ଆଶୀର୍ବାଦ" ଓ ତାଙ୍କର ପ୍ରତିଟି ଉତ୍ପାଦ ପ୍ରାୟତଃ ଘରେ ଘରେ ପରିଚିତ ଅଟେ। ଶୁଣିବାକୁ ମିଳେ ଧନପାଳଙ୍କ ପିତା ଧର୍ମପାଳ ଏତେ ଧନଦୌଲତର ଅଧିକାରୀ ନଥିଲେ। ତାଙ୍କ ମୃତ୍ୟୁ ସନ୍ନିକଟ ହୋଇ ଆସିବାରୁ ନିଜର ଏକମାତ୍ର ପୁତ୍ରକୁ ପାଖକୁ ଡକାଇ କହିଲେ - ପୁଅ,ମୋ ପାଖରେ ତ ବିଶେଷ କିଛି ଚଳ ଅଚଳ ସମ୍ପତ୍ତି ନାହିଁ କି ମୁଁ ତୋତେ ଦେଇ ବଡ଼ଲୋକ କରିଦେଇ ପାରିବି। କିନ୍ତୁ ମୋ ଜୀବନ ସାରା ସର୍ବଦା ସତ୍ୟ ପଥ ଅନୁସରଣ କରି ନିଷ୍ଠାର ସହିତ ନିଜ କର୍ତ୍ତବ୍ୟ କରିଛି, ଜଣେ ଭଲ ମଣିଷ ହୋଇ ବଞ୍ଚିବାକୁ ପ୍ରୟାସ କରିଛି। ମୁଁ ତୋତେ ଆଶୀର୍ବାଦ ଦେଉଛି ତୁ ଜୀବନରେ ଖୁସି ଓ ଆନନ୍ଦ ସହିତ ବଞ୍ଚି ଆଗକୁ ଯିବୁ, ତୋ ହାତ ବାଜିଲେ ମାଟି ବି ସୁନା ପାଲଟି ଯିବ।

ଧନପାଳ ମୁଣ୍ଡରେ ପିତାଙ୍କ ପାଦଧୂଳି ମାରି ପ୍ରଣାମ ଜଣାଇଲା। ଧର୍ମପାଳ ପୁଅ ମୁଣ୍ଡକୁ ସ୍ନେହରେ ଆଉଁସି ଦେଇ ଆତ୍ମସନ୍ତୋଷର ସହିତ ଦେହତ୍ୟାଗ କଲେ।

ପିତାଙ୍କ ଅନ୍ତେ ପୁଅ ଧନପାଳଙ୍କ ଉପରେ ପରିବାରର ଦାୟିତ୍ୱ ପଡ଼ିଲା। ସେ ପ୍ରଥମେ ଏକ ଛୋଟ ଠେଲାଗାଡ଼ିରେ କିଛି ମନୋହରୀ ଜିନିଷ ବିକାବଟା କରିବା ଆରମ୍ଭ କଲେ। ଧୀରେ ଧୀରେ ବ୍ୟାପାର ବଢ଼ି ଚାଲିଲା। ସେ ଗୋଟିଏ ଛୋଟ ଦୋକାନ ଘରେ ବସି ବ୍ୟବସାୟ କଲେ। ତାଙ୍କ ଉତ୍ତମ ବ୍ୟବହାର ଓ ସାମଗ୍ରୀ ଉପରେ ଲୋକ ମାନଙ୍କ ବିଶ୍ୱାସ ବଢ଼ି ଚାଲିଲା।

ଦିନ କେଇଟା ମଧ୍ୟରେ ସେ ସହରର ଜଣେ ଖ୍ୟାତି ସମ୍ପନ୍ନ ବ୍ୟବସାୟୀ ରୂପେ ପରିଚିତ ହୋଇପାରିଲେ। ଯେହେତୁ ଜୀବନରେ ଖୁବ୍ ଦୁଃଖକଷ୍ଟ ସହି ତଳ ସ୍ତରରୁ ଉପରକୁ ଉଠିଥିଲେ, ସେ ଯେ କୌଣସି ପରିସ୍ଥିତିରେ ବି ନିଜ ଧୈର୍ଯ୍ୟ ଓ ସାହସ ହରାଉ ନଥିଲେ। ସର୍ବୋପରି ନିଜ ସ୍ୱର୍ଗୀୟ ପିତାଙ୍କ ଆଶୀର୍ବାଦକୁ ପାଥେୟ କରି ତାଙ୍କ ପ୍ରତ୍ୟେକ ଦିନଚର୍ଯ୍ୟା ଆରମ୍ଭ କରୁଥିଲେ। ଦୋକାନର ନାମ "ଆଶୀର୍ବାଦ"ରଖି ତାଙ୍କ ସ୍ୱର୍ଗୀୟ ପିତାଙ୍କ ଏକ ବଡ଼ ତୈଳଚିତ୍ରକୁ ସମ୍ମୁଖରେ ରଖି ହାତଯୋଡ଼ି ପ୍ରଣିପାତ କରୁଥିଲେ। ଯୋଗକୁ ପ୍ରତିକାର୍ଯ୍ୟରେ ତାଙ୍କୁ ନିଶ୍ଚୟ ସଫଳତା ମିଳୁଥିଲା ଓ ବ୍ୟବସାୟରୁ ପ୍ରଚୁର ଲାଭ ମଧ୍ୟ ମିଳୁଥିଲା।

ଦିନେ ଜଣେ ବନ୍ଧୁଙ୍କ ସହିତ କଥୋପକଥନ ସମୟରେ ସେ ତାଙ୍କ ସଫଳତାର ଶ୍ରେୟ ପିତାଙ୍କ ଆଶୀର୍ବାଦ ବୋଲି ଉଲ୍ଲେଖ କରିବାରୁ ବନ୍ଧୁ ସନ୍ଦେହ ଚକ୍ଷୁରେ ଅନାଇ କହିଲେ-ବନ୍ଧୁ, ତୁମ ବାପା କହିଦେଲେ ଯଦି ତୁମେ ଏତେ ସଫଳ ହୋଇ ପାରିଲ, ତେବେ ସେ ନିଜେ କାହିଁକି ଦରିଦ୍ର ଥିଲେ?

ତାଙ୍କ କଥା ଶୁଣି ଧନପାଳ ନିଜ ପିତାଙ୍କ ଉଦ୍ଦେଶ୍ୟରେ ହାତଯୋଡ଼ି ପ୍ରଣାମ କଲେ ଏବଂ ଏହା ତାଙ୍କ ନିଜସ୍ୱ ଅନୁଭବର କଥା ବୋଲି ଜଣାଇଲେ।

କ୍ରମଶଃ ଦେଶ ବାହାରେ ନିଜ ବ୍ୟାପାରକୁ ସଂପ୍ରସାରଣ କରି ଧନପାଳ ବହୁ ଧନ ସମ୍ପତ୍ତି ଅର୍ଜନ କରି ଚାଲିଲେ। ଥରେ ତାଙ୍କ ମନକୁ ଏକ ଅଦ୍ଭୁତ ଖିଆଲ ଆସିଲା। ସେ ଭାବିଲେ ମୋର ତ ସବୁବେଳେ ଲାଭ ତ ହେଉଛି। ତେବେ ଥରେ କ୍ଷତିର ଅଭିଜ୍ଞତା ହାସଲ କରି ସେ ତାଙ୍କ ପିତାଙ୍କ ଆଶୀର୍ବାଦର ପରୀକ୍ଷା କଲେ ଭଲ ହୁଅନ୍ତା। ସେ ଏ ସମ୍ପର୍କରେ ତାଙ୍କର ଜଣେ ଘନିଷ୍ଠ ବନ୍ଧୁଙ୍କ ସହିତ ପରାମର୍ଶ କଲେ। ମିତ୍ର ଜଣଙ୍କ ଭାବିଲେ, ଅଧିକରୁ ଅଧିକ ଅର୍ଥ ଉପାର୍ଜନ କରି ବୋଧହୁଏ ବନ୍ଧୁଙ୍କ ମନରେ ଗର୍ବ ଅହଙ୍କାର ଆସିଗଲାଣି, ଏହି ସମୟରେ ସେ ଏମିତି କଥା କରିବାକୁ କହିବେ ଯେମିତି କି ସେ ଅଳ୍ପଦିନରେ ସର୍ବସ୍ୱାନ୍ତ ହୋଇଯିବେ।

ସେ ଭାବିଚିନ୍ତି ଧନପାଳଙ୍କୁ କହିଲେ, ବନ୍ଧୁ ତୁମେ ଆମ ଦେଶରୁ ଲବଙ୍ଗ

କ୍ରୟକରି ନେଇ ଆଫ୍ରିକାର ଜଞ୍ଜିବରକୁ ନେଇ ବିକ୍ରୟ କର, ନିଶ୍ଚୟ କ୍ଷତିର ସମ୍ମୁଖୀନ ହୋଇ ମଜାଟି ବୁଝିପାରିବ। ଜଞ୍ଜିବର ହେଉଛି ଲବଙ୍ଗ ଉତ୍ପାଦନର ଦେଶ। ସେଠାରୁ ଲବଙ୍ଗ ଆଣି ଆମ ଦେଶରେ ବିକିଲେ ୧୦/୧୨ଗୁଣ ଲାଭ ହୁଏ। କିନ୍ତୁ ଧନପାଳ ଆମ ଦେଶରୁ ଲବଙ୍ଗ କିଣି ଜାହାଜରେ ବୋଝେଇ କରି ନେଇ ଜଞ୍ଜିବରରେ ପହଞ୍ଚିଗଲେ।

ସେତେବେଳେ ଜଞ୍ଜିବରରେ ଜଣେ ସୁଲତାନଙ୍କ ଶାସନ ଚାଲୁଥାଏ। ସେ ବିଶେଷ କରି ଭାରତର ବଣିକ ମାନଙ୍କୁ ଖୁବ୍ ଭଲ ପାଉଥିଲେ। ଧନପାଳ ଜାହାଜରୁ ଅବତରଣ କରି ବାଲୁକା ଶଯ୍ୟା ଦେଇ ଚାଲି ଚାଲି ଯାଉଥିବା ଦେଖି ତାଙ୍କୁ ଡକାଇ ପଠାଇଲେ।

ସମ୍ମୁଖରୁ ଏତେ ସୈନ୍ୟସାମନ୍ତଙ୍କ ସହିତ ନିଜେ ସୁଲତାନ ସମୁଦ୍ରତଟ ଆଡକୁ ଆସୁଥିବା ଦେଖି ସେ ମଧ୍ୟ ଖୁବ୍ ଆଶ୍ଚର୍ଯ୍ୟ ଚକିତ ହୋଇ ଯାଇଥାନ୍ତି। ଆହୁରି ଆଶ୍ଚର୍ଯ୍ୟ ଏହା ଯେ ସୈନ୍ୟମାନଙ୍କ ହାତରେ ଖଣ୍ଡା ବର୍ଛା ଅସ୍ତ୍ର ଶସ୍ତ୍ର ନ ଥାଇ କେବଳ ଗୋଟିଏ ଲେଖା ଚାଲୁଣୀ ଥାଏ।

ଧନପାଳ ଏହାର କାରଣ କଣ ବୋଲି ଜାଣିବାକୁ ଚାହିଁବାରୁ ସୁଲତାନ କହିଲେ,ସେ ସମୁଦ୍ର ତଟରେ ଭ୍ରମଣ କରୁଥିବା ବେଳେ ତାଙ୍କ ହାତରେ ପିନ୍ଧିଥିବା ମୁଦିଟିକୁ ହଜାଇ ଦେଇଛନ୍ତି, ଏଣୁ ତାକୁ ଖୋଜିବା ଉଦ୍ଦେଶ୍ୟ ରହିଛି।

ମୁଦିଟି ବହୁ ମୂଲ୍ୟବାନ ହୋଇଥିବ ନିଶ୍ଚୟ -ଧନପାଳ ଭାବୁଥିଲେ।

ତାଙ୍କ ସନ୍ଦେହ ଦୂର କରି ସୁଲତାନ କହିଲେ, ମୁଦିଟି ଜଣେ ଫକୀର ତାଙ୍କୁ ଆଶୀର୍ବାଦ ସ୍ୱରୂପ ପ୍ରଦାନ କରିଥିଲେ। ତାକୁ ପିନ୍ଧିଲା ଦିନଠୁ ସେ ରାଜ୍ୟରେ ଅଭାବ ଅସୁବିଧା କଣ ଦେଖି ନାହାନ୍ତି। ତାଙ୍କର ସମସ୍ତ ପ୍ରଜା ଖୁବ୍ ସୁଖ ଶାନ୍ତିରେ ରହି ଆସୁଛନ୍ତି। ସେ ଏତେ ସବୁ ସଫଳତା ପଛରେ ସେହି ମୁଦିଟିର ଚମତ୍କାର ଶକ୍ତି ନିହିତ ଥିବା ବିଶ୍ୱାସ କରନ୍ତି। ସେହି ମୁଦିଟି ତାଙ୍କର ସୁଲତାନ ସମ୍ମାନର ମୂଳ ଚାବିକାଠି ବୋଲି ବର୍ଣ୍ଣନା କଲେ।

ସମସ୍ତ ବୃତ୍ତାନ୍ତ କହିସାରି ସୁଲତାନ ଧନପାଳଙ୍କ ବ୍ୟାପାର ସମ୍ବନ୍ଧରେ ଜାଣିବାକୁ ଆଗ୍ରହ ପ୍ରକାଶ କଲେ। ଧନପାଳଙ୍କ ଠାରୁ ଲବଙ୍ଗ ବିକ୍ରୟ କଥା ଶୁଣି ସେ ହୋ ହୋ ହୋଇ ହସି ଉଠିଲେ। କହିଲେ -ଏଠି ତୁମ ଲବଙ୍ଗକୁ କିଣିବ ବା କିଏ? ଅବଶ୍ୟ ତୁମର କେହି ଦୁଷ୍ଟ ଶତ୍ରୁ ତୁମକୁ ସର୍ବସ୍ୱାନ୍ତ କରି ଦେବାକୁ ଷଡଯନ୍ତ୍ର କରିଛନ୍ତି।

ଧନପାଳ ଅଗତ୍ୟା ଏହି ବ୍ୟାପାର କରି ସେ ତାଙ୍କ ସ୍ୱର୍ଗୀୟ ପିତାଙ୍କ ଆଶୀର୍ବାଦକୁ ପରୀକ୍ଷା କରିବାକୁ ନିଜେ ଚାହୁଁଛନ୍ତି ବୋଲି କହିଲେ। ତାଙ୍କ ପାଦତଳୁ ଆଞ୍ଜୁଳାଏ ବାଲି ନେଇ ପିତାଙ୍କ ଉଦ୍ଦେଶ୍ୟରେ ଟେକି ପ୍ରଣିପାତ ଜଣାଇଲେ।

ତାଙ୍କ ଅଞ୍ଜୁଳିରୁ ଖସି ପଡୁଥିବା ବାଲି ଭିତରୁ ସୁଲତାନଙ୍କ ହୀରା ଖଚିତ ହଜିଥିବା ମୁଦିଟି ଚକମକ କରୁଥିଲା।

ମୁଦିଟି ଦେଖି ସୁଲତାନ ଖୁବ୍ ପ୍ରସନ୍ନ ହୋଇଗଲେ, ଧନପାଳ ଯାହା ଚାହିଁବେ ଦେବାକୁ କହିଲେ ।

ଧନପାଳ ବିନମ୍ରତାର ସହିତ କହିଲେ-ଆପଣ ଶହେ ବର୍ଷ ବଞ୍ଚି ରହନ୍ତୁ, ସୁଖଶାନ୍ତିରେ ପ୍ରଜାମାନଙ୍କୁ ପାଳନ କରନ୍ତୁ। ମୋର କିଛି ଆବଶ୍ୟକ ନାହିଁ।

ସୁଲତାନ ଖୁସିରେ ଅଧୀର ହୋଇ ତାଙ୍କର ଜାହାଜ ଭର୍ତ୍ତି ଲବଙ୍ଗକୁ ଅଧିକ ଦାମ ଦେଇ କ୍ରୟ କଲେ।

ସେଠ୍ ଧନପାଳଙ୍କ ଜୀବନରୁ ଯେଉଁ ଶିକ୍ଷା ମିଳେ, ତାହା ସମସ୍ତଙ୍କ ପାଇଁ ଶିକ୍ଷଣୀୟ ଅଟେ। ସନ୍ତାନର ମନକୁ ବୁଝିପାରୁଥିବା ଜନ୍ମଦାତ୍ରୀ ମାଆ ଓ ତାର ଭବିଷ୍ୟତକୁ ସୁଧାରିବାକୁ ଦିନରାତି ଏକ କରିଦେଉଥିବା ପିତା ହେଉଛନ୍ତି ପରମେଶ୍ୱରଙ୍କ ଚଳନ୍ତି ସ୍ୱରୂପ। ତାଙ୍କ ଆଶୀର୍ବାଦ ହେଉଛି ସବୁଠାରୁ ମୂଲ୍ୟବାନ ସମ୍ପଦ। ତାଙ୍କର ସେବା ସନ୍ତାନସନ୍ତତିଙ୍କର ପରମ କର୍ତ୍ତବ୍ୟ ଅଟେ।

■■■

ସୁଧୀରଙ୍କ ସାଧୁତା

ପ୍ରାଚୀନ ଭାରତର କପିଳବାସ୍ତୁରେ ଏକ ରାଜ ପରିବାରରେ ଜନ୍ମ ଗ୍ରହଣ କରିଥିଲେ ସିଦ୍ଧାର୍ଥ। ରାଜ ଐଶ୍ୱର୍ଯ୍ୟ ଓ ସୁଖ ସ୍ୱାଚ୍ଛନ୍ଦ୍ୟକୁ ପରିତ୍ୟାଗ କରି ସେ କଠୋର ସାଧନା ପୂର୍ବକ ପରମ ସତ୍ୟ ଓ ଜ୍ଞାନର ଉପଲବ୍ଧି ପୂର୍ବକ ଶାକ୍ୟମୁନି ଭଗବାନ ଗୌତମ ବୁଦ୍ଧ ଭାବେ ପରିଚିତ ହେଲେ। ତାଙ୍କୁ ସମଗ୍ର ଏସିଆ ମହାଦେଶର ଆଲୋକ ବୋଲି କୁହାଯାଏ। ସେ କଥିତ ପାଲି ଭାଷାରେ କଥା ଓ କାହାଣୀ ମାଧ୍ୟମରେ ଅନୁଗାମୀ ମାନଙ୍କୁ ସୁନ୍ଦର ଉପଦେଶ ପ୍ରଦାନ କରୁଥିଲେ। ଏହି କଥାଟି ତତକାଳୀନ ପ୍ରସିଦ୍ଧ ବାରାଣସୀ ନଗରୀରେ ଥିବା ସାଧୁ ପୁରନ୍ଦରଙ୍କ ଗୁରୁକୂଳରେ ଘଟିଥିବା ଏକ ବିବରଣୀ ଉପରେ ପର୍ଯ୍ୟବେଶିତ ଅଟେ।

ଏହି ଗୁରୁକୂଳରେ ଅଠର ବର୍ଷରୁ ଉର୍ଦ୍ଧ୍ୱ ଯୁବକଯୁବତୀ ମାନଙ୍କୁ ଜୀବନରେ ବିଶେଷ ସଫଳତା ହାସଲ କରିବା ନିମନ୍ତେ ତାଲିମ ପ୍ରଦାନ କରାଯାଉଥିଲା। ସାଧୁ ପୁରନ୍ଦରଙ୍କ ଏକମାତ୍ର ଗୁଣବତୀ କନ୍ୟା କାଶ୍ୱୀ ମଧ୍ୟ ପିତାଙ୍କ ଠାରୁ ତାଲିମ ପାଇ ନିଜର ଅସାଧାରଣ ବିଦ୍ୱତା ବଳରେ ଗୁରୁକୂଳରେ ପ୍ରଶିକ୍ଷଣ ଦେଉଥାଆନ୍ତି। ମାତ୍ର ସାଧୁଙ୍କ ବୟସାଧିକ୍ୟ ହେବା କାରଣରୁ ଗୁରୁକୂଳର ପରିଚାଳନା ପାଇଁ ଜଣେ ଉତ୍ତମ କର୍ତ୍ତା ଚୟନ କରିବାକୁ ସ୍ଥିରୀକୃତ ହେଲା।

ଗୁରୁ ପୁରନ୍ଦର କନ୍ୟା କାଶ୍ୱୀଙ୍କ ପରାମର୍ଶରେ ତାପର ଦିନ ସମସ୍ତ ଶିଷ୍ୟଙ୍କୁ ଡାକି ନିଜର ଉଦ୍ଦେଶ୍ୟ ବିଷୟ ବୁଝାଇ ଶିଷ୍ୟ ମାନଙ୍କ ମଧ୍ୟରୁ କାହାକୁ ହେଲେ ଏଥିପାଇଁ ଚୟନ କରିବାକୁ ଚାହୁଁଛନ୍ତି ବୋଲି କହିଲେ। ଏହି ସମ୍ମାନଜନକ ମହତ କାର୍ଯ୍ୟ କରିବାକୁ ସମସ୍ତେ ହାତ ଉପରକୁ ଟେକି

ଉତ୍ସାହୀ ଥିବା ଜଣାଇଲେ। ଗୁରୁ କହିଲେ କେବଳ ଜଣକୁ ମାତ୍ର ଏଥିପାଇଁ ଚୟନ କରିବାକୁ ଥିବାରୁ ସେ ଏକ ପରୀକ୍ଷା ନେବେ।

ସେ ପ୍ରକାଶ କଲେ, ଗୁରୁକୂଳ ନିକଟରେ ସେ ପ୍ରାଣୀମାନଙ୍କ ଏକ ଛୋଟ ବିଶ୍ରାମ ଏବଂ ଚିକିତ୍ସା କେନ୍ଦ୍ର ସ୍ଥାପନ କରିବାକୁ ଚାହୁଁଛନ୍ତି, ଯେଉଁ କାର୍ଯ୍ୟ ପାଇଁ ଅନ୍ୟୁନ ଏକଲକ୍ଷ ସ୍ୱର୍ଣ୍ଣ ମୁଦ୍ରା ଆବଶ୍ୟକ। ଆଜିଠାରୁ ତିରିଶ ଦିନ ସମୟ ମଧ୍ୟରେ ଶିଷ୍ୟ ମାନଙ୍କ ମଧ୍ୟରୁ ଯିଏ ଅଧିକ ଅର୍ଥ ସ୍ୱର୍ଣ୍ଣ ମୋହର ଆଭୂଷଣ ଆଦି ଆଣି ଜମା ଦେଇ ପାରିବ,ତାଙ୍କୁ ଏହି ପଦରେ ନିଯୁକ୍ତି ଦିଆଯିବ। ଏହି ଅର୍ଥ ଜଣେ ଶ୍ରମ, ଭିକ୍ଷା, ଚୋରି ଯେ କୋଣସି ବୃତ୍ତି ଅବଲମ୍ବନ କରି ଆହରଣ କରିପାରେ, ମାତ୍ର କେହି ନ ଜାଣି ପାରିବା ଭଳି ସତର୍କତା ନିଶ୍ଚିତ ଅବଲମ୍ବନ କରିବାକୁ ହେବ। ଅର୍ଥକୁ ପ୍ରତ୍ୟେକ ଦିନ ରାତ୍ର ସମୟରେ ଗୋପନୀୟତା ସହିତ ଗୁରୁକୂଳରେ ଜମା ଦେବାକୁ ପଡ଼ିବ।

ସର୍ତ୍ତ ଅନୁସାରେ ତା ପରଦିନ ପ୍ରାତଃ କାଳରୁ ନିଜ ନିଜ ନାମ ଲେଖା ଥିବା କପଡ଼ା ଥଳୀକୁ ଧରି ସମସ୍ତେ ଲକ୍ଷ୍ୟ ହାସଲ କରିବାକୁ ଆଗେଇଗଲେ।

ଏତେ କମ ସମୟ ଭିତରେ ଅଧିକ ଉପାର୍ଜନ କରିବାକୁ ଥିବାରୁ ପ୍ରାୟତଃ ଶିଷ୍ୟ ନିଜ ଘରୁ ତଥା ଅନ୍ୟ ସୂତ୍ରରୁ ଅଗୋଚରରେ ଯୋଗାଡ଼ କରି ଆଣି ଜମା ଦେଇ ଚାଲୁଥାନ୍ତି। ସମୟ ଅତିକ୍ରାନ୍ତ ହେଲାରୁ ସାଧୁ ପୁରନ୍ଦର ତାଙ୍କ କନ୍ୟା କାଶ୍ୱୀଙ୍କ ସହାୟତାରେ ପ୍ରତ୍ୟେକ ଶିଷ୍ୟଙ୍କ ଉପସ୍ଥିତିରେ ଅର୍ଥ ଗଣନା ପୂର୍ବକ ଗୋଟି ଗୋଟି ନାମ ସହିତ ଉଲ୍ଲେଖ କରି ଜଣାଉ ଥାଆନ୍ତି। ଶେଷରେ ଦେଖିବାକୁ ମିଳିଲା ଯେ ସୁଧୀର ନାମକ ଜନୈକ ଶିଷ୍ୟ କେବଳ ଗୋଟିଏ ସ୍ୱର୍ଣ୍ଣ ମୁଦ୍ରା ଜମା ଦେଇଛନ୍ତି।

ତାକୁ ସମ୍ମୁଖକୁ ଡାକି ଏହାର କାରଣ କଣ ବୋଲି ଗୁରୁ ପଚାରିଲେ। ସୁଧୀର କହିଲେ -ସେ ଘରକୁ ଘର ଯାଇ ଲୋକମାନଙ୍କ ଠାରୁ ସ୍ୱଇଚ୍ଛାରେ ଏହି ମହତ କାର୍ଯ୍ୟ ପାଇଁ ତାମ୍ର ରୌପ୍ୟ ଆଦି ମୁଦ୍ରା ଯାହା ପାଇଥିଲେ ତାହା ବଦଳରେ ଏହି ଗୋଟିଏ ସ୍ୱର୍ଣ୍ଣ ମୁଦ୍ରା ହିଁ ଅର୍ଜନ କରି ପାରିଲେ।

ସାଧୁ ପୁରନ୍ଦର ପଚାରିଲେ - ଅନ୍ୟମାନେ ଚୋରି କରି ଅଧିକ ଉପାର୍ଜନ

କରିପାରିଥିବା ବେଳେ ସେ କାହିଁକି ସେପରି କରିବାକୁ ଚାହିଁଲେ ନାହିଁ ।

ସୁଧୀର ନମ୍ରତାର ସହିତ ଉତ୍ତର ଦେଲେ-ଚୋରି କରିବା ମହାପାପ । ସାଧୁ ପୁରନ୍ଦରଙ୍କ ଶିଷ୍ୟ ହୋଇ ଏପରି ମହତ୍ କାମ ପାଇଁ ସେ ଚୋରି କରିବାକୁ ଆଦୌ ଉଚିତ ମନେ କଲେ ନାହିଁ । ସବୁ କିଛି ଗୋପନରେ କରିବାକୁ ଥିଲେ ବି ସେ ନିଜକୁ ନିଜେ କିପରି ଠକି ପାରିବେ? ଯେତେବଡ଼ ମହତ କାର୍ଯ୍ୟ ହେଉନା କାହିଁକି ଚୌର୍ଯ୍ୟ ତଥା ଅସାଧୁ ଉପାୟ ଅବଲମ୍ବନ କରି ଅର୍ଥ ଆହରଣକୁ ସେ ଯଥାର୍ଥ ବୋଲି ଭାବୁ ନାହାନ୍ତି ବୋଲି କହିଲେ ।

ସାଧୁ ପୁରନ୍ଦର ସମସ୍ତ ଶିଷ୍ୟଙ୍କୁ ସମ୍ବୋଧିତ କରି କହିଲେ-ଏହି ପ୍ରସ୍ତାବିତ କାର୍ଯ୍ୟଟି ପାଇଁ ବହୁ ପୂର୍ବରୁ ସେ ଅର୍ଥ ଯୋଗାଡ଼ କରି ରଖିଅଛନ୍ତି । ଏହି ଅର୍ଥର କୌଣସି ଆବଶ୍ୟକତା ନାହିଁ । ପ୍ରକୃତ ପକ୍ଷରେ ଗୁରୁକୁଳର ଉତ୍ତମ ପରିଚାଳନା ପାଇଁ ଯେଉଁ ଦକ୍ଷତାର ଆବଶ୍ୟକତା ଥିଲା ତା ହା ହେଉଛି-ସାଧୁତା । ପ୍ରିୟତମ ଶିଷ୍ୟ ସୁଧୀରଙ୍କ ବିଚାରବୋଧ ଏବଂ କର୍ତ୍ତବ୍ୟ ନିଷ୍ଠା ନିସନ୍ଦେହ ଭାବେ ସମସ୍ତଙ୍କ ପାଇଁ ଏକ ଉଜ୍ଜ୍ୱଳ ଦୃଷ୍ଟାନ୍ତ ହୋଇ ରହିବ ।

■■■

ଆଈ ମାଙ୍କ ପାନ ବଟୁଆ

ନାତୁଣୀ ଆନିକୁ ଆଈମା' ଭାରି ଭଲ ପାଆନ୍ତି। ତା ବାପାମାଆଙ୍କ ସହିତ କେବେକେବେ ସ୍କୁଲ ଛୁଟି ହେଲେ ସେ ଗାଁରେ ରହୁଥିବା ଅଜାଆଈଙ୍କ ପାଖକୁ ଆସିଥାଏ। ତାକୁ ଛଅ ପୁରି ଏବେ ସାତ ବର୍ଷ ଚାଲିଲା। ଗପ ଶୁଣିବାରେ ତାର ପ୍ରବଳ ଆଗ୍ରହ। ଆନି ଆସି ଆଈ ଘରେ ପହଞ୍ଚିଗଲେ ସାଇପଡିଶା ଘରୁ ଆଉ ଟିକି ଟିକି ପିଲାମାନଙ୍କର ବି ଗହଳି ଜମିଯାଏ।

ଆଈ ପାନ ଖଣ୍ଡେ କଳରେ ଜାକି ଗପମୁଣି ଖୋଲି ଦିଅନ୍ତି। ଆଜି ବଟୁଆ ଖୋଲି ଆଈ ପାନଖିଲେ ଭାଙ୍ଗୁଥିବା ଦେଖି ଆଈକୁ ଆନି ତାଗିଦ କରି କହିଲା ଆଈ ତୁମ ଦାନ୍ତ ଖରାପ ହୋଇଯିବ। ପାନ କାହିଁକି ଖାଉଛ?

ଆଈ କହିଲେ, ହଁ ପାନ ଖାଇଲେ ଦାନ୍ତ ଜିଭ ଲାଲ ଦିଶେ। ହେଲେ ପାନର ରସ ଦେହ ପାଇଁ କିଛି ଉପକାର ମଧ୍ୟ କରିଥାଏ। ଆଜି ତୁମକୁ ଏହି ପାନ ଓ ଅନ୍ୟ କିଛି ଗଛଲତାଙ୍କ ବିଷୟରେ ଗୋଟିଏ କାହାଣୀ ଶୁଣାଇବି।

ଆନି ସହିତ ସବୁ ପିଲାମାନେ ତାଳିମାରି ଖୁସି ହୋଇଗଲେ।

ହଁ ପିଲାଏ, ତୁମେ ତ ସବୁ ଆମ୍ବ, ପିଜୁଳି, କଦଳୀ, କମଳା, ଜାମୁ ଏମିତି କେତେ କେତେ ଫଳ, ଶସ୍ୟ, ପନିପରିବା ସବୁ ଖାଉଛ। ପ୍ରତ୍ୟେକଟି ଗଛ ସୃଷ୍ଟି ହେବା ପଛରେ ସୁନ୍ଦର କଥା କାହାଣୀ ଆମ ପୁରାଣ ଆଦିରେ ଉଲ୍ଲେଖ ରହିଛି।

ସେମାନଙ୍କ ଭିତରୁ କିଏ କିଏ ଦେବାଦେବୀଙ୍କ ଅଂଶରୁ ତ କିଏ ଅପ୍ସରା

ଭରତବନ୍ଧୁ ବିଶ୍ୱାଳ ॥ ୧୨୩

ମାନଙ୍କ ଅଂଶରୁ ଉତ୍ପତ୍ତି ହୋଇ ସୃଷ୍ଟିର ମଙ୍ଗଳ କଲ୍ୟାଣ କରି ଆସୁଛନ୍ତି। ମାଆ ଲକ୍ଷ୍ମୀଙ୍କ କୃପାରୁ ଧାନ ପରି ମୁଖ୍ୟ ଖାଦ୍ୟ ଶସ୍ୟ ମିଳିଥାଏ। ବିଲ୍ୱପତ୍ରରେ ମାଆ ପାର୍ବତୀ, ମୂଳରେ ପରମେଶ୍ୱର ଭଗବାନ ଶିବ ନିବାସ କରନ୍ତି। ଅଁଳା ମୂଳରେ ମାଆ ଜଗଦ୍ଧାତ୍ରୀଙ୍କ ପୂଜା କରାଯାଏ। କଦଳୀକୁ ରମ୍ଭା ବୋଲି ମଧ୍ୟ କହନ୍ତି। ଏହା ସ୍ୱର୍ଗର ରାଜା ଇନ୍ଦ୍ରଦେବଙ୍କ ସଭାରେ ନୃତ୍ୟଗୀତ କରୁଥିବା ଚାରିଜଣ ପ୍ରମୁଖ ଉର୍ବଶୀ, ରମ୍ଭା, ମେନକା ଓ ତିଲୋତ୍ତମାଙ୍କ ଅପ୍ସରାଙ୍କ ମଧ୍ୟରୁ ଜଣେ ଅଟନ୍ତି ।

ସେହିପରି ଜଣେ ସୁନ୍ଦରୀ ଅପ୍ସରୀ ଥିଲେ ସୁମୁଖୀ। ତାଙ୍କୁ ରାଜା ଇନ୍ଦ୍ର ଏକ ବିଶେଷ ଦାୟିତ୍ୱ ପ୍ରଦାନ କରି ମର୍ତ୍ତ୍ୟପୁରକୁ ପଠାଇଥିଲେ। ସେ ନୃତ୍ୟଗୀତ ପ୍ରଦର୍ଶନ ପୂର୍ବକ ଦୁଷ୍ଟ ଅସୁର ମାନଙ୍କ ମନରୁ କ୍ରୋଧ ଅହଙ୍କାରକୁ ନଷ୍ଟ କରିଦେବା ପାଇଁ ଆଦେଶ ପାଇଥିଲେ। ଏଥି ସହିତ ଅସୁରମାନେ କେବେ ଯଦି ସ୍ୱର୍ଗପୁରକୁ ଆକ୍ରମଣ କରିବାକୁ ଯୋଜନା କରନ୍ତି, ତାର ପୂର୍ବ ସୂଚନା ପ୍ରଦାନ କରିବାକୁ ତାଙ୍କୁ କୁହା ଯାଇଥିଲା। ତାଙ୍କ ଉଦ୍ୟମରେ ସେ କେବେ ବି ହେଳା କରି ନଥିଲେ। କିଛି କିଛି କ୍ଷେତ୍ରରେ ସଫଳତା ମଧ୍ୟ ପାଇଥିଲେ। କିନ୍ତୁ ତାଙ୍କ ଅସଲ ପରିଚୟ ପାଇବା ପରେ ସେ ଦିନେ ରାତ୍ରିରେ ଶୟନ କରିଥିବାବେଳେ ଅସୁରମାନେ କ୍ରୋଧିତ ହୋଇ ତାଙ୍କ କୁଟୀରରେ ଅଗ୍ନି ସଂଯୋଗ କରିଦେଲେ। ସେ ତ ଅଶରୀରୀ ଅପ୍ସରା। ମର୍ତ୍ତ୍ୟରୁ ମୁକ୍ତି ଲାଭ କରି ପୁଣି ତାଙ୍କ ସ୍ୱର୍ଗ ନିବାସକୁ ଫେରିଗଲେ। ତାଙ୍କ ହୃଦୟ ପାନ ଲତା, ରକ୍ତରୁ ଖଇର ଗଛ, ମାଂସରୁ ଗୁଆ ଗଛ ଓ ହାଡ଼ରୁ ଚୂନ ପ୍ରସ୍ତର ସୃଷ୍ଟି ହେଲା। ଏହି ସବୁର ସମନ୍ୱୟରେ ପ୍ରସ୍ତୁତ ହେଉଥିବା ପାନବିଡ଼ାଟିକୁ ଚୋବାଇ ତାର ରସ ଆସ୍ୱାଦନ କଲେ ମନରେ ମଧୁର ଭାବ ପ୍ରକଟିତ ହୁଏ, ମୁହଁରୁ ମିଠା ମିଠା କଥା ବାହାରେ ଓ ହସ ଫୁଟି ଉଠେ ବୋଲି କହନ୍ତି। ଏ ସବୁ ସେହି ଅପ୍ସରୀ ସୁମୁଖୀଙ୍କ ଅବଦାନ ଅଟେ। ତାଙ୍କର ଶରୀରର ଭସ୍ମ ଅବଶେଷ ବି ଗଛଲତା ହୋଇ ଏ ପର୍ଯ୍ୟନ୍ତ ରଙ୍ଗ ସୃଷ୍ଟି କରି ମନମୋହନ କରି ଆସୁଛି।

ଆନି କହିଲା-ମୁଁ ବି କଣ ପାନ ଖାଇପାରିବି?

ଆଇ କହିଲେ- କେବଳ ବଡ଼ ବଡ଼ ଲୋକମାନେ ଏହା ଆବଶ୍ୟକ

ହେଲେ ସେବନ କରନ୍ତି। ପିଲାମାନେ ପାନ ଖାଇବା ଭଲ କଥା ନୁହେଁ।

ଆନି ପଚାରିଲା- ଆଇ ଆଉ ତୁମ ପୁରାଣରେ ଗଛ ବିଷୟରେ କଣ ଭଲକଥା କୁହାଯାଇଛି କୁହ।

ଆଇ କହିଲେ-ପ୍ରତିଟି ଗଛଲତାର ସ୍ୱତନ୍ତ୍ର ବିଶେଷତ୍ୱ ରହିଛି। ଆମ ଅଗଣାରେ ଥିବା ତୁଳସୀର ମାହାତ୍ମ୍ୟ କମ ନୁହେଁ। ତାର ପତ୍ରର ରସରେ ବହୁ ଔଷଧୀୟ ଗୁଣ ପୂରି ରହିଛି। ଥଣ୍ଡା, କାଶ, ଜ୍ୱର, ଶ୍ୱାସ ଆଦି ବହୁ ରୋଗର ନିରାକରଣ ପାଇଁ ଏହା ରାମବାଣ ପରି କାମ କରିଥାଏ। ବରକୋଳିର ପତ୍ରଟିକୁ ମୁଣ୍ଡରେ ସ୍ପର୍ଶ କଲେ ଶତ୍ରୁତା ଦୂର ହୁଏ ଏପରିକି ଧଳା ଦୂବଗଛଟିରୁ କେରାଏ ମଥାରେ ଛୁଇଁଦେଲେ ଅନେକ ଦୋଷାଦୋଷ କ୍ଷୟ ହୋଇଥାଏ। ଆମ ଅଜାଣତରେ ଏହି ଗଛଲତା ମାନଙ୍କ ଦ୍ୱାରା ଆମର ଅନେକ ଉପକାର ସାଧିତ ହେଉଛି। କହିବାକୁ ଗଲେ ସେମାନଙ୍କ ଯୋଗୁ ମଣିଷ ପୃଥିବୀ ପୃଷ୍ଠରେ ବଞ୍ଚି ରହିଅଛି, ଶାନ୍ତିରେ ନିଶ୍ୱାସ ପ୍ରଶ୍ୱାସ ମାରି ପାରୁଛି। ଗଛଲତା ଆମର ଜୀବନ। ତୁମେ ତାଙ୍କର ଉପଯୁକ୍ତ ଯତ୍ନ ନେବା ଉଚିତ।

ବଡ଼ହେଲେ ତୁମେ ବହିରୁ ପଢ଼ି ଗଛଲତାଙ୍କ ବିଷୟରେ ଆହୁରି ନୂଆ ନୂଆ କଥା ଜାଣିପାରିବ।

ଆଜି ପାଇଁ ଏତିକି ,

ଗପ ଶୁଣିବା କାଲିକି ,

ଚାଲ ଏବେ ଶୋଇପଡ଼ିବା ଖାଇକି ।

....

ଅଷ୍ଟ ନିର୍ବୋଧ

ସମ୍ରାଟ ଆକବରଙ୍କ ବିଦୂଷକ ମନ୍ତ୍ରୀ ବୀରବଲଙ୍କ ପ୍ରକୃତ ନାମ ଥିଲା ମହେଶ ଦାସ। ସେ ବୀରବଲଙ୍କ ଅସାଧାରଣ ଚତୁରତା ଓ ଉପସ୍ଥିତ ବୁଦ୍ଧିର ପରୀକ୍ଷା ନେବାରେ ଆନନ୍ଦ ପାଉଥିଲେ। ଥରେ ସେ ବୀରବଲଙ୍କୁ ପାଖକୁ ଡାକି କହିଲେ-ତାଙ୍କୁ ମହଲରେ କେବଳ ଜ୍ଞାନୀ ବୁଦ୍ଧିଜୀବୀ ଲୋକ ମାନଙ୍କୁ ଭେଟି ଭେଟି ବିରକ୍ତ ଲାଗିଲାଣି, ପରିବର୍ତ୍ତନ ପାଇଁ ସେ ଏବେ କିଛି ନିର୍ବୋଧ ଲୋକଙ୍କୁ ସାକ୍ଷାତ କରିବାକୁ ଚାହୁଁଛନ୍ତି। ନଗରରୁ ଆଠଜଣ ବୋକା ଲୋକ ବାଛି ତିରିଶଦିନ ମଧ୍ୟରେ ତାଙ୍କ ସମ୍ମୁଖରେ ହାଜିର କରାଯାଉ।

ବୀରବଲ କହିଲେ-ଜାହାପନା, ଏତେ ଦିନ କାହିଁକି, ଖୁବ୍ କମ ସମୟରେ ସେ ଏହି କାମ ନିଶ୍ଚିତ ସମ୍ଭବ କରିଦେଇ ପାରିବେ।

ତତକ୍ଷଣାତ ସେ କାମରେ ଲାଗିପଡ଼ିଲେ। ରାସ୍ତାରେ ଦେଖିଲେ ଜଣେ ଲୋକ ଘୋଡ଼ା ଉପରେ ଯାତ୍ରା କରୁଥିବାବେଳେ, ମୁଣ୍ଡରେ ଗୋଟିଏ ଶୁଖିଲା କାଠବିଡା ମୁଣ୍ଡାଇ ରଖିଛନ୍ତି। ବୀରବଲ ଏହି ଅଦ୍ଭୁତ ଦୃଶ୍ୟ ଦେଖି ତାଙ୍କୁ ଏପରି କରିବାର କାରଣ ପଚାରିବାରୁ ସେ କହିଲେ, ହଜୁର!ଏହି ଘୋଡ଼ାଟି ମୋ ପାଇଁ ଜୀବନ। ବହୁତ ବର୍ଷ ମୋ ପାଇଁ କାମ କରି ସେ ଏବେ ବୁଢ଼ା ଓ ଦୁର୍ବଳ ହେଲାଣି। ତା ଉପରେ କାଠବିଡ଼ା ଲଦିଲେ, ଅଧିକ ଓଜନ ଯୋଗୁ ତାକୁ କଷ୍ଟ ହେବ। ତାକୁ ଆରାମ ଦେବା ପାଇଁ ସେ ଏହି ଉପକ୍ରମ କରୁଛନ୍ତି। ପ୍ରଥମ ବୋକାଟିକୁ ଚିହ୍ନଟ କରି ସେ ଯାଉ ଯାଉ ଦେଖିଲେ ଜଣେ ବ୍ୟକ୍ତି ଚେଆର ଉପରେ ଆରାମରେ ବସିରହି ନିଜ ହାତ ଦୁଇଟିକୁ ଖୋଲା ଟେକି ରଖିଛନ୍ତି। ବୀରବଲ ଭାବିଲେ ବୋଧହୁଏ ବ୍ୟକ୍ତି ଜଣକ ପକ୍ଷାଘାତ ପରି

ଗୁରୁତର ବ୍ୟାଧି ଦ୍ୱାରା ପୀଡ଼ିତ ଥାଇ ପାରନ୍ତି , ତାଙ୍କୁ ଟିକିଏ ସାହାଯ୍ୟ ଦେଇ ସେ ଉଠାଇବାକୁ ଉଦ୍ୟମ କରିବା ବେଳକୁ, ବ୍ୟକ୍ତି ଜଣକ ତାଙ୍କୁ ଆଦୌ ନ ଛୁଇଁବାକୁ ଅନୁରୋଧ କଲା। କାରଣ ପଚାରିବାରୁ ସେ କହିଲା ଯେ, ତାଙ୍କ ସ୍ତ୍ରୀ ଯେଉଁ ମାପର ଏକ ପାତ୍ର ବଜାରରୁ ଆଣିବାକୁ କହିଛନ୍ତି, ସେ ସେହି ସଠିକ ମାପଟିକୁ ହାତ ଟେକିରଖିକି ଯାଇ ବଜାରରୁ କିଣି ଆଣିବେ। ଟିକିଏ ଗଡ଼ବଡ଼ କରିଲେ ତାଙ୍କ ଦୁଷ୍ଟା ସ୍ତ୍ରୀ କଳିଝଗଡ଼ା କରି ତାଙ୍କୁ ଆଦୌ ଶାନ୍ତିରେ ବଞ୍ଚିବାକୁ ଦେବନି। ଦ୍ୱିତୀୟ ବୋକାଟି ଚିହ୍ନଟ ହେବା ପରେ ବୀରବଲ ଘୋଡ଼ାଗାଡ଼ିରେ ବସି ଆଗକୁ ଯାଉଥିବା ବେଳେ ଜଣେ ହଠାତ୍ ଆସି ଗାଡ଼ିରେ ବାଡ଼େଇ ହେଲେ। କ'ଣ ତୁମକୁ କିଛି ରାସ୍ତାଘାଟ ଦିଶୁନି କି ବୋଲି କହିବାରୁ ସେ କହିଲା-ହଜୁର,ଆପଣଙ୍କୁ ଅସୁବିଧା ହୋଇଥିବାରୁ ମୁଁ ଦୁଃଖିତ। ପ୍ରକୃତରେ ମୁଁ ଜୋରରେ ଚିତ୍କାର କରି ମୋ ଶବ୍ଦ କେତେ ଦୂର ଗତି କରି ପାରୁଛି, ତାର ପରୀକ୍ଷଣ କରୁଥିଲି, ମଝିରେ ଆପଣ ଆସିଗଲେ, ଏଣୁ ମତେ ଆଉଥରେ ମୂଳରୁ ପରୀକ୍ଷା ଆରମ୍ଭ କରିବାକୁ ପଡ଼ିବ।

ତୃତୀୟ ବୋକାଙ୍କ ପରିଚୟ ପାଇ ସେ ଅଳ୍ପ ବାଟ ଯିବାପରେ ଦୁଇଜଣ ଲୋକ ଭୀଷଣ କଳିଗୋଳ ଓ ମାଡ଼ପିଟ ହେଉଥିବା ଦେଖିଲେ। ତାଙ୍କୁ ବୁଝାଇ ସୁଝାଇ ଝଗଡାର କାରଣ କ'ଣ ପଚାରିବାରୁ ଜଣେ କହିଲେ, ହଜୁର ଏ ଦୁଷ୍ଟ ମୋ ମଇଁଷି ପଛରେ ତାର ବାଘକୁ ଛାଡ଼ିଦେଉଛି। ବୀରବଲ କହିଲେ ଏଠି କାହିଁ ମଇଁଷି କି ବାଘ ତ ଦିଶୁ ନାହାଁନ୍ତି, ତୁମେ ଦୁହେଁ ଝଗଡ଼ା କରୁଛ ଖାଲିଟାରେ କାହିଁକି? ଦ୍ୱିତୀୟ ଜଣଙ୍କ କହିଲେ-ହଜୁର ଈଶ୍ୱର ଚାହିଁଲେ ଆମକୁ ତାହା ନିଶ୍ଚୟ ମିଳିଯିବ। ପୁଣି ପ୍ରଥମ ଜଣଙ୍କ ରାଗରେ ଲାଲ ଲାଲ ହେଇ କହିଲା- ଶୁଣୁଛନ୍ତି ହଜୁର, ମୋତେ ମଇଁଷି ମିଳିଗଲେ ଏ ଦୁଷ୍ଟ ତାର ବାଘ ଦ୍ୱାରା ମୋ ଇଚ୍ଛା ମଇଁଷିଟାକୁ ଗିଳିବା ମସୁଧା ଚଳାଇଛି। ପୁଣି ଦୁହିଁଙ୍କ ଭିତରେ ମାଡ଼ଗୋଳ ସୁରୁ ହୋଇଗଲା ।

ମୋଟ ପାଞ୍ଚଜଣ ନିର୍ବୋଧଙ୍କୁ ଚିହ୍ନଟ କରି ସାରିବାପରେ ବୀରବଲ ଆଗକୁ ଚାଲିଲେ। କିଛିବାଟଗଲା ପରେ ଦେଖିଲେ ଜଣେ ଏକ ବାଲିକୁଢ଼ ପାଖରେ କିଛି ଖୋଜାଖୋଜି କରୁଛନ୍ତି। ତାଙ୍କୁ ପଚାରିବାରୁ ସେ ତାଙ୍କ ହଜାଇ ଦେଇଥିବା ମୁଦିଟିକୁ ଖୋଜୁଥିବା କହିଲେ। ବୀରବଲ ତାଙ୍କୁ ମୁଦିଟି

କେଉଁଠି ହଜାଇଥିଲେ ବୋଲି ପଚାରିବାରୁ ସେ ମୁଦିଟି ପାଖରେ ଥିବା ଏକ ଗଛମୂଳେ ହଜାଇଥିବା କହିଲେ ।

ବୀରବଲ ପଚାରିଲେ, ସେ ଗଛମୂଳେ ହଜାଇ ଅନ୍ୟ ଜାଗାରେ ଖୋଜୁଛନ୍ତି କାହିଁକି? ବ୍ୟକ୍ତି ଜଣଙ୍କ କହିଲେ ଯେ ଗଛ ମୂଳେ ଛାଇ ଯୋଗୁ ଅନ୍ଧାରରେ ଖୋଜିବା କଷ୍ଟ ହେବ, ଏଣୁ ଉଜ୍ଜ୍ୱଳ ଥିବା ଜାଗାରେ ଖୋଜିଲେ ମୁଦିଟିକୁ ସେ ସହଜରେ ପାଇପାରିବେ।

ସିପାହୀମାନଙ୍କ ସହଯୋଗରେ ଛଅଜଣଙ୍କୁ ଆଣି ଦରବାରରେ ଉପସ୍ଥିତ କରାଗଲା। ବୀରବଲ ଜଣ ଜଣ କରି ପ୍ରତ୍ୟେକଙ୍କର ପ୍ରସଙ୍ଗ ଉପସ୍ଥାପନ କରିସାରିବା ପରେ ଆକବର ତାଙ୍କୁ ଏତେ ଶୀଘ୍ର କାମ ସମାପନ କରିଥିବାରୁ ଧନ୍ୟବାଦ ଦେଲେ।

ମାତ୍ର ବୀରବଲଙ୍କୁ ପଚାରିଲେ-ମୁଁ ତ ତୁମକୁ ଆଠଜଣ ନିର୍ବୋଧଙ୍କୁ ଆଣିବାକୁ କହିଥିଲି, ମାତ୍ର ତୁମେ ମାତ୍ର ଛଅ ଜଣଙ୍କୁ ମୋ ଆଗରେ ହାଜିର କରାଇଅଛ। ଆଉ ଦୁଇ ଜଣ ଗଲେ କୁଆଡ଼େ ?

ବୀରବଲ କହିଲେ-ସେ ଦୁଇ ଜଣଙ୍କ ଭିତରୁ ମୁଁ ନିଜେ ହେଉଛି ଜଣେ।

କାରଣ ମୁଁ ମୋର ସମୟ ନଷ୍ଟ କରି ଏହି ନିର୍ବୋଧ ମହାନୁଭବ ମାନଙ୍କୁ ଅନୁସନ୍ଧାନ କରୁଥିଲି।

ସମସ୍ତ ପାରିଷଦ ହୋ ହୋ ହୋଇ ହସି ଉଠିଲେ ।

ଆକବର ଅତ୍ୟନ୍ତ ଜିଜ୍ଞାସା ରଖି ପଚାରିଲେ-ଆଉ ତେବେ ଅଷ୍ଟମ ଜଣଙ୍କ କିଏ ?

ବୀରବଲ ଟିକିଏ ସ୍ମିତ ହସି କହିଲେ-

ଜାହାପନା ! ସର୍ବୋତ୍କୃଷ୍ଟ ଅଷ୍ଟମ ନିର୍ବୋଧ ଜଣଙ୍କ ସ୍ୱୟଂ ଆପଣ ନିଜେ

ନିଜକୁ ଭାବିନେବା ବାଞ୍ଛନୀୟ ହେବ।

କାରଣ, ଆପଣ ଏପରି ମହାନ କାର୍ଯ୍ୟ କରିବାକୁ ମୋତେ ନିର୍ଦ୍ଦେଶ ପ୍ରଦାନ କରିଥିଲେ ତଥା ଶେଷ ପର୍ଯ୍ୟନ୍ତ ସର୍ବୋତ୍ତମ ନିର୍ବୋଧଙ୍କୁ ଆବିଷ୍କାର କରିବାକୁ ମୋ ପରି ଅକିଞ୍ଚନଟି ଉପରେ ନିର୍ଭର କରି ରହିଛନ୍ତି।

ସମ୍ରାଟ ଆକବର ବୀରବଲଙ୍କ ଚତୁରତାରେ ମୁଗ୍ଧ ହୋଇ ବହୁମୂଲ୍ୟ ଉପହାରମାନ ପ୍ରଦାନ କଲେ।

■■■

www.ingramcontent.com/pod-product-compliance
Lightning Source LLC
LaVergne TN
LVHW041709060526
838201LV00043B/642
9788196375225